Nicolas Grandjean

Sire Perceval et le château de la forêt mystérieuse

© 2014 Nicolas Grandjean
Edition : BoD - Books on Demand
12/14 rond-point des Champs Elysées
75008 Paris
Imprimé par BoD – Books on Demand, Norderstedt, Allemagne
ISBN : 9782322025428
Dépôt légal : novembre 2014

Ce roman a été écrit en France par Nicolas Grandjean
entre les ans de grâce deux mille et deux mille dix

CHAPITRE I

SIRE PERCEVAL A L'ABBAYE
BENEDICTINE DE MOUTHIER-ROYAL

Il était une fois un jeune écuyer qui s'appelait Perceval et qui vivait avec son père, sa mère et ses frères et sœur dans un beau château qui se trouvait en Bretagne dans la petite ville de Rennes.

Alors qu'il était écuyer à la cour de Bretagne en l'an 1182, lorsqu'il avait quinze ans, il apprit que le grand Roi Arthur était en train de se réveiller après six cents ans, car voilà six cents ans qu'il s'était endormi dans une grotte magique et qu'il ne s'était plus réveillé depuis lors. Le jeune Perceval était encore au collège des moines bénédictins de Mouthier-Royal, une grande abbaye bénédictine avec des moines choristes, des moines convers et des Frères oblats ou tertiaires.

Au cours de sa dernière année d'études fondamentales, Perceval fut reçu, avec ses camarades de la classe de rhétorique, dans la grande chapelle où se tenait le chapitre des moines, par le Père abbé pour une session d'orientation, juste avant le diplôme d'études fondamentales que les jeunes gens passaient à quinze ou seize ans. Pour Perceval et sa classe, ce jour était vraiment très important car chaque jeune homme ou chaque jeune fille devait dire ce qu'il ou elle voulait faire après le diplôme d'études fondamentales.

Certains jeunes gens devenaient pré-majeurs, car dans l'Europe du douzième siècle, avant d'être majeur à vingt et un ans, les jeunes gens devenaient pré-majeurs à seize ans, c'est-à-dire qu'à seize ans un jeune homme pouvait devenir écuyer, entrer au noviciat dans la vie religieuse ou dans la cléricature ou devenir paysan, mais il ne pouvait pas être chevalier ni moine profès.

Le Père abbé Gérard, supérieur de l'abbaye bénédictine de Mouthier-Royal, qui connaissait très bien le jeune Perceval et sa famille, lui demanda :

« Mon garçon, que voulez-vous faire après vos études fondamentales ? »

Le jeune Perceval lui répondit :

« Chevalier, je souhaite devenir chevalier pour retrouver le Saint-Graal, le Vase sacré où Jésus-Christ a bu lors de son dernier repas. Car pendant toutes mes études, j'ai été très intéressé par l'histoire de ce Vase sacré que l'on n'a jamais retrouvé. »

Le Père abbé Gérard fut très surpris et dit au jeune Perceval :

« Chevalier ? Quelle idée pour un garçon comme vous qui est sensible et intelligent. Vous devriez plutôt devenir prêtre ou, pourquoi pas, moine cistercien, car ce tout nouvel ordre vient d'être fondé par un des grands maîtres et guides spirituels chrétiens de notre civilisation. »

Mais Perceval reprit la parole et lui dit :

« Je comprends ce que vous aimeriez pour moi, mais mon esprit me demande de devenir chevalier et de retrouver le Saint-Graal. »

Perceval s'était tellement passionné pour la quête du Saint-Graal durant ses études fondamentales que l'idée de devenir chevalier avait germé dans son esprit.

Le Père Gérard lui dit :

« Soit, mon garçon. Je comprends que vous teniez absolument à retrouver ce Vase sacré que l'on n'a jamais pu retrouver durant près de mille ans, mais je dois vous dire que vous allez mettre presque toute votre vie de futur chevalier pour trouver ce Vase. Et il se pourrait même que vous ne le retrouviez jamais.

« Vous m'avez souvent demandé si notre ordre reçoit des tertiaires. Oui, et je crois que vous pourriez devenir tertiaire comme le Sire Simon qui est Duc de Lyon et qui a été votre nourrice lorsque vous étiez petit. Sire Simon vient une à quatre fois par an dans notre abbaye bénédictine de Mouthier-Royal. »

Sire Simon avait été élève de Mouthier-Royal et Perceval l'avait connu, car une fois adoubé chevalier et reçu comme tertiaire, Sire Simon était sa nourrice. Perceval était très heureux d'avoir un jeune chevalier comme nourrice. Il s'entendait très bien avec Sire Simon et se dire que sa nourrice était un chevalier qui avait été reçu dans le tiers-ordre bénédictin lui faisait plaisir.

Les mois passaient et le jour de l'examen arriva. Le jeune Perceval qui venait d'avoir seize ans, deux jours avant l'examen, était très heureux dans ses études fondamentales, mais il était très content de terminer ses études et d'entrer dans l'âge préadulte. Car à seize ans, les jeunes gens et jeunes filles ne sont pas encore majeurs, mais pré-majeurs. L'âge de seize ans symbolise l'entrée comme novice dans les ordres, dans la cléricature ou dans la chevalerie avec un statut d'écuyer, car les jeunes gens ne peuvent pas prononcer de vœux ni se faire adouber avant vingt et un ans, qui marque la majorité, acquise cinq ans après la prémajorité.

Perceval obtint son diplôme d'études fondamentales à la Pentecôte. Il le plaça très précieusement dans son cartable et rentra au château du Duc de Bretagne qui était son père.

Le Duc de Bretagne avait sept enfants. Perceval était le dernier.

Un jour d'été, Perceval était attendu dans le bureau de son père qui s'appelait Sire Daniel. Perceval et Sire Daniel, son père, eurent une très longue discussion au sujet de l'avenir de Perceval.

Après de longues heures de discussion et de dialogue, le Duc de Bretagne avait fini par être convaincu du projet de Perceval de devenir chevalier et sur ce point le Sire de Bretagne avait écrit au Roi Arthur qu'il connaissait très bien. Le Sire de Bretagne, Sire Daniel, était au courant du réveil du Roi Arthur après une très longue hibernation dans une grotte magique. Il envoya une lettre au Roi Arthur pour lui annoncer qu'il avait un fils qui venait d'entrer dans l'âge préadulte et que ce fils voulait commencer sa formation d'écuyer pour devenir chevalier. Quelques mois plus tard, vers la mi-septembre, le Duc de Bretagne reçut une lettre du Roi Arthur avec une réponse positive, une lettre qui faisait office de préavis favorable.

Le Sire Daniel appela son fils, Perceval, dans son bureau et lui dit :

« Perceval, j'ai une très bonne nouvelle pour toi. Tu as été admis à la cour du Roi Arthur, mais tu devras poursuivre des études universitaires, car en Grande-Bretagne les écuyers de ton âge font aussi des études universitaires durant leur formation de chevalier.

« Il ne faut pas être triste de partir du château familial et de l'abbaye bénédictine de Mouthier-Royal où tu as demandé à être reçu comme tertiaire, d'après ce que m'a dit le Père abbé Gérard, car aussi bien au château qu'à l'abbaye bénédictine de Mouthier-Royal, tu auras toujours ta place. Et n'oublie pas que pour toi et pour nous, retrouver le Saint-Graal serait une chose importante pour notre civilisation chrétienne tout entière.

Ton ancêtre, qui s'appelait aussi Perceval, aurait été fier de toi. »

Le Sire de Bretagne avait appris que son fils Perceval avait demandé à être reçu comme tertiaire à Mouthier-Royal, lors de la réunion des parents des élèves, six mois avant le diplôme d'études fondamentales.

Le noviciat pour devenir tertiaire ne pouvait commencer avant seize ans. Perceval le ferait plus tard, après sa formation de chevalier.

Les frères et sœur de Perceval étaient très tièdes à l'égard du projet de leur frère cadet mais ils avaient fini par accepter l'idée que Perceval avait pris la décision de devenir chevalier.

L'aîné s'appelait George, qui devint clerc ; ensuite il y avait Gabriel qui devint prêtre ; puis Christian qui devint navigateur et avait déjà voyagé en Nouvelle-France ; ensuite il y avait Jocelyne qui devint sœur carmélite, un ordre qui avait été fondé en Palestine cent ans plus tôt, en 1082 ; et enfin Romain qui devint chevalier à la cour de son père, le Duc de Bretagne. Il y avait aussi Gérald qui devint moine cistercien à l'abbaye cistercienne de Cîteaux.

La mère de Perceval s'appelait Dame Hélène. Elle était très stricte mais très gentille, humaine et compréhensive.

Dans sa lettre, le Roi Arthur avait précisé la date, l'heure et le lieu de rassemblement des jeunes gens acceptés à la formation de chevalier. Perceval, son père le Sire Daniel, ses frères et même sa mère, Dame Hélène, se rendirent à Londres.

Le Roi Arthur dit à tous les jeunes gens et à leurs familles, rassemblés dans une grande salle du château qui lui appartenait :

« Bienvenue à tous les jeunes gens qui ont été acceptés comme écuyers pour devenir chevaliers. Vous avez répondu à l'appel à devenir chevalier. Les gens de ma cour et moi-même, nous allons vous former comme écuyer puis, au bout de vos cinq années de formation d'écuyer, vous recevrez vos armes et vous prononcerez votre promesse d'obéissance à Dieu et au Roi.

« Durant ces cinq années vous suivrez des études universitaires, comme c'est la coutume en Angleterre, dans la prestigieuse université d'Oxford qui est tout près de mon château dans lequel vous êtes accueillis pour mon discours de bienvenue.

« Votre formation commencera lundi prochain en même temps que vos études universitaires. Durant cinq ans, vous passerez trois jours à l'université et trois jours au château qui m'appartient et qui appartient aussi à tous les chevaliers de ce pays insulaire. J'espère que vous vous sentirez heureux et que vous pourrez vous faire de nouveaux amis, et durant vos vacances, vous retournerez dans vos familles respectives. »

Le lendemain, qui était un dimanche, le Roi Arthur ajouta :

« Aujourd'hui comme c'est dimanche, c'est un jour de congé et une messe aura lieu à neuf heures du matin. Voilà ce que j'avais à vous dire. Maintenant, je vous souhaite bonne chance et que Dieu vous bénisse et, bénisse votre avenir de chevalier. »

Le Roi Arthur avait retrouvé une grande forme après six cents ans de sommeil. Il avait hiberné pendant six siècles. L'Europe avait beaucoup changé, les châtiments corporels et la peine de mort et les châtiments inhumains avaient été remplacés par des peines plus humaines, et les prisons étaient devenues des endroits de rédemption dans lesquels on faisait travailler les prisonniers sans chaînes aux pieds ni autre châtiment inhumain.

Les châtiments corporels dans les écoles avaient été remplacés par des retenues et tous les enfants pouvaient accéder aux études fondamentales. Le travail des enfants de moins de quinze ans avait disparu et l'Eglise s'était aussi transformée et avait perdu son coté d'institution féodale et autoritaire, et sa superpuissance morale. Les femmes pouvaient devenir diacres et on avait même supprimé les limbes pour les enfants morts sans baptême. L'Eglise s'était dotée d'un code canonique qui fixait deux âges minimaux, seize ans pour entrer au noviciat et vingt et un ans pour prononcer les vœux solennels et obtenir l'ordination sacerdotale.

Durant le très long sommeil par hibernation du Roi Arthur, il y avait eu un grand maître spirituel qui s'appelait Saint Bernard, qui vécut de 1090 à 1153, et qui contribua au rayonnement de la vie chrétienne au Moyen-âge.

L'Europe s'était dotée, à la suite de sa découverte par les Vikings, d'une nouvelle contrée qui s'appelait la Nouvelle-France et qui s'étendait de l'actuelle Terre-Neuve aux îles d'émeraude du Pacifique. Cette nouvelle contrée avait été découverte vers l'an mille.

Même les torchères qui éclairaient les villes et les châteaux des princes, ducs et autres sires avaient laissé la place à des pierres photoluminescentes, mises au point par un magicien anglais, au travers d'un procédé qui consistait à tremper des galets de pierres semi-précieuses dans un philtre magique. Et grâce à ce philtre magique, ces petites ou grosses pierres semi-précieuses pouvaient emmagasiner la lumière du soleil et, une fois la nuit venue, ces galets de pierres semi-précieuses pouvaient éclairer avec une lumière très brillante.

Il y avait toute sorte de pierres photoluminescentes, il y avait des améthystes qui donnaient une belle lumière violette, des grenats qui donnaient une lumière rose-rouge, des aigues-marines qui donnaient une couleur bleutée et même des citrines qui donnaient une lumière jaune-orange ou une couleur ambre. Grâce à ces pierres photoluminescentes, la mauvaise odeur de cire brûlée avait disparu. Grâce à elles les domestiques n'avaient plus cette tâche pénible de nettoyer les murs des châteaux et les risques d'incendie avaient diminué Ces pierres photoluminescentes s'étaient vite répandues dans toute l'Europe et en Nouvelle-France, et même les cierges des églises avaient été remplacés par des pierres photoluminescentes.

La grotte magique où s'était endormi le Roi Arthur était située dans une falaise au nord du Pays de Galles, au bord de la mer. Cette falaise se trouvait presque en face d'une très grande île qui s'appelait l'Irlande.

Le Roi Arthur se promenait lorsqu'il visita cette grotte magique et mystérieuse et, pris d'un très lourd besoin de dormir, il s'installa dans le sarcophage qu'il y avait découvert et s'endormit. Le sarcophage se referma, et le Roi Arthur tomba dans un sommeil profond qui dura six cents ans.

Un soir, le sarcophage s'ouvrit, les vapeurs d'eau glacée qui maintenaient le Roi Arthur en hibernation s'évaporèrent, et le Roi Arthur se réveilla. Il quitta le sarcophage pour aller vers la sortie de la grotte magique et vit une très belle mer bleue avec un grand ciel bleu et le soleil qui se couchait.

Le Roi Arthur n'était donc pas mort ; il était en hibernation. Après son réveil, le Roi Arthur dut se réadapter et réapprendre tous les aspects naturels de la vie, réapprendre à marcher, à manger, à boire, à bouger et à se réorienter dans l'espace, surtout à s'orienter sur les chemins de Grande-Bretagne.

Le réveil du Roi Arthur avait dû se produire vers la Pentecôte. Pour le Roi Arthur, ce jour fut le plus important de sa vie après le jour de son couronnement à l'âge de seize ans, six siècles plus tôt.

Perceval était sur le point de commencer une nouvelle vie, celle de futur chevalier. C'était un grand jeune homme de seize ans avec de superbes longs cheveux blonds, avec une voix masculine très chaleureuse et il n'avait pas de barbe.

Avec une grande maturité de discernement, Perceval de Bretagne était bien éduqué, avec une très grande connaissance de la Bible et de l'histoire de l'Eglise, contrairement à son ancêtre du sixième siècle, Perceval le Gallois, qui était un garçon rustre, dur et presque ignorant, notamment en ce qui concernait la vie chrétienne et religieuse, car son ancêtre ignorait presque totalement tout ce qui concernait l'Eglise, Dieu et la Bible.

Le jeune Perceval de Bretagne, lui, avait été éduqué par les moines bénédictins de l'abbaye de Mouthier-Royal où il avait suivi toutes ses études de six à seize ans.

CHAPITRE II

SIRE PERCEVAL A L'UNIVERSITE D'OXFORD

Perceval commença sa vraie formation d'écuyer et de chevalier qui était très sérieuse, après une brève période de préformation comme page dans le château de son père, le Duc Daniel. Cette préformation n'avait duré qu'une année, lorsque Perceval n'avait que quinze ans.

En Bretagne, on acceptait très facilement que les jeunes gens suivent une formation de page, ce qui équivalait à un préapprentissage, avant leur diplôme d'études fondamentales qui s'obtenait à seize ans. Ils pouvaient combiner la dernière année d'études et la formation de page, mais le Roi Arthur avait très strictement instauré l'âge minimal de formation des chevaliers à seize ans, afin de conformer les lois de la chevalerie au code canonique pour ce qui était de l'âge d'entrée au noviciat, et aux lois du Royaume qui avaient fixé à seize ans l'âge de la prémajorité en Angleterre, comme en Bretagne et dans bien d'autres principautés et duchés.
Plus tard, les autres cours d'Europe, de France et de Nouvelle-France s'étaient mises d'accord pour mettre en conformité l'âge minimal à seize ans pour devenir écuyer. Ce fut le cas de la cour de Bretagne, cour dirigée par le Duc Daniel de Bretagne, père de Perceval.

Quelques mois plus tard, Perceval reçut la visite de son frère Gabriel qui était en voyage pastoral à Londres.

Gabriel aimait beaucoup son frère Perceval. Il avait eu un peu de peine à comprendre pourquoi Perceval voulait être chevalier mais il avait fini par comprendre.

Gabriel dit à Perceval :

« Bonjour Perceval, comment vas-tu ? Moi je vais très bien et notre père, Sire Daniel, va très bien et Dame Hélène aussi. J'ai réfléchi à la raison pour laquelle tu as décidé de devenir chevalier.

« Maintenant, je comprends. En devenant chevalier, tu as décidé de servir Dieu, les faibles et les pauvres, et tu aimerais retrouver le Vase sacré qui s'appelle le Saint-Graal, je crois. J'espère que ce Vase sacré sera enfin retrouvé, surtout que cela fait près de mille ans qu'on le recherche.

« Je suis ici en voyage pastoral avec tous les prêtres du diocèse et les moines séculiers. Chaque année nous faisons un voyage pastoral et nous avons choisi l'Angleterre comme destination.

« J'espère que tu reviendras en vacances au château de Sire Daniel, notre père. Je transmettrai toutes tes salutations à tous les frères et sœur, ainsi qu'à Sire Daniel et Dame Hélène, nos parents, et je te souhaite très bonne chance dans ta carrière de chevalier. »

Perceval avait choisi la théologie comme études universitaires. Pendant sa formation universitaire, il continua à s'intéresser à la recherche du Saint-Graal comme à l'abbaye bénédictine de Mouthier-Royal où il avait même fait un exposé dans le cadre du cours d'histoire de l'Eglise.

Le temps passait et Perceval grandissait en foi et en intelligence, mais il restait le même sur le plan physique. Il prenait des leçons de maniement des armes avec le sénéchal Pierre qui l'aimait bien mais n'appréciait pas ses distractions.

Un jour, Perceval devait s'entraîner et il avait oublié son heaume. Le sénéchal Pierre vit son écuyer sans son heaume et lui dit :

« Ah, je vois que vous avez oublié votre heaume. Voyons, un écuyer aussi sérieux que vous ne devrait jamais rien oublié, surtout vous, Perceval, qui venez d'une grande famille noble comme celle de la cour de Bretagne qui est la vôtre. »

Perceval lui dit :

« Je suis vraiment désolé. Vous savez, je suis parfois distrait. Même quand j'étais à l'abbaye bénédictine de Mouthier-Royal, chez les moines bénédictins, j'oubliais parfois mes livres. »

Le sénéchal Pierre lui répondit :

« Bon, mais tâchez de faire attention avec votre armure, et allez chercher votre heaume. »

CHAPITRE III

L'ADOUBEMENT DE SIRE PERCEVAL

Les années passaient. Perceval allait avoir vingt et un ans et le jour de l'adoubement approchait. Perceval avait été très heureux à l'université d'Oxford où il avait réussi sa maîtrise de théologie, après un brillant baccalauréat universitaire en théologie passé deux ans avant.

Pour ce qui était de sa formation de chevalier proprement dite, Perceval avait été très satisfait, malgré des relations un peu tumultueuses avec le sénéchal Pierre qui, malgré les reproches sur l'oubli du heaume ou de l'épée, aimait bien Perceval et écrivit un bon rapport au Roi Arthur.

Le Roi Arthur avait rassemblé tous les écuyers, deux jours avant l'adoubement.

Perceval attendait ce jour de l'adoubement même pendant la nuit de prière, car les chevaliers devaient prier toute la nuit dans la chapelle du château du Roi Arthur. La chapelle était aussi grande que l'église abbatiale de l'abbaye bénédictine de Mouthier-Royal où Sire Perceval avait effectué ses études fondamentales entre six et seize ans

Cette nuit-là, l'ambiance était au recueillement pour les familles des futurs chevaliers car les familles de tous les écuyers de la volée de Perceval étaient venues pour assister à la nuit de prière qui précédait l'adoubement. Et ce moment était très important dans la vie d'un jeune homme qui allait être adoubé chevalier, et pour les familles et les proches des jeunes chevaliers.

Et pour l'Eglise aussi ce moment était très important, car l'adoubement était une cérémonie aussi importante qu'une ordination sacerdotale. Et la chevalerie était une institution aussi importante que les monastères et les paroisses.

La chapelle était pleine et la prière fut accompagnée d'une messe présidée par l'Evêque qui s'appelait Monseigneur Roger. Monseigneur Roger connaissait très bien Sire Perceval car il était aussi professeur de théologie morale et de patristique, branche qui étudie l'histoire des Pères de l'Eglise. Sire Perceval le connaissait aussi très bien et l'appréciait beaucoup. Il allait le voir régulièrement après les cours et Monseigneur Roger joua un très grand rôle dans la vie du jeune Perceval.

Monseigneur Roger présida une très belle messe et lut la Bible, au chapitre 6 de l'Epître aux Ephésiens, les versets 11 à 19, puis il fit un très long sermon dont voici quelques passages :

« Mes chers Frères en Jésus-Christ, vous pouvez comprendre ce que veut dire être chevalier, car Saint Paul dit aux Ephésiens dans le chapitre 6, les versets 11 à 19 : *vous devez prendre le casque pour le salut, le bouclier pour la foi, la ceinture pour la vérité et enfin l'épée pour le Saint-Esprit.*

« Mes Frères, prenez cette armure pour vous protéger contre tout mal qui pourrait vous atteindre pendant votre future carrière de chevalier qui va commencer aujourd'hui avec votre adoubement que le Roi Arthur va vous administrer.

« Que Dieu vous bénisse et bénisse votre future carrière de chevalier au service de Dieu et au service des hommes, des femmes, des enfants et jeunes gens. »

Enfin arriva le moment tant attendu. Le Roi Arthur appela chaque écuyer par son prénom.

Quand le Roi Arthur appela Perceval, il lui dit :

« Perceval, bien que vous ayez été un écuyer distrait qui a fréquemment oublié son armure lors des exercices, vous avez été un écuyer exemplaire. Par la grâce et la volonté de Dieu, je vous fais chevalier. Vous allez prononcer le serment d'allégeance.

« Promettez-vous de servir Dieu, les hommes, les femmes, et promettez-vous de protéger les enfants, les pauvres et les faibles ? »

Perceval dit :

« Je le promets, je promets de protéger les enfants, les pauvres et les faibles, et je servirai Dieu. Je ferai même tout mon possible pour retrouver le Vase sacré qui est le Saint-Graal dans lequel Notre Seigneur Jésus-Christ a bu lors de son dernier repas. »

Ce jour-là fut le jour le plus important pour Perceval qui portait désormais le titre de Sire Perceval. Il était le même jeune homme sur le plan physique, car il n'avait pas de barbe et il avait toujours ses longs cheveux blonds et soyeux.

Maintenant, Sire Perceval pouvait se dire qu'il allait commencer une nouvelle vie et entamer une importante mission qui consistait à retrouver le Saint-Graal et à servir Dieu.

Sire Perceval avait émis le désir de faire une retraite de quelques jours à l'abbaye bénédictine de Westminster, où Monseigneur Roger avait été moine, puis moine-prêtre avant de devenir Evêque de Londres. Sire Perceval aimait beaucoup Monseigneur Roger qui était en quelque sorte son deuxième père spirituel, après le Père abbé Gérard, directeur du collège qui était rattaché à l'abbaye bénédictine de Mouthier-Royal.

Sire Perceval demanda à Monseigneur Roger, qui devait se rendre à Westminster pour faire lui aussi une retraite, s'il pouvait venir avec lui à l'abbaye de Westminster.

Et comme Sire Perceval se trouvait avec sa famille, il proposa à ses parents et à ses frères et sœur de venir passer quelques jours avec lui et Monseigneur Roger. Ils acceptèrent et décidèrent de faire une retraite chez les moines bénédictins de Westminster, et bien sûr Monseigneur Roger accepta.

Il faut dire que Monseigneur Roger avait aussi été Père abbé à Westminster mais pendant très peu de temps, car il avait été nommé Evêque trois ans après sa nomination abbatiale.

Son successeur s'appelait le Père Jérôme-Alexandre. Il donna son accord pour accueillir Sire Perceval et sa famille.

Le Père Jérôme-Alexandre les accueillit et leur dit :

« Bonjour. Je m'appelle Père Jérôme-Alexandre. Je suis le nouvel abbé de ce monastère de moines bénédictins. Je suis également responsable du collège qui est l'équivalent de votre collège de l'abbaye bénédictine de Mouthier-Royal où votre fils - qui s'appelle Sire Perceval et qui est venu chez nous en Angleterre faire une formation de chevalier chez notre bien-aimé Roi Arthur qui a repris le règne de ce pays après une très longue sieste qui a duré six siècles - a fait ses études avant de devenir chevalier de notre bien-aimé Roi Arthur.

« Je vais vous conduire à vos chambres respectives, car le Père hôtelier n'est pas là aujourd'hui. Les vêpres sont à cinq heures et le souper à six heures. Comme nous sommes dans une abbaye bénédictine, je vous demanderai de respecter le silence et le calme qui règnent dans ce monastère.

« Demain, comme c'est dimanche, la messe aura lieu à dix heures. Et vous pourrez contempler la Tamise qui se trouve derrière la petite chapelle.

« Lundi, si vous le désirez, Sire Perceval, vous pourrez travailler avec les Frères bénédictins, mais à une condition, c'est de respecter le silence. Je suis très heureux que vous soyez devenu un chevalier de notre Roi.

« Que Dieu vous bénisse tous et bon séjour chez nous, dans notre abbaye de Westminster. »

Sire Perceval et toute sa famille furent conduits dans leurs chambres respectives et purent passer une semaine à l'abbaye bénédictine de Westminster avant de regagner la Bretagne.

Pendant la semaine où Sire Perceval et sa famille étaient à l'abbaye bénédictine de Westminster, Sire Daniel put parler de son fils à Monseigneur Roger qui connaissait très bien Sire Perceval. Sire Daniel et Monseigneur Roger eurent un très bon contact et un très bon dialogue.

Le Duc Daniel expliqua à l'Evêque Roger que Sire Perceval avait été un élève et un fils studieux mais très distrait, qui oubliait quelquefois de faire un travail dans le château familial. En retour Monseigneur Roger expliqua que Sire Perceval avait été un très bon écuyer mais très distrait et qui oubliait son heaume ou son épée, ce qui mécontentait le sénéchal Pierre.

« Oui, Monseigneur, lui répondit Sire Daniel, Sire Perceval était un très bon élève, mais très distrait. Il lui arrivait d'oublier ses livres, ou bien il oubliait de faire son travail dans notre château, mais c'était un très bon fils, qui aimait ses études fondamentales et qui était très motivé. On peut être distrait tout en étant un très bon fils. »

Monseigneur Roger dit :

« Vous savez, il a été un très bon écuyer et un étudiant très motivé par ses études de théologie, mais il lui arrivait d'oublier son heaume ou son épée lors des exercices, ce qui exaspérait quelquefois le sénéchal de notre bien-aimé Roi Arthur, qui s'appelle Pierre. Mais cette distraction ne l'a pas empêché de devenir ce qu'il est maintenant. Ceci dit, il arrive que l'être humain ait des petites faiblesses, et la distraction de Sire Perceval est plus une petite faiblesse humaine qu'un très grand défaut.

« Je crois que Sire Perceval deviendra un très bon chevalier et qu'il saura se corriger.

« Pendant ses études universitaires, Sire Perceval était extrêmement motivé et très engagé dans la vie chrétienne et religieuse. Il assistait à chaque messe et à chaque office liturgique et venait souvent me voir. Je crois aussi que Sire Perceval est un très bon chrétien. Il aimait lire la Bible lors de certaines messes, et il participait activement à la vie universitaire et s'investissait beaucoup dans son travail. Et en plus, c'était un ami.

« Je crois qu'il pourra devenir tertiaire bénédictin à votre abbaye bénédictine de Mouthier-Royal, mais il devra faire les démarches, car c'est un noviciat aussi long que la formation des écuyers. Peut-être que, vu son âge, il aura la chance de faire un noviciat plus court. Il me parlait très souvent de cet autre projet de devenir tertiaire bénédictin.

« Voilà, nous allons nous quitter car c'est bientôt l'heure de la messe de midi. J'ai été très heureux de parler avec vous, Sire Daniel. »

Alors que sa famille avait décidé de renter en Bretagne, Sire Perceval, lui, souhaitait rester encore quelques jours à l'abbaye bénédictine de Westminster.

Ce fut très bien accepté par le Père Jérôme-Alexandre et les moines bénédictins de Westminster.

Le matin du départ de Sire Daniel, de Dame Hélène et de ses frères et sœur, Sire Perceval leur dit :

« Je vous remercie de tout mon cœur de m'avoir fait le plaisir de venir à mon adoubement, à la prière qui a précédé mon adoubement et aux quelques jours de retraite ici, chez les moines bénédictins de Westminster.

« Je me réjouis beaucoup de vous retrouver bientôt dans le château familial et d'y passer mes vacances d'été. Je reviendrai au château dans une quinzaine de jours. »

Sire Daniel dit alors à son fils, Sire Perceval :

« Cela nous a fait plaisir de venir à ton adoubement et de passer quelques jours de retraite avec Monseigneur Roger, avec qui j'ai eu beaucoup de plaisir à parler de toi. Monseigneur Roger a eu beaucoup de plaisir à t'avoir comme étudiant en théologie. Et nous avons eu aussi beaucoup de plaisir à rencontrer le Roi Arthur qui t'a fait chevalier.

« Je suis aussi très heureux que nous ayons un deuxième fils qui soit devenu chevalier après Romain, car vous deux, Romain et toi, vous allez pouvoir reprendre le Duché de Bretagne et nous espérons que vous serez de bons chevaliers. »

Puis Sire Perceval vit ses parents et sa famille quitter l'abbaye bénédictine de Westminster avec leur carrosse et leurs bagages, car ils avaient pu avoir un carrosse depuis les côtes anglaises jusqu'à la petite ville d'Oxford.

Une nuit, Sire Perceval fit un rêve, et dans ce rêve, Dieu lui dit :

« Toi, jeune chevalier qui vient d'être adoubé, tu pourrais mettre un terme à cette terrible tragédie qui se passe en Israël, que sont les croisades. J'ai besoin qu'un jeune chevalier aille en Israël arrêter cette tragédie que sont les croisades qui durent depuis près d'un siècle.

« Tu vas aller voir le Pape Joachim pour lui dire que tu dois aller en Israël mettre un terme aux croisades et établir la paix. »

Sire Perceval se réveilla et ne se rendormit pas jusqu'au petit matin. Il se dit :

« Sire Perceval, un immense devoir t'attend. Dieu t'a chargé de mettre fin aux croisades, en plus de retrouver le Saint-Graal.

« Tu vas immédiatement voir le Roi Arthur et tu vas lui dire que tu as reçu une importante mission de Dieu qui consiste à mettre fin aux croisades en plus de ce que tu devras retrouver le Saint-Graal. »

Et dès le lendemain matin, Sire Perceval demanda à voir le Père abbé Jérôme-Alexandre et Monseigneur Roger. Heureusement, le Roi Arthur était venu rendre visite à l'abbaye bénédictine de Westminster et par chance Sire Perceval put lui raconter ce rêve.

Il se rendit dans la salle capitulaire où se trouvaient le Roi Arthur, Monseigneur Roger et le Père abbé Jérôme-Alexandre et il leur dit :

« Messieurs, Sire Arthur, Monseigneur Roger, mon Père abbé et mes Frères de la communauté bénédictine, cette nuit j'ai fait un rêve dans lequel Dieu m'a appelé à accomplir une autre mission dans ma carrière de chevalier, en plus de retrouver le Saint-Graal. Cette autre mission est d'arrêter cette terrible tragédie qui ronge nos frères israélites depuis près d'un siècle, les croisades.

« Après mes vacances dans le château de Sire Daniel, mon père, je partirai immédiatement à Rome voir le Pape Joachim et je m'embarquerai pour la Terre Sainte et j'irai arrêter cette tragédie.

« Ensuite, je partirai pour mon autre mission qui est de retrouver le Saint-Graal.

« Et je ferai tout mon possible pour éradiquer la moindre trace de méchanceté, la moindre trace d'injustice de la surface de cette planète. J'extirperai aussi la moindre intolérance qui règne entre les civilisations de notre monde, et j'extirperai aussi cette haine contre les Israélites qui est la pire chose. J'extirperai l'antisémitisme comme on extirpe de la mauvaise herbe dans un jardin.

« Voilà, Sire Arthur, Monseigneur Roger, mon Père abbé et mes Frères de la communauté bénédictine de l'abbaye de Westminster. Je vous remercie de votre accueil et je vous remercie d'avoir écouté mon message après ce que Dieu m'a demandé dans le rêve que j'ai fait cette nuit. »

Puis il termina avec une prière et toute la salle capitulaire était très émue de voir que ce nouveau chevalier envisageait d'aller mettre un terme aux croisades en plus de la mission de retrouver le Saint-Graal.

Le Roi Arthur lui dit :

« Je suis vraiment ému de voir un de mes chevaliers recevoir une telle mission surtout à travers un rêve nocturne, Sire Perceval. Et je suis très ému de votre courage et même de votre bravoure d'envisager un tel voyage jusqu'en Israël, surtout que personne n'a réussi à arrêter ces croisades.

« J'espère que vous réussirez vos deux missions, arrêter ces croisades et retrouver le Saint-Graal que nous recherchons depuis près de mille ans et que personne n'a réussi à retrouver.

« Il est vraiment temps que ces croisades s'arrêtent, que nous puissions enfin sortir de cet âge sombre qu'est le Moyen-âge, que notre civilisation entière puisse enfin vivre en paix et en harmonie, qu'elle devienne un morceau de paradis et que nous puissions offrir un coin de paradis aux générations futures.

« J'espère qu'un jeune chevalier comme vous réussira à faire sortir notre civilisation de ce sinistre âge sombre qu'est le Moyen-âge.

« Que Dieu vous bénisse, Sire Perceval, et bénisse votre bravoure et votre courage, et vous bénisse tous. »

CHAPITRE IV

DEPART DE SIRE PERCEVAL POUR LA GRANDE MISSION D'ARRETER LES CROISADES

Après près de deux semaines passées à l'abbaye bénédictine de Westminster, Perceval prit la décision de renter en Bretagne pour prendre des vacances bien méritées avant le grand départ pour la double mission de mettre un terme aux croisades et de retrouver le Saint-Graal.

Sire Perceval passa en effet deux bons mois de vacances au château de Sire Daniel, Duc de Bretagne, son père.

Pendant ses vacances, Sire Perceval aida au jardin, aux cuisines, au four à pain et quelquefois à la forge, car dans le château de Sire Daniel, il y avait une forge, avec un forgeron qui s'occupait des fers à cheval et de la fabrication des ustensiles en cuivre ou en laiton.

Sire Perceval prenait plaisir à seconder le forgeron en faisant très attention de ne pas se brûler les mains. Le forgeron de Sire Daniel fabriquait des heaumes, des épées et des cuirasses pour les chevaliers de tout le Duché de Bretagne et des autres duchés de France. Le forgeron de Sire Daniel aimait beaucoup discuter avec Sire Perceval et réciproquement. C'était un homme de grande taille, avec une très grosse barbe noire, et il était drôle et sympathique. Il s'appelait Emile. Il était aussi tertiaire d'une abbaye bénédictine qui s'appelait l'abbaye de Saint Antoine et qui se trouvait en Lorraine. Il avait fait ses études fondamentales à l'abbaye de Saint

Antoine, mais après son noviciat et ses vœux temporaires, il décida de retourner dans le monde pour devenir forgeron à la cour de Bretagne au service de Sire Daniel.

Emile parla à Sire Perceval et lui dit :

« Ah, je suis très content que tu sois venu m'aider ce matin, car j'avais vraiment besoin de quelqu'un pour m'aider à forger ces fers à cheval. Tu vas prendre cette paire de gants en métal et je vais te montrer comment on chauffe la pièce en métal à forger et comment on la façonne pendant qu'elle est encore très chaude. »

Sire Perceval prit la paire de gants en métal, forgea quelques fers à cheval et prit un vrai plaisir à forger avec Emile.

Emile reprit la conversation :

« Je vois que tu m'aides très bien, et je suis très surpris qu'un jeune chevalier qui a fait de brillantes études de théologie soit aussi doué sur le plan manuel. Où est-ce que tu as appris à travailler de tes mains, Sire Perceval ? »

Sire Perceval répondit :

« Oh, j'ai appris tout seul et j'ai appris beaucoup de choses avant de partir en Angleterre chez le Roi Arthur. »

Emile dit :

« Je vois. Tu es un garçon qui a toujours été curieux d'apprendre de nouvelles choses. Même quand tu étais un brave petit garçon, tu venais souvent me voir. Et maintenant, ce petit garçon est devenu un grand jeune homme avec un grade de chevalier. Ton père m'a dit que tu allais partir à la recherche du Saint-Graal, ce Vase sacré qu'aucun chevalier n'a réussi à retrouver, et voilà plus de dix siècles qu'on le recherche. Ton père m'a aussi dit que tu voulais devenir tertiaire bénédictin, comme moi. »

Sire Perceval dit :

« Oui, je vais partir à la recherche du Saint-Graal et, aussi en Israël pour arrêter ces horreurs de croisades qui durent depuis plus d'un siècle. Emile, ne trouves-tu pas qu'il faudrait stopper cette tragédie des croisades, faire la paix et construire des liens d'amitié avec les Israélites ?

« Car vois-tu, cher Emile, le temps est venu d'arrêter les croisades, de stopper toute cette haine contre les Israélites et de faire sortir notre civilisation occidentale et chrétienne de l'âge sombre de ce sinistre Moyen-âge.

« Il faut aimer les Israélites car ils sont le peuple de Dieu et Jésus-Christ était israélite. »

Emile dit à Sire Perceval :

« Je comprends, Sire Perceval. Nous devons quitter ce sinistre Moyen-âge, arrêter les hostilités des croisades, demander pardon aux Israélites et les aimer comme nos frères chrétiens.

« Mais pour ce qui est de retrouver le Saint-Graal, il faudra peut-être y consacrer toute ta vie, et même il est probable que tu ne pourras jamais le retrouver. Mais je te soutiendrai dans toutes tes missions.

« Maintenant, reprends ton travail et fais très attention de ne pas te brûler, Sire Perceval. »

Il est vrai qu'Emile connaissait très bien Sire Perceval, car il l'avait connu tout petit. Et quand il était petit, Sire Perceval allait très souvent voir la forge. Emile et Sire Perceval s'entendaient comme deux frères.

Après une journée à la forge, Sire Perceval retourna dans sa chambre pour se détendre et regarder le coucher de soleil avant de se mettre au lit. Sire Perceval passa une très bonne nuit et descendit pour prendre le petit déjeuner avec sa famille avant d'aller travailler au jardin.

Et avant d'aller travailler au jardin, il alla dans l'église assister à la prière du matin avec le révérend Gabriel qui lisait la liturgie et la Bible. Puis il alla au jardin travailler jusqu'au souper et il faucha les champs, désherba les chemins et enleva les fleurs fanées. Et après le repas il aida les jardiniers à planter des arbustes devant chaque entrée du château.

Le soir, Sire Perceval prit son souper avec sa famille. Au souper il y avait une soupe aux légumes, du bon pain et une compote de pommes et de poires.

Quelquefois Perceval travaillait aussi à l'écurie et il aimait travailler à l'écurie car, étant chevalier, Sire Perceval avait aussi une passion pour les chevaux. Sire Perceval nettoyait leurs écuries, donnait à manger aux chevaux, et il leur parlait pendant des heures et des heures. Il travaillait à l'écurie deux à trois fois par semaine. Et justement Sire Perceval y travailla le lendemain de son travail au jardin et le surlendemain de son travail à la forge.

Sire Perceval travaillait aussi au nettoyage du château, il récurait les escaliers, les corridors, les sols des chambres et salons, nettoyait aussi les caves et les greniers du château de Sire Daniel, son père.

Il s'occupait aussi des pierres photoluminescentes qui devaient être exposées au soleil pour qu'elles puissent briller et éclairer le château, une fois la nuit arrivée. Il devait y avoir plus d'une centaine de pierres photoluminescentes dans le château du Duc de Bretagne, Sire Daniel.

Mais Sire Perceval aimait aussi jouer, il aimait les puzzles et les jeux de cartes, il aimait aussi jouer avec des balles en cuir et il aimait aussi lire. Il lisait des livres de Platon, de Socrate ou de Sophocle, grand philosophe grec qu'il avait étudié en dernière année d'études fondamentales. Il aimait aussi lire des livres de théologie et s'intéressait beaucoup à Saint Bernard de Clairvaux, parce qu'il avait un frère qui était devenu moine cistercien.

En effet, son frère Gérald était moine cistercien à l'abbaye de Cîteaux, près de Dijon, et il ne pouvait venir qu'une petite semaine par année, car Frère Gérald, qui avait fait vœu d'obéissance et de stabilité à Cîteaux, ne pouvait pas quitter le monastère sans autorisation spéciale de l'abbé de Cîteaux.

Pendant ce temps-là, le Roi Arthur continuait de régner sur l'Angleterre et il était très heureux d'avoir un second chevalier qui s'appelait Perceval, car six siècles auparavant, le Roi Arthur avait eu un premier chevalier qui s'appelait aussi Perceval, Perceval le Gallois, qui n'avait jamais retrouvé le Saint-Graal. Cela avait vraiment déçu le Roi Arthur, qui comptait beaucoup sur son premier Perceval.

Il faut dire que six siècles plus tôt, les jeunes chevaliers étaient beaucoup plus rudes, plus durs et même très rustres. Grâce en partie à Saint Bernard, les êtres étaient devenus plus sensibles, plus raffinés, plus humains et plus ouverts sur les connaissances. Saint Bernard a contribué à civiliser l'être humain.

Un jour de fin août ou début septembre, Sire Perceval prit la décision de commencer immédiatement ses deux grandes missions de mettre fin aux croisades et de retrouver le Saint-Graal.

Il se rendit dans le bureau de son père, le Sire de Bretagne Daniel, et il lui dit :

« Voilà Père, je vais partir accomplir mes deux missions d'arrêter les croisades et de retrouver le Saint-Graal. Et j'ai réfléchi. Je suis en mesure d'exercer mon métier de chevalier, après ces deux mois de vacances utilitaires passées avec vous dans ce magnifique château.

« Dieu m'a demandé d'arrêter ces croisades qui pour moi relèvent plus de la barbarie que de l'esprit de conquête. Pour moi, ces croisades sont une tragédie qui fait souffrir nos frères israélites, et nos frères israélites ne méritent pas qu'on les traite ainsi. C'est pourquoi je vais partir en Israël faire cesser les croisades. Et en plus j'ai l'intention d'aller voir le Pape Joachim après mon voyage en Israël et avant de retrouver le Saint-Graal.

« Comme je l'ai dit au Roi Arthur, j'ai fait un rêve dans lequel Dieu m'a demandé de faire cesser cette terrible tragédie que sont les croisades. J'irai en Israël pour accomplir la mission que Dieu m'a confiée dans ce rêve. Maintenant je vais partir dans un très grand voyage qui va m'emmener en Israël.

« Sire Daniel, j'aurai besoin d'un cheval pour mon voyage, et d'un très grand soutien dans vos prières. »

Le Duc de Bretagne dit à son fils Sire Perceval

« Fils, puisque Dieu t'a confié une mission très importante à travers ce rêve que tu as fait à l'abbaye bénédictine de Westminster, il faut que tu y ailles, car un chevalier, surtout un jeune chevalier comme toi, doit obéir à Dieu et pas seulement à son Seigneur ou à son Roi ou à son Prince.

« J'espère, et nous espérons tous, que tu parviendras à faire cesser cette tragédie que sont les croisades, et à retrouver le Saint-Graal comme tu l'as promis dans ton serment d'adoubement. Grâce à toi, nous pourrons sortir de ce sinistre Moyen-âge et nous pourrons enfin entrer dans une nouvelle ère.

« Ce sera une très belle chose car aucun chevalier n'a réussi à retrouver le Saint-Graal que l'on recherche depuis plus de mille ans. Et en arrêtant cette tragédie des croisades, fils, tu contribueras à amener la paix et l'amitié entre Chrétiens, Israélites et Musulmans. Et l'antisémitisme et les autres formes de haine disparaîtront complètement.

« Nous te souhaitons bonne chance dans tes missions, et sache, fils, que tu auras toujours ta place dans notre château où nous t'accueillerons toujours les bras ouverts. Nous penserons toujours à toi, fils.

« Que Dieu te bénisse et bénisse ton courage et ta bravoure. »

Sire Perceval organisa un grand repas festif à la veille de son départ, avec toute sa famille et ses amis. Sire Daniel avait même organisé des joutes dans les prairies à proximité du château familial.

Et Sire Perceval était, bien sûr, de la fête et eut même l'occasion de courir avec un cheval. Ces joutes durèrent presque toute la journée jusqu'au souper qui fut précédé d'une messe Le révérend Gabriel, qui en était l'officiant, fit une belle homélie sur le pardon, car Sire Perceval avait discuté avec son frère Gabriel du pardon, de la phrase qu'avait prononcée Jésus-Christ sur la croix, et qui était : *Père, pardonne-leur, ils ne savent pas ce qu'ils font.*

Sire Perceval et son frère, le révérend Gabriel, avaient d'intenses discussions sur tel ou tel thème religieux ou chrétien ou sur la morale. Ces discussions ressemblaient à des études bibliques. En effet, le révérend Gabriel et Sire Perceval étudiaient souvent ensemble la Bible et certains livres de théologie qu'avait lus Sire Perceval pendant ses études de théologie, en même temps qu'il recevait sa formation de chevalier chez le Roi Arthur.

Le souper à six ou sept heures du soir avait duré jusque tard dans la soirée et Sire Perceval resta endormi jusqu'au milieu de la journée du lendemain.

Dans l'après-midi, Sire Daniel alla à l'écurie avec Sire Perceval pour lui montrer le cheval qu'il avait reçu pour son adoubement. Ce cheval vivait à l'écurie jusqu'au moment où Sire Perceval y alla avec Sire Daniel, son père. Sire Perceval avait reçu un très beau cheval qui s'appelait Roland. C'était un cheval brun, longiforme, avec une belle crinière noire.

Roland, dès ce moment, devint l'ami inséparable de Sire Perceval.

La mission de retrouver le Saint-Graal et d'aller d'abord en Israël pour faire cesser les croisades se présentait sous des conditions extrêmement difficiles pour Sire Perceval car il ne devait compter que sur lui-même. Mais au cours de son odyssée, Sire Perceval rencontra des personnes très compréhensives comme les moines des monastères dans lesquels il se rendit.

Quelques semaines après son départ du château du Roi Arthur et quelques jours après son départ du château du Duc de Bretagne, Sire Daniel son père, Sire Perceval parcourut, avec son cheval Roland, plusieurs duchés de France.

D'abord Sire Perceval et son cheval Roland s'arrêtèrent à Paris pour rencontrer l'Evêque de Paris qui s'appelait Monseigneur Hervé. C'était un homme chauve avec une barbe grisonnante.

Monseigneur Hervé le reçut et lui parla d'un ton grave et solennel :

« Bonjour, je m'appelle Hervé. Je suis l'Evêque de Paris. Et vous, comment vous appelez-vous, jeune homme ? »

Sire Perceval lui répondit :

« Je m'appelle Sire Perceval de Bretagne. Je suis chevalier à la cour du Roi Arthur et je pars en mission car Dieu m'a demandé de faire cesser les croisades et de retrouver le Saint-Graal, et je vous présente Roland, mon cheval, qui va bien.

« Je suis chevalier et je suis heureux de servir Dieu, et j'espère mettre fin aux hostilités des croisades et retrouver le Saint-Graal. Je suis très heureux de m'arrêter à Paris. »

Monseigneur Hervé lui dit :

« Je suis très heureux de voir un très jeune chevalier qui va partir en mission en Israël pour arrêter cette terreur, cette barbarie que sont les croisades. Car voyez-vous, jeune Sire Perceval, cette barbarie des croisades a assez duré et je crois que c'est le moment d'en finir. Cette barbarie dure depuis un siècle, et nous trouvons que nous devons mettre un terme à ces horreurs. Je crois qu'un jeune chevalier comme vous pourra arrêter cette barbarie et je prierai Dieu pour qu'on vous aide à rétablir la paix en Israël.

« Quant au Saint-Graal, j'espère que vous pourrez le retrouver, car on le recherche depuis plus de dix siècles et personne n'a jamais pu le retrouver.

« Comme il est bientôt l'heure de la messe du soir, je vais vous conduire dans votre chambre et vous pourrez prendre votre souper ave moi après la messe du soir, dans la salle à manger de l'évêché. »

Sire Perceval et Monseigneur Hervé se rendirent dans la très grande cathédrale et Sire Perceval fut émerveillé par cette immense cathédrale qui s'appelait

Notre-Dame, et qui venait d'être construite et sentait encore la pierre neuve et la peinture. Cette immense cathédrale de Notre-Dame de Paris était éclairée par des pierres photoluminescentes et non pas avec des cierges qui sentaient la cire brûlée, et la cathédrale Notre-Dame de Paris ne sentait pas la cire brûlée et ses murs n'étaient pas noircis par la suie qui provenait des cierges qui brûlaient.

Cette grande cathédrale était entourée de très beaux jardins avec des peupliers et des hibiscus, il y avait même des cèdres et des conifères. Et le parvis était composé d'énormes pavés et devant la cathédrale de Notre-Dame de Paris se trouvait une très grande statue de Saint Bernard de Clairvaux et une très grande Vierge, que Sire Perceval admira.

La messe dura une heure, et Sire Perceval put écouter Monseigneur Hervé dire la messe du soir. Puis Monseigneur Hervé et Sire Perceval regagnèrent l'évêché. Durant le repas, Monseigneur Hervé et Sire Perceval eurent un dialogue très riche et Sire Perceval raconta ses études de théologie et la cérémonie de son adoubement, et aussi sa vie à Mouthier-Royal lorsqu'il était élève chez les moines bénédictins.

Monseigneur Hervé voulait tout savoir sur la vie de son hôte, et Sire Perceval aimait beaucoup parler de ce qu'il avait fait dans sa vie d'élève, d'écuyer et d'étudiant en théologie.

Monseigneur Hervé demanda à Sire Perceval comment s'était déroulée la période des études fondamentales à l'abbaye bénédictine de Mouthier-Royal.

Sire Perceval commença à expliquer son parcours d'élève au collège de l'abbaye bénédictine de Mouthier-Royal :

« J'ai commencé mes études fondamentales à six ans à Mouthier-Royal. Au fil des années, je me suis mis à m'intéresser à l'histoire de France, de l'Europe et même à l'histoire de la partie nouvelle de notre civilisation qui s'appelle la Nouvelle-France et qui a très certainement été découverte par les Vikings du nord de l'Europe vers l'an mille.

« Et bien sûr je m'intéressais à la rhétorique, au latin et aux mathématiques. Nous avions même des leçons d'astronomie avec un moine bénédictin qui s'était spécialisé dans l'astronomie. Ce moine professeur s'appelait le Père Gille-de-la-Lande et il était, je crois, très intéressé par son domaine. Moi je l'aimais beaucoup et lui aussi nous aimait. Il m'a laissé un souvenir inoubliable. Il va très bientôt devenir prieur de l'abbaye bénédictine de Mouthier-Royal.

« Puis vers treize ou quatorze ans, je me suis mis à m'intéresser à la quête du Saint-Graal, que mon lointain ancêtre, Perceval le Gallois n'a jamais retrouvé.

« J'ai passé des heures et des heures à lire des livres consacrés aux Chevaliers de la Table Ronde et au Roi Arthur, qui vous le savez très certainement, s'est réveillé après une très longue nuit de sommeil en hibernation qui a duré six siècles. Je me suis tellement passionné pour la quête du Saint-Graal que je me suis dit que j'allais devenir chevalier du Roi Arthur après une formation comme écuyer, bien sûr. »

Monseigneur Hervé demanda à Sire Perceval :

« Et comment s'est déroulée la réalisation de votre rêve de devenir chevalier, puisqu'on peut dire que vous aviez ce rêve ? »

Sire Perceval lui répondit :

« Je suis devenu chevalier après cinq ans de formation comme écuyer avec un sénéchal qui était sévère mais très humain. Il s'appelait Pierre et était le sénéchal du Roi Arthur. Et en même temps, j'ai suivi des études de théologie, car voyez-vous, en Angleterre les jeunes écuyers suivent des études universitaires puisque c'est la coutume. J'ai choisi la théologie pour étudier la Bible, la morale, la patristique et l'histoire de l'Eglise, et l'histoire israélite.

« Je me suis notamment intéressé à ce grand maître spirituel qui a fondé un nouvel ordre de la famille bénédictine, qui s'appelle Saint Bernard, et dont on va célébrer bientôt le centenaire de la naissance. Et bien sûr j'ai continué à m'intéresser à la quête du Saint-Graal.

« Cinq ans plus tard, la fin de ma formation et le temps de l'adoubement approchaient. J'étais enfin prêt à réaliser mon rêve de devenir chevalier. Et le Roi Arthur m'a fait chevalier.

« Après mon adoubement, je me suis rendu à l'abbaye bénédictine de Westminster avec toute ma famille et peu de temps après le départ de ma famille - car mes frères et sœur ainsi que mes parents avaient décidé de quitter l'abbaye bénédictine pour rentrer à notre château -, j'ai fait un rêve qui était très grand. Dans ce rêve, Dieu m'a demandé de partir en Israël pour arrêter ces croisades qui relèvent de la domination et de la barbarie.

« Ces croisades sont terribles pour le peuple israélite qui n'a pas mérité qu'on profane leur pays, car je pense que ces horreurs de croisades sont une très grave profanation de leur terre sacrée.

« C'est pourquoi, afin d'obéir à Dieu, puisque tout chevalier doit obéir à Dieu, j'ai pris la décision de m'embarquer dans un grand voyage en Israël afin d'arrêter cette tragédie. J'ai également le projet de me rendre à Rome voir Sa Sainteté le Pape Joachim, et après je partirai à la recherche du Saint-Graal afin de le retrouver. »

Monseigneur Hervé fut émerveillé par le récit du parcours universitaire et théologique de Sire Perceval, ainsi que par son projet de faire cesser les croisades et de retrouver le Saint-Graal.

Il reprit la parole et dit :

« Je suis émerveillé par votre parcours de jeune élève de l'abbaye de Mouthier-Royal, votre parcours universitaire et vos deux projets chevaleresques qui visent à faire cesser cette tragédie des croisades et à retrouver le Saint-Graal. J'espère que l'on cessera cette barbarie de croisades et que le Saint-Graal sera enfin retrouvé.

« Votre récit m'a vraiment intéressé et je crois que vous allez être un très bon chevalier. Je suppose que vous allez entretenir des liens avec votre abbaye de Mouthier-Royal, par exemple en entrant dans le tiers-ordre bénédictin. »

Sire Perceval prit de nouveau la parole et dit :

« Oui, très certainement. Je vais entreprendre des démarches pour devenir tertiaire bénédictin comme beaucoup d'autres gens. »

Après le souper et cette conversation très riche, Monseigneur Hervé et Sire Perceval allèrent se coucher et Sire Perceval dormit très profondément jusqu'au lendemain matin.

Avant de s'endormir, Sire Perceval repensa à cette intense conversation avec cette grande personnalité de l'Eglise de France, Monseigneur Hervé, qui était particulièrement intéressé par son parcours et par ces deux projets de missions chevaleresques de faire cesser les croisades et de retrouver le Saint-Graal.

Le jour commençait à se lever sur Paris et la place de Notre-Dame de Paris, où se trouvait l'évêché et la résidence de Monseigneur Hervé. Sire Perceval se leva et prit son petit déjeuner en compagnie de Monseigneur Hervé.

Monseigneur Hervé dit à Sire Perceval, avec un sourire jusqu'aux oreilles :

« Sire Perceval, avez-vous bien dormi ? »

Sire Perceval lui répondit avec un grand sourire :

« Oui, j'ai très bien dormi, et aujourd'hui je vais visiter Paris avant de reprendre la route demain matin. »

En effet, Sire Perceval profita de cette journée pour visiter Paris, avec ses églises, ses parcs et sa très belle rivière. Il commença sa visite par le parc des Tuileries qui était orné de peupliers, de cèdres, de tilleuls et même de citronniers Sire Perceval aimait beaucoup les arbres et les plantes, comme les tagettes, les buissons, les hibiscus. Le parc des Tuileries était aussi orné de genets, de giroflées et de chardons bleus. Il y avait aussi des myosotis, des rhododendrons roses et des troènes.

Puis Sire Perceval traversa un des ponts de la Seine et se trouva dans un autre parc où il y avait des cygnes, des canards et des poules d'eau. Il y avait aussi de beaux poissons rouges et des grenouilles qui sautaient d'un nénuphar à l'autre.

Sire Perceval se trouva près d'une petite abbaye bénédictine qui s'appelait abbaye de Saint Germain des Près. Sire Perceval demanda à assister à l'office de midi et à prendre le repas de midi avec les moines, et le Père prieur accepta que Sire Perceval prenne son repas avec les moines. Il prit donc son repas avec les moines bénédictins. Le repas de midi était composé d'une soupe de carottes, de légumes et de pommes de terre et d'un gâteau aux pommes. Sitôt le repas terminé, Sire Perceval alla à l'office de none avec les moines.

Il se dirigea ensuite vers un lieu qui s'appelait le Panthéon et qui était un monument dans lequel se trouvaient des savants, des prêtres, des professeurs de la Sorbonne. Il y avait même le Duc de Paris, qui s'appelait Sire Christian-Côme, un très jeune chevalier qui avait à peu près le même âge que Sire Perceval. Il avait des longs cheveux, pas de barbe et était de grande taille.

Sire Perceval alla se présenter à Sire Christian-Côme :

« Bonjour, je m'appelle Sire Perceval. J'étais en train de visiter le Panthéon, car c'est le jour où le Panthéon est ouvert au public et je suis content de découvrir le Panthéon et de faire votre connaissance. »

Sire Christian-Côme, surpris par la présence de Sire Perceval, lui répondit :

« Je suis vraiment surpris de vous voir dans ce lieu qui est réservé aux grandes personnalités de Paris, mais comme c'est le jour ouvert au public, je suis content de faire votre connaissance.

« Aujourd'hui je suis au Panthéon avec des professeurs de l'université de la Sorbonne, qui vient d'être inaugurée, et je suis aussi en compagnie de savants, de mathématiciens et de physiciens.

« Comme je suis très occupé, Sire Perceval, je vais retourner avec mon groupe, et nous pourrons mieux faire connaissance dans un autre lieu et à un meilleur moment.

« Je vous souhaite un bon séjour à Paris. »

Puis Sire Christian-Côme s'en alla et retourna vers son groupe.

Sire Perceval continua d'admirer l'immense coupole et le dôme. Il y avait des grandes peintures qui représentaient les scènes de l'antiquité, la naissance du

Christ, et il vit aussi la statue de Saint Denis, qui est le Saint Patron de Paris.

Après avoir visité le Panthéon, Sire Perceval se rendit aux Thermes de Paris, un établissement de bains chauds, chauffés au charbon, et Sire Perceval put se détendre dans l'eau chaude et se faire du bien au corps et à l'âme.

Vers le soir, après ce bon bain chaud aux Thermes de Paris, Sire Perceval retourna à l'évêché. Il prit le repas du soir avec Monseigneur Hervé qui lui demanda ce qu'il avait vu à Paris et s'il avait aimé Paris.

Sire Perceval lui répondit :

« Oui j'ai beaucoup aimé Paris et j'ai vu de beaux parcs avec plein de plantes, d'arbres et d'oiseaux. J'ai même vu des poissons rouges au fond d'un étang et des grenouilles.

« Je suis allé visiter le Panthéon où j'ai fait la connaissance de votre Duc de Paris, Sire Christian-Côme qui était avec des savants et des professeurs d'université, et enfin je suis allé dans l'eau chaude des Thermes de Paris. »

Monseigneur Hervé reprit la parole :

« Vous avez fait la connaissance de Sire Christian-Côme ? Je suis vraiment surpris de la facilité que vous avez à entrer en contact avec les gens, car Sire Christian-Côme est un garçon très difficile. Il est très froid et très sec parfois. Je l'ai connu au catéchisme et c'est moi qui l'ai confirmé à sa prémajorité à seize ans, avant qu'il aille à la Sorbonne. Sire Christian-Côme était très froid et très sec mais il était un garçon plein de bonté. Il faut savoir l'approcher pour qu'il soit de bonne humeur.

« Il a été adoubé chevalier, et il est devenu Duc de Paris peu de temps après son adoubement, car son père qui s'appelait Christian-Guillaume est décédé subitement à la suite d'une maladie cérébrale. Alors il a fallu immédiatement couronner son fils Duc de Paris. C'est peut-être pour cela qu'il a été brusque avec vous. Il n'a pas encore bien pu se remettre du décès de son père. »

Oui, Monseigneur Hervé avait tout de suite vu et senti que Sire Perceval avait été quelque peu blessé par l'attitude de Sire Christian-Côme, lors de leur rencontre. Monseigneur Hervé était un homme d'Eglise qui voyait tout de suite si son interlocuteur avait eu de bonnes relations. Et Monseigneur Hervé avait vu sur le visage de Sire Perceval qu'il n'était pas en très bons termes avec le Duc de Paris.

Le lendemain Sire Perceval, après avoir pris le petit déjeuner avec Monseigneur Hervé, quitta Paris avec son cheval Roland qu'il retrouva à l'écurie principale de Paris. Il monta sur son cheval Roland et reprit la route. Il traversa plusieurs duchés de France et arriva vers midi dans une petite ville. Il s'arrêta dans une auberge pour prendre le repas de midi.

Après cinq ou six heures de route depuis la petite ville de Sens, Sire Perceval passa la nuit dans une auberge à Auxerre, et prit le petit déjeuner dans le réfectoire de l'auberge.

Comme il pleuvait à très grosses gouttes, Sire Perceval resta dans la chambre de l'auberge, mais une ou deux heures après, la pluie avait cessé malgré un temps très nuageux.

Il retrouva Roland, son cheval, à l'écurie de la ville et quitta Auxerre. Il continua sa route avec son cheval Roland et arriva à un château qui se trouvait dans une très petite ville qui s'appelait Arcy-sur-Cure.

Sire Perceval frappa à la porte du château et un très vieux monsieur lui ouvrit la porte.

Ce très vieux monsieur avait une barbe blanche et était un vassal et un tertiaire d'une abbaye bénédictine qui s'appelait la Pierre-qui-Vire. Il s'appelait Sire Paul.

Sire Paul lui demanda :

« Bonjour, jeune homme. Que voulez-vous et comment vous appelez-vous ? »

Sire Perceval lui répondit :

« Je m'appelle Sire Perceval et je cherche la route qui mène vers les montagnes. Quelle route dois-je prendre, Sire ? »

Sire Paul lui dit :

« Je m'appelle Sire Paul, et la route que vous recherchez se trouve juste devant vous. Vous pourriez aller vers l'abbaye bénédictine de la Pierre-qui-Vire, qui se trouve à environ vingt kilomètres depuis mon château. Je suis tertiaire de cette abbaye depuis très longtemps et je connais très bien le Père abbé actuel qui s'appelle le Père René. »

Sire Paul avait convié Sire Perceval à entrer dans le petit château pour lui expliquer quelle route il devait prendre et Sire Perceval lui dit :

« Je vous remercie de tout mon cœur, Sire Paul. Je transmettrai vos salutations au Père René qui est le Père abbé de l'abbaye bénédictine de la Pierre-qui-Vire. »

Puis Sire Perceval quitta le château du Sire d'Arcy, qui était le vassal du Duc de Dijon.

Sire Perceval parcourut vingt kilomètres entre le château du Sire d'Arcy et l'abbaye bénédictine et arriva à la grande porte du monastère vers trois ou quatre heures de l'après-midi

Après avoir franchi le portail du monastère de l'abbaye bénédictine de la Pierre-qui-Vire, Sire Perceval alla à la rencontre du Père supérieur qui s'appelait le Père René et qui lui dit :

« Bonjour Sire. Que voulez-vous et qui êtes-vous ? »

Sire Perceval lui répondit :

« Je m'appelle Sire Perceval de Bretagne, je suis le fils du Duc de Bretagne qui s'appelle Sire Daniel. Je suis en mission afin de faire cesser les croisades et de retrouver le Saint-Graal, la Coupe sacrée dans laquelle Jésus-Christ a bu lors de son dernier repas. Je suis en route pour Israël afin, comme je viens de vous le dire, de faire cesser les croisades qui sont un vrai massacre et une tragédie non seulement pour nos frères israélites mais pour toute notre civilisation. »

Le Père René était très âgé et un peu renfrogné à l'égard du jeune Sire Perceval, mais il faisait preuve de chaleur humaine et il l'accueillit à l'hôtellerie du monastère.

Il répondit à Sire Perceval et dit :

« Ah, vous avez été chargé d'arrêter cette terrible tragédie que sont ces croisades ! Oui ces croisades sont tellement barbares qu'il serait vraiment temps que quelqu'un aille en Israël et y mette un terme.

« Vous dites que vous avez reçu une autre mission qui est de retrouver ce Vase sacré que personne n'a réussi à retrouver, depuis plusieurs siècles qu'on le cherche. Il faut que je vous le dise, il vous sera très difficile de le retrouver, et peut-être serez-vous obligé d'aller dans toute l'Europe, en Nouvelle-France, et peut-être jusqu'aux Indes, voire peut-être jusqu'en Chine. Et peut-être passerez-vous toute votre vie à chercher ce Vase sacré, et il se pourrait que vous ne le retrouviez jamais. Mais si vous avez du courage, de la bravoure et une vraie foi, vous pourrez certainement le retrouver avec l'aide de Dieu. Car vous avez certainement beaucoup de courage, et je souhaite que vous retrouviez ce Vase sacré. »

Puis le Père René, surpris, ébloui, et émerveillé par le discours de Sire Perceval sur son projet d'aller en Israël pour mettre fin à la tragédie de ces croisades violentes, barbares et indignes du siècle finissant, lui dit :

« Je suis vraiment émerveillé qu'un jeune chevalier comme vous ait le projet d'aller en Israël pour arrêter cette tragédie, et de rencontrer le grand chef spirituel israélite. Je vais vous le dire, ces croisades sont d'une barbarie épouvantable et indigne d'une époque qui essaie de sortir de l'âge sombre. Je crois qu'un chevalier de votre genre peut contribuer à faire sortir notre civilisation de l'âge sombre qu'est le Moyen-âge. »

Le jeune Sire Perceval resta deux jours à l'abbaye bénédictine de la Pierre-qui-Vire et en garda un bon souvenir.

Il regagna l'écurie du monastère où se trouvait son cheval Roland. Perceval et Roland, son cheval, partirent pour l'abbaye cistercienne de Cîteaux, où son frère qui s'appelait Gérald et qui était moine cistercien l'attendait, car Perceval lui avait écrit pour annoncer son arrivée au monastère de l'abbaye cistercienne de Cîteaux.

Après une demi-journée de voyage entre l'abbaye bénédictine de la Pierre-qui-Vire et l'abbaye cistercienne de Cîteaux, Sire Perceval et Roland son cheval arrivèrent au grand portail de l'abbaye de Cîteaux. C'était un immense portail en fer forgé noir, et il y avait une petite statue de Saint Bernard qui était recouverte d'or. Il était deux ou trois heures lorsque Perceval laissa son cheval Roland à l'écurie du monastère, qui était située près du grand portail en fer forgé.

Le Père abbé s'appelait Père David. C'était un homme de grande taille avec une barbe et peu de cheveux. Le Père abbé et Frère Gérald, qui allait devenir moine-prêtre, s'avancèrent vers le jeune Sire Perceval.

Le Père David dit au jeune Sire Perceval :

« Sire Perceval, vous êtes accueilli les bras ouverts et vous allez passer quelques semaines dans notre communauté. Je dois vous dire qu'il faudra garder le silence, car vous êtes dans une abbaye cistercienne et notre ordre nous demande de garder le silence. Mais comme vous avez ici votre frère, de la famille du Duc de Bretagne, et qui va devenir bientôt moine-prêtre et peut-être plus tard supérieur, nous vous ferons un régime de faveur.

« Nous espérons que vous ferez de votre mieux pour garder le silence, surtout dans le cloître et la chapelle. Je vous montrerai sur une carte de l'abbaye où vous et votre frère, le Frère Gérald, pourrez discuter ensemble.

« Si vous tenez absolument à me voir, vous pouvez venir me voir dans mon bureau qui est situé dans l'aile ouest du monastère, au premier étage. »

Le lendemain, Perceval reçut une carte du monastère avec des zones bleues où il pouvait parler avec son frère, et des zones rouges où il ne devait pas du tout parler.

Sire Perceval souhaitait travailler avec les moines. Il alla trouver le Père David dans son bureau pour lui faire part de son désir.

« En principe, dit gentiment le Père David, les hôtes ne travaillent jamais avec les moines. »

Mais Sire Perceval lui dit :

« Comme il est écrit dans la Bible, *je suis venu pour servir, pas pour être servi.* »

Le Père David était tellement surpris par la phrase du jeune Sire Perceval de Bretagne que, après avoir réfléchi, il dit à Sire Perceval :

« Bon. Dans ce cas, je vous autoriserai à travailler avec les moines mais avec un respect absolu du silence. Vous avez de la chance, lui dit-il avec une voix chaleureuse mais claire, d'avoir un frère qui est moine cistercien et qui va bientôt devenir moine-prêtre, et de pouvoir ainsi bénéficier d'une dérogation dans un monastère cistercien.

« Dans quel domaine aimeriez-vous travailler avec les moines ? »

Sire Perceval lui répondit :

« J'aimerais travailler au jardin et au verger. »

Le Père David lui dit :

« Je dois me rendre dans la salle capitulaire et je vous tiendrai au courant après avoir consulté la communauté. »

Le jour même, Sire Perceval reçut l'autorisation de travailler avec les Frères responsables du jardin et du verger avec un respect absolu du silence. Il travailla avec les Frères jardiniers pendant trois semaines, puis il demanda à voir son frère, le Frère Gérald, et le Père David pour parler avec eux.

Le Père David demanda à Frère Gérald si le jeune Sire Perceval, son frère cadet, avait respecté le silence.

Le Frère Gérald lui répondit :

« Oui, il a respecté le silence très scrupuleusement. Mes confrères me l'ont dit. Du reste, comme je connais très bien mon petit frère, je ne crois pas qu'il pourrait commettre une telle erreur que de parler dans un endroit où le silence est de rigueur.

« Mon petit frère était un enfant quelque peu distrait, surtout à Mouthier-Royal où il a fait ses études fondamentales, et où le Père Gérard, le Père supérieur de Mouthier-Royal, était un peu exaspéré quand il oubliait un livre. Et lorsqu'il était écuyer, il lui arrivait d'oublier son épée ou son heaume lors d'exercices, d'après ce que le Roi Arthur et son sénéchal Pierre nous ont raconté lors de son adoubement.

« Mais c'était aussi un enfant calme et discipliné dans notre château, malgré sa distraction. Il lui arrivait d'oublier de faire un travail qu'on lui avait demandé, mais je ne crois pas qu'il pourrait se permettre de commettre une erreur en parlant dans un monastère, surtout un monastère comme celui-ci, dans cette abbaye cistercienne de Cîteaux, et surtout dans le cloître. »

Le Père David se tourna vers Sire Perceval et lui dit :

« Bien, jeune Sire Perceval, qu'avez-vous à nous dire ? »

Sire Perceval prit la parole et dit à son frère, le Frère Gérald, et au Père David :

« Ce que je vais vous dire est très important. Dieu m'a demandé de faire cesser cette terrible barbarie que sont les croisades car nos frères israélites ne méritent pas une telle chose qui est vraiment une profanation de leur terre sainte. C'est pourquoi, après mon séjour ici, je prendrai la route vers Naples pour prendre le bateau qui part pour la Palestine et qui m'emmènera en Israël. Et je mettrai un terme définitif à toute cette barbarie inouïe que sont les croisades. Puis lorsque je reviendrai en Europe, j'irai rendre visite à Sa Sainteté le Pape Joachim, et j'irai ensuite dans toute l'Europe, et peut-être jusqu'en Nouvelle-France, pour retrouver et rapporter le Saint-Graal.

« Je ferai tout mon possible pour mettre un terme à cette barbarie des croisades, sauver les Israélites, qui sont nos frères, des suites de ces terribles croisades et rétablir en Israël la paix que nos frères israélites méritent. Il est vraiment temps de mettre fin aux croisades, à toute injustice, de retrouver le Saint-Graal, de sortir notre civilisation de ce sinistre Moyen-âge, et de faire entrer notre civilisation chrétienne, avec les Israélites, dans une nouvelle ère où règneront la justice et le respect mutuel entre les différentes civilisations de notre planète. Je ferai de mon mieux pour que l'on respecte les Israélites qui sont persécutés depuis des siècles.

« Au retour de ma deuxième mission, lorsque j'aurai retrouvé le Saint-Graal, je demanderai à mon abbaye bénédictine de Mouthier-Royal de me recevoir dans le tiers-ordre.

« Voilà ce que j'avais à vous dire. J'ai vraiment apprécié votre autorisation de pouvoir travailler avec les Frères de votre monastère. Je vous remercie de m'avoir permis de travailler avec les Frères jardiniers. Que Dieu vous bénisse et bénisse votre abbaye. »

Le Père David, surpris et émerveillé par la bonté du jeune Sire Perceval, déclara :

« Je suis très touché et très ému qu'un jeune chevalier comme vous, Sire Perceval, ait l'intention de se rendre en Israël pour arrêter cette tragédie que sont les croisades, car nous savons tous que les croisades sont quelque chose d'épouvantable à quoi il faut mettre un terme définitif. Je suis également touché de voir qu'un jeune chevalier a un grand respect envers les Israélites. Notre grand maitre spirituel, Saint Bernard de Clairvaux, avait aussi un grand respect envers les Israélites, et je suis sûr qu'il serait fier de voir qu'un jeune chevalier comme vous, Sire Perceval, peut contribuer à faire cesser toute la haine qu'il y a dans le monde et à nous faire sortir de ce sinistre âge sombre, comme l'a fait Saint Bernard.

« Nous vivons dans un siècle qui va bientôt finir et nous espérons que le prochain siècle nous sortira définitivement de cet âge sombre qu'est le Moyen-âge. Je crois que ces croisades sont une barbarie qu'il faut éradiquer. Un jeune chevalier comme vous qui a en plus le courage d'aller jusqu'en Israël peut arrêter cette terreur. »

Puis le Père David vit que l'heure de l'office des vêpres allait sonner. Il remercia chaleureusement le jeune Sire Perceval de son message et le Frère Gérald accompagna son Père supérieur vers la porte de la clôture, qui est strictement réservée aux moines.

Sire Perceval regagna la partie réservée aux hôtes et pèlerins du monastère de l'abbaye cistercienne de Cîteaux.

Quelques jours passèrent et Sire Perceval continua à travailler avec les Frères responsables du jardin du monastère de l'abbaye de Cîteaux.

Sire Perceval avait beaucoup de chance de pouvoir travailler dans les jardins et vergers de l'abbaye de Cîteaux car il était dans un cadre enchanteur. Les jardins du monastère étaient ornés de peupliers, de tilleuls. Il y avait des plantes rares comme des rhododendrons. Près du potager, il y avait des cyclamens, et beaucoup de fougères. Le grand jardin possédait des genévriers communs qui étaient vert émeraude, et des cœurs de Marie que les premiers moines avaient plantés. Dans le potager dans lequel travaillait Sire Perceval, les moines cultivaient des tomates, des salades, des carottes, des haricots verts et jaunes. Les moines de Cîteaux avaient aussi un jardin potager fruitier où ils cultivaient des mûres, des framboises, des fraises et même des cassissiers, arbustes sur lesquels pousse du cassis. Dans le verger, il y avait des pommiers, des poiriers, des orangers, des pruniers, et même des citronniers, comme ceux que Sire Perceval avait pu voir lorsqu'il était à Paris, chez Monseigneur Hervé.

Les moines faisaient aussi du très bon miel car il y avait un Frère qui était spécialisé dans l'élevage d'abeilles.

Le dernier jour, le jeune Sire Perceval alla dire adieu à son frère de Bretagne qui allait commencer sa formation de moine-prêtre, et remercia chaleureusement le Père David pour son privilège de travailler avec les moines cisterciens. Puis il alla à la porte du monastère et à l'écurie où se trouvait Roland, son cheval.

Perceval et Roland commencèrent un immense voyage qui devait les conduire à travers de beaux paysages et de belles forêts. Ils franchirent un col qui devait se trouver quelque part dans le Jura. Et Sire Perceval se trouva devant un très beau lac où se trouvait une ravissante petite ville appelée Neuchâtel. Il se rendit avec son cheval Roland de l'autre côté du lac, et se retrouva dans une autre petite ville médiévale nommée Estavayer-le-Lac. Il prit la décision de séjourner deux jours dans une petite auberge.

Perceval était émerveillé, depuis son enfance et surtout depuis sa formation d'écuyer, par les pierres photoluminescentes qu'un alchimiste avait mises au point.

Ces pierres photoluminescentes, comme l'aigue-marine ou la citrine ou même comme le grenat, étaient capables d'emmagasiner la lumière du soleil et, une fois que le soleil était couché, ces pierres semi-précieuses devenaient lumineuses la nuit, car elles étaient dotées d'un pouvoir qui consistait à briller.

Grâce à l'alchimie de l'alchimiste anglais du neuvième siècle qui les avait mises au point en les trempant dans un philtre magique, elles remplacèrent les torchères qui dégageaient une fumée noire et qui sentaient la résine brûlée.

C'est pour cela que le château du Roi Arthur, l'abbaye de Mouthier-Royal, et le château du Duc de Bretagne et les deux monastères, la Pierre-qui-vire et l'abbaye cistercienne de Cîteaux, qu'il avait visités ne sentaient plus la résine brûlée et étaient d'une grande propreté. Sire Perceval en avait aussi vu dans les candélabres des villes qu'il avait traversées avec son cheval.

Sire Perceval alla voir le Sire de Fribourg qui s'appelait Sire Claude et qui avait un frère à l'abbaye cistercienne de Hauterive.

Sire Perceval fut reçu par Sire Claude qui lui demanda :

« Bonjour, comment t'appelles-tu ? »

Sire Perceval lui répondit :

« Je m'appelle Sire Perceval de Bretagne, je suis chevalier du Roi Arthur qui vient de se réveiller d'un sommeil qui a duré six cents ans.

« Oui, le Roi Arthur a hiberné pendant six cents ans dans une grotte mystérieuse dans laquelle il se trouvait, et tout d'un coup il tomba dans un sommeil tellement profond qu'il se réveilla six siècles plus tard, en 1180, pendant mes études fondamentales à l'abbaye bénédictine de Mouthier-Royal. J'avais treize ans. J'ai fait ma formation d'écuyer et de chevalier à la cour du Roi Arthur et j'ai été adoubé tout récemment.

« Je suis en mission, car Dieu et mon Roi, le Roi Arthur, m'ont chargé de faire cesser les croisades et de retrouver le Saint-Graal, que l'on recherche depuis plus de dix siècles, et que personne n'a jamais pu retrouver, pas même mon lointain ancêtre qui s'appelait aussi Perceval, Perceval le Gallois. »

Le Duc de Fribourg, était un homme dans la quarantaine, de taille moyenne, avec des cheveux mi-longs et pas de barbe. Il était tertiaire de l'abbaye cistercienne de Hauterive. Il fut très surpris d'apprendre que le Roi Arthur avait en quelque sorte ressuscité.

Sire Claude dit à Sire Perceval :

« Ton histoire du Roi Arthur me surprend et je trouve que c'est une bien mystérieuse histoire, de même que l'une des deux missions que Dieu et le Roi Arthur t'ont confiées, et qui est de retrouver le Saint-Graal. Vous avez l'air de tenir à retrouver ce Vase sacré, le Roi Arthur, sa cour et toi. Je crois que vous aurez beaucoup de difficultés à le retrouver, mais j'espère que tu le retrouveras, ce Vase mystérieux qui s'appelle le Saint-Graal.

« Pour ce qui est de l'autre mission, celle de faire cesser les croisades, je souhaite que tu puisses enfin arrêter cette tragédie. D'après ce que tu dis, tu as entamé un immense voyage pour aller jusqu'en Israël. J'espère que tu pourras demander à toute la civilisation d'arrêter ces croisades et de rendre la paix aux Israelites, car ils méritent de vivre en paix et en harmonie.

« Notre civilisation doit comprendre qu'il faut mettre fin à toutes ces guerres et qu'il faut sortir de ce triste Moyen-âge. Je crois qu'un jeune chevalier plein de courage et de bravoure comme toi pourra enfin mettre un terme à cette barbarie des croisades et faire sortir notre civilisation de ce sinistre âge sombre qu'est le Moyen-âge. »

Il arrivait que Perceval soit tantôt vouvoyé, tantôt tutoyé, comme c'est le cas dans le Duché de Fribourg.

Il était logé dans le petit château de Sire Claude, dans une grande chambre mansardée avec, au plafond, une lampe dans laquelle brillait une citrine qui donnait une lumière jaune chrysanthème ou jaune-orange, comme les torchères d'autrefois, du temps de son lointain ancêtre qui s'appelait aussi Perceval.

Sire Perceval apercevait les lumières de la petite ville de Fribourg, qui était aussi équipée de pierres photoluminescentes, des aigues-marines qui donnaient une couleur bleuâtre, et des citrines qui donnaient une couleur jaune-orange.

Le lendemain Sire Perceval descendit les escaliers en marbre blanc du Duc de Fribourg pour prendre le petit déjeuner avec le Sire Claude.

Sire Claude lui dit :

« J'ai l'intention d'aller voir mon frère qui est moine-prêtre à Hauterive. Il s'appelle le Père Augustin et il est sous-prieur. Le Père supérieur de l'abbaye de Hauterive s'appelle Père Maximilien et il me connait très bien. Serais-tu intéressé de venir avec moi voir mon frère, le Père Augustin ? »

Sire Perceval répondit avec grande joie :

« Oh oui ! Avec un très grand plaisir. »

Un peu plus tard Sire Perceval et Sire Claude se rendirent à l'abbaye cistercienne de Hauterive et rencontrèrent le Père Augustin et le Père abbé Maximilien.

Sire Claude leur dit :

« Je vous présente Sire Perceval de Bretagne, jeune chevalier du Roi Arthur qui a reçu deux grandes missions, la mission d'arrêter les croisades et celle de retrouver le Vase sacré qui s'appelle le Saint-Graal. »

Le Père Maximilien dit à Sire Perceval :

« Bienvenue chez nous, jeune Sire Perceval, je suis content et heureux de faire votre connaissance. »

Le Père Maximilien était un homme de grande taille, chauve et sans barbe, d'une soixantaine d'années. Le frère du Sire Claude, le Père Augustin, lui, était un homme d'une quarantaine d'années, un peu plus jeune que son frère Sire Claude, cheveux courts et petite barbe noire.

Tous les trois, Sire Claude, Sire Perceval et le Père Augustin se rendirent à la messe conventuelle qui avait lieu à onze heures, et ensuite au repas.

Sire Perceval eut le privilège de manger avec les moines cisterciens de l'abbaye de Hauterive, chose très rare car, dans une abbaye cistercienne, les hôtes sont strictement séparés des moines. Ils ne mangent jamais avec les moines, et ne travaillent jamais avec eux. Sire Perceval avait déjà eu le grand privilège de travailler avec les moines, lorsqu'il était à l'abbaye de Cîteaux, puisqu'il avait un frère, le Frère Gérald qui allait devenir moine-prêtre à Cîteaux.

Au réfectoire, le Père Maximilien prononça une prière et dit :

« Que Dieu bénisse ce jeune chevalier breton qui va se rendre en Israël pour arrêter les croisades et qui va peut-être retrouver le Vase sacré.

« Dieu, aide-nous à mettre fin à cette terreur des croisades et aide ce jeune chevalier à accomplir ces deux missions que tu lui as confiées.

« Veuille bénir ce repas et tout ce que tu nous donnes, amen. »

Après le repas, Sire Claude et Sire Perceval eurent le privilège de visiter le monastère. Ce fut, pour Sire Perceval, une journée inoubliable.

Sire Claude et Sire Perceval purent même visiter les jardins du monastère, où se trouvaient des conifères, des tilleuls, des marronniers, et toutes sortes de plantes. Il y avait des tagettes le long des chemins, des edelweiss blancs, des capucines et beaucoup d'ombellifères.

Ils virent aussi des lapins sauvages de couleur brune, des chats, des chèvres. Il y avait même des vaches avec leurs petits veaux, des écureuils qui couraient sur les branches d'un des marronniers. Et il y avait des marmottes dans le champ d'à côté.

A la fin de la journée, Sire Claude remercia le Père abbé et toute la communauté. Il remercia aussi le Père abbé de l'avoir reçu comme tertiaire, car Sire Claude venait de terminer son noviciat et venait de prononcer sa profession de tertiaire quelques mois plus tôt. Et enfin, il remercia le Père abbé de l'avoir invité au réfectoire avec les Frères et Sire Perceval.

Puis Sire Perceval et Sire Claude retournèrent au château de Sire Claude.

Deux jours plus tard, Sire Perceval prit congé de Sire Claude et entreprit la suite de son très long voyage par la Gruyère puis le col du Pays-d'en-Haut.

Sire Perceval était toujours vêtu d'une sorte de pantalon vert émeraude et d'une veste de couleur vert clair ou vert péridot avec une capuche vert olive. Quelquefois il portait un pantalon bleu saphir, une veste bleu azur et une capuche bleu ciel. Les capuches étaient des vêtements indépendants des vestes que portait Sire Perceval. Sire Perceval avait aussi son équipement de chevalier, heaume, épée, armure qu'il ne portait pratiquement jamais. Et il ne se servait jamais de son épée, car par miracle, il ne rencontra ni bandit ni animaux sauvages dangereux. Sire Perceval avait des bottes de couleur brune et une autre paire de couleur verte. Et il avait un très grand sac avec des habits de rechange.

Il descendit vers une petite ville appelée Aigle, petit bourg médiéval avec son château, mais Sire Perceval ne s'y arrêta pas avec son cheval Roland. Tard dans la nuit, Sire Perceval s'arrêta à un petit bourg médiéval. Il passa la nuit dans une petite auberge et son cheval Roland passa la sienne dans une écurie qui était située tout près de l'auberge.

Le lendemain de bonne heure, après avoir pris un bon petit déjeuner composé de pain, de beurre, de fruits frais avec des fraises et des framboise et d'un café, il reprit son cheval Roland et partit dans une longue vallée qui débouchait sur un col qui portait le nom du fondateur de l'ordre auquel appartenait son frère, le Frère Gérald.

Ce col s'appelait le col du Grand-Saint-Bernard. Il s'y trouvait un monastère cistercien qui s'appelait Notre-Dame-des-Montagnes. Sire Perceval y passa quelques jours.

Sire Perceval fut chaleureusement accueilli par le Père abbé qui s'appelait Père Guillaume. Il avait une petite barbe grisonnante et devait avoir cinquante ou cinquante-cinq ans. Et il ne manqua pas de lui demander de respecter la règle du silence.

C'était déjà le mois de septembre et Sire Perceval en était à son deuxième mois de mission. Les premières neiges étaient pour bientôt et il commençait à faire froid la nuit. Sire Perceval dut s'habiller en conséquence, car même fermées, les fenêtres de l'abbaye cistercienne laissaient le froid pénétrer dans les chambres et dans les salles du monastère.

Après la première nuit, le Père Guillaume, qui était aussi le Père hôtelier, dit à Sire Perceval :

« Bonjour jeune homme, comment avez--vous passé la première nuit dans notre hôtellerie ? »

Sire Perceval lui répondit avec un sourire :

« Très bien, mais j'ai eu un peu froid. »

Le Père Guillaume lui dit :

« Oui, je sais qu'il fait froid, nous sommes à la fin du mois de septembre, et nous sommes à une altitude de deux mille quatre cent neuf mètres. Bientôt nous aurons les premières chutes de neige.

« Je sais que vous êtes en train de chercher ce fameux Vase sacré qu'aucun chevalier n'a trouvé et que l'on cherche depuis une dizaine de siècles, mais je suis sûr et certain que ce Vase sacré n'est pas perdu. Il faut le localiser et le rapporter à votre cour. »

Sire Perceval dit au Père Guillaume :

« Je suis aussi sur une autre mission, que Dieu m'a confiée. Cette mission consiste à aller en Israël faire cesser ces abominables croisades qui ont assez duré. Après mon séjour dans votre abbaye cistercienne, je me rendrai à Rome, voir le Pape Joachim et ensuite je me rendrai en Israël en prenant le bateau à Naples. Une fois arrivé en Israël, je demanderai aux envahisseurs d'arrêter ces croisades, et d'aller se confesser, et je contribuerai à rétablir la paix que les Israélites, nos frères, méritent. Ensuite, je partirai à la recherche du Saint-Graal. »

Sire Perceval passa trois ou quatre jours à l'abbaye cistercienne de Notre-Dame-des-Montagnes au col du Grand-Saint-Bernard. Puis avec son cheval Roland, il descendit dans une vallée qui débouchait sur une ravissante petite ville qui s'appelait Aoste, dont le Prince s'appelait Angelo. Il avait de longs cheveux noirs et il se rasait car il n'aimait pas les barbes. Il devait avoir une trentaine d'années et il avait un fort accent du sud.

Sire Perceval fut accueilli les bras ouverts par le Prince Angelo.

Il dit à Sire Perceval :

« Bonjour, Sire. Comment allez-vous ? Soyez le bienvenu dans mon château. Vous aurez une chambre dans l'aile ouest. »

Sire Perceval accepta chaleureusement l'invitation et conduisit son cheval Roland à l'écurie du château. Il passa une semaine dans le château du Prince Angelo. Il avait une superbe chambre avec une salle d'eau privée dans laquelle se trouvait un bassin creusé dans le sol où il pouvait prendre un bain.

Au douzième siècle, les gens étaient beaucoup plus propres qu'au haut Moyen-âge, à l'époque du couronnement du Roi Arthur, et à l'époque de son ancêtre Perceval le Gallois. Ils se lavaient beaucoup plus souvent. Les moines cisterciens avaient inventé un système de bassin où l'eau arrivait par une petite conduite et repartait par une autre conduite. Ces bassins ressemblaient à des fontaines.

Sire Perceval réfléchissait à la façon de poursuivre ses deux missions. Il réfléchissait à la prochaine étape de son extraordinaire odyssée. Il aurait aimé avoir une petite pierre photoluminescente mais il avait beaucoup de peine à en trouver une.

Il alla se promener, le soir, avec le Prince Angelo, dans les rues de la petite ville d'Aoste. Il était frappé par l'éclairage rougeâtre, car les rues de la petite ville d'Aoste étaient éclairées par de gros galets de grenat qui donnaient une lumière féerique.

Après leur visite nocturne, le Prince Angelo et Sire Perceval rentrèrent au château du Prince Angelo. Alors Sire Perceval dit au Prince Angelo :

« Nous sommes allés dans la petite ville d'Aoste et j'ai vu des candélabres qui donnaient une couleur rosée. »

Le Prince Angelo lui répondit :

« Ah oui, vous avez remarqué que les rues sont éclairées par des grenats. En Italie, nous utilisons le grenat que nous mettons dans un philtre magique qui le transforme en pierre capable d'emmagasiner la lumière. Je sais que chez vous, en France, en Bretagne, en Bourgogne et en Savoie, on utilise plutôt la citrine photoluminescente, mais chez nous en Italie, on l'utilise beaucoup plus rarement. »

Après cette intéressante conversation, Sire Perceval retourna dans sa chambre et prit de nouveau un bon bain en pensant à cette première journée passée avec le Prince Angelo. Il repensa à ces grenats photoluminescents qui donnaient une très belle lumière rougeâtre. Et il dormit à poings fermés.

Le Prince Angelo, qui était très heureux d'avoir fait la connaissance de Sire Perceval, lui demanda :

« Et comment allez-vous retrouver ce Vase sacré que l'on nomme le Saint-Graal et qu'aucun chevalier de la Table Ronde du Roi Arthur, qui a hiberné pendant six siècles, n'a trouvé ? »

Sire Perceval lui répondit :

« J'irai très loin, j'irai à travers toute l'Europe, et jusqu'au fin fond de la Nouvelle-France, et même j'irai jusqu'aux Indes, mais il faut absolument que je retrouve ce Vase sacré car Dieu et le Roi Arthur, qui a dormi pendant six cents années, me l'ont demandé.

« Dans quelques jours, j'irai voir le Duc de Novare qui s'appelle Sire Philippe de Novare, et ensuite j'irai en Lombardie voir le Prince Norbert qui vient d'accéder au trône de Lombardie. J'essaierai d'avoir des conseils pour m'aider à planifier la recherche du Vase sacré. »

Le Prince Angelo reprit la parole :

« Et bien, je vous souhaite bonne chance, Sire Perceval, et saluez de ma part le Duc de Novare, Sire Philippe, et le Prince de Lombardie, Sire Norberto, ou Norbert dans votre langue française. »

Quelques jours plus tard, Sire Perceval retrouva Roland, son cheval, à l'écurie du château et quitta la petite ville d'Aoste. Il partit vers Novare et la Lombardie, une très grande principauté dirigée par un tout jeune prince, Norbert, qui venait d'accéder au trône princier de Lombardie.

Il arriva chez Sire Philippe de Novare qui l'accueillit quelques heures seulement. C'était un homme de taille moyenne, qui était âgé de quarante-cinq ans. Il n'avait pas de barbe mais avait des très longs cheveux de couleur noire.

Sire Philippe de Novare n'avait rien ou presque rien de commun avec son ancêtre du sixième siècle, car il avait adopté les lois de Saint Benoît sur le principe qu'un jeune homme cessait d'être un enfant à seize ans. Dans le Duché de Novare, du temps de son ancêtre Philippe de Novare, les gens étaient des enfants jusqu'à vingt ans. De vingt ans à quarante ans on était un jeune homme, puis on était un homme d'âge mûr jusqu'à soixante ans. Après soixante ans, on était un sage.

Mais le Sire Philippe du douzième siècle avait fixé à seize ans la limite qui sépare de l'enfance la jeunesse, se conformant ainsi au droit émanant de la règle de Saint

Benoît que Sire Perceval avait étudiée de fond en comble, lorsqu'il était chez les moines de l'abbaye bénédictine de Mouthier-Royal.

Et il était content que les lois humaines, les codes chevaleresques et le droit canonique aient adopté cette même limite d'âge de seize ans pour le noviciat et l'entrée dans la formation d'écuyer, et pour la prémajorité ou l'entrée dans l'âge préadulte.

Sire Philippe dit à Sire Perceval :

« Bonjour, Sire, quel bon vent vous amène ici, et quel est votre nom ? »

Sire Perceval lui répondit :

« Je m'appelle Sire Perceval de Bretagne, et je suis en mission pour mettre fin aux croisades et pour retrouver le Saint-Graal. »

Sire Philippe reprit la parole :

« Depuis combien de temps êtes-vous en voyage, et quelle est votre prochaine étape ? »

Sire Perceval lui répondit :

« Je suis en voyage depuis le mois d'août et la prochaine étape de mon voyage est Milan où j'irai voir le Prince Norbert. Je vous transmets les salutations de Sire Angelo que j'ai vu avant d'arriver dans votre château.

« Puis je me rendrai à Rome pour voir le Pape Joachim, et à Naples où je prendrai le bateau pour Israël, afin de mettre un terme aux croisades. Et lorsque j'aurai mis un terme à ces abominables croisades, je partirai à la recherche du Saint-Graal. »

Sire Philippe de Novare lui dit alors :

« Je vous conseille vivement de retrouver le Vase sacré car aucun chevalier de la célèbre Table Ronde, ni même votre lointain ancêtre, Perceval le Gallois, n'a jamais pu retrouver ce Vase sacré.

« Pour ce qui est de cette abomination de croisades, je vous conseille vivement d'y mettre un terme, car ces abominables croisades ont assez duré.

« Je vous souhaite bonne chance dans vos deux missions de mettre fin aux croisades et de retrouver le Saint-Graal. »

Sire Perceval quitta le château du Duc de Novare, et il arriva à Milan dans la soirée.

Il se rendit au château. Le jeune Prince de Lombardie s'appelait Norbert. Il ouvrit la porte du grand château de Milan à Sire Perceval qui était sur son cheval Roland. Il avait de longs cheveux blonds comme Sire Perceval. Il venait d'avoir vingt et un ans et d'accéder au trône

Le Prince Norbert dit à Sire Perceval :

« Soyez le bienvenu dans notre château. »

Sire Perceval conduisit son cheval Roland à l'écurie du château du Prince de Lombardie. Il y passa cinq jours, la même durée que le séjour de Sire Perceval.

Après avoir confié Roland aux serviteurs responsables de l'écurie du château princier, Sire Perceval regagna le vestibule où le Prince Norbert l'attendait. Le Prince Norbert le convia à venir partager le souper de sa famille.

Son père, Emmanuel, avait une barbe grisonnante et il était drôle, comme la plupart des Italiens et des Lombards. Il y avait aussi une princesse qui s'appelait Diane et qui était la sœur du Prince Norbert. Elle avait de longs cheveux noirs. La mère du Prince Norbert s'appelait Magdalène. Elle avait des cheveux blonds qui blanchissaient car la Princesse Magdalène avait près de soixante-cinq ans.

Le Prince Norbert prit la parole :

« Je vous présente le chevalier Sire Perceval de Bretagne qui a été chargé de deux très grandes missions qui sont de mettre fin aux croisades et de retrouver le Vase sacré qui s'appelle le Saint-Graal et que l'on recherche depuis plus de dix siècles. Sire Perceval, je vous invite à prendre la parole pour parler de votre odyssée. »

Sire Perceval dit :

« Je suis en voyage depuis trois mois et je suis allé à l'abbaye de la Pierre-qui-Vire, et à Cîteaux où j'ai rendu visite à mon frère, le Frère Gérald, qui va bientôt devenir moine-prêtre.

« Puis j'ai traversé le Duché de Fribourg et j'ai franchi le col du Grand-Saint-Bernard, où je me suis arrêté dans l'abbaye cistercienne de Notre-Dame-des-Montagnes. Je me suis ensuite arrêté chez le Prince Angelo, qui vous salue, et je suis arrivé ici à Milan chez vous dans votre château où vous m'avez chaleureusement accueilli. Dans quelques temps, je me rendrai à Rome rendre visite au Pape Joachim.

« Puis après la visite à Joachim, Sa Sainteté le Pape qui est au Vatican, j'irai à Naples prendre un bateau pour Israël, afin de faire cesser cette abomination monstrueuse que sont les croisades. Il faut que je vous dise que, peu de temps après mon adoubement, je suis allé faire une retraite à l'abbaye bénédictine de Westminster avec ma famille.

« Mon professeur de théologie principal, Monseigneur Roger, s'y trouvait aussi. Il est évêque et il a été moine-prêtre et Père supérieur pour un abbatiat très court puisqu'il a été ordonné évêque très peu de temps après sa nomination abbatiale.

« Quelques jours après mon arrivée chez les moines bénédictins de l'abbaye de Westminster, j'ai fait un rêve dans lequel Dieu m'a demandé de faire cesser les croisades qui sont une vraie terreur et une abomination monstrueuse. Et comme tout chevalier doit obéir à Dieu et à son Roi ou son Prince, j'ai pris la décision de me rendre en Israël puisque Dieu me l'avait demandé.

« Lorsque j'aurai mis un terme à ces croisades, je partirai à la recherche du Saint-Graal qu'aucun chevalier de la célèbre Table Ronde du Roi Arthur n'a réussi à retrouver, pas même mon lointain ancêtre qui s'appelait Perceval le Galois. Cela fait plus de mille ans qu'on recherche ce Vase sacré dans lequel Jésus-Christ a bu lors de son dernier repas.

« J'espère que ces croisades abominables seront enfin finies et que le Saint-Graal sera enfin retrouvé, et j'espère que notre civilisation sortira définitivement de ce sinistre âge sombre qu'est le Moyen-âge et que les Israélites qui sont nos frères pourront enfin vivre en paix sans se faire persécuter à tout bout de champ.

« Voilà. J'ai été très content de vous parler de mon odyssée et jouissons maintenant de ce délicieux repas qui nous attend. »

Le père du Prince Norbert, Emmanuel prit la parole :

« Nous sommes émerveillés par ce que vient de dire ce jeune chevalier de Bretagne, qui s'appelle Sire Perceval, et nous sommes heureux de savoir qu'un jeune chevalier comme Sire Perceval puisse nous dire qu'il se rend en Israël pour mettre fin à cette terreur des croisades et qu'il va peut-être retrouver ce Vase sacré que nous recherchons depuis plusieurs siècles.

« Notre famille princière de Lombardie est vraiment intéressée par votre histoire, Sire Perceval, vous qui allez passer quelques jours avec nous dans notre château. Mes serviteurs, ou plutôt, les serviteurs du Prince Norbert vous conduiront dans votre chambre.

« Et qu'on prenne soin de son cheval qui s'appelle Roland. »

Le Prince Emmanuel venait d'abdiquer et il ne réalisait pas encore que les serviteurs qui le servaient à table étaient maintenant sous les ordres du jeune Prince Norbert, son fils.

Sire Perceval apprécia beaucoup le repas du soir avec le Prince Norbert et toute sa famille, car il y avait une bonne soupe, de la viande avec une très bonne sauce au vin, des pommes de terre et un délicieux dessert aux pommes et aux prunes

Sire Perceval dormit très bien pendant cette toute première nuit au château du jeune Prince Norbert. Il avait une superbe chambre, avec un lit à baldaquin à rideaux bleu marine ornés de fleurs de lys dorées. Il y avait aussi une salle de bains avec une bassine en bronze avec des petits pieds scellés dans le sol et un très grand lavabo qui devait être aussi en bronze. Le sol était composé de chartreuses en terre cuite. Les chartreuses sont des planelles en forme de fleurs qui sont très répandues dans la plupart des duchés et principautés d'Italie.

Sire Perceval se réveilla et descendit pour le petit déjeuner avec la famille du jeune Prince Norbert et toute sa famille.

Le Prince Norbert lui demanda :

« Bonjour, Sire Perceval. Comment avez-vous dormi ? «

Sire Perceval lui répondit :

« J'ai très bien dormi, Sire Norbert, et vous ? »

Sire Norbert lui dit :

« J'ai aussi très bien dormi. Racontez-nous comment se sont déroulées vos études universitaires et votre formation de chevalier à la cour du Roi Arthur. »

Et Sire Perceval raconta son enfance et sa jeunesse à toute la famille du Prince Norbert.

« J'ai suivi des études fondamentales à l'abbaye bénédictine de Mouthier-Royal, en Bretagne, entre six et seize ans. Les études fondamentales étaient composées de latin, de rhétorique, de mathématiques, de sciences naturelles, d'histoire, de morale et d'astronomie et, en avant-dernière année jusqu'au diplôme d'études fondamentales, de philosophie avec Socrate, Platon, Sophocle et Aristote. J'étais tellement passionné par la quête du Saint-Graal que je passais des heures à la bibliothèque du collège de l'abbaye bénédictine de Mouthier-Royal à lire les ouvrages consacrés au Saint-Graal.

« Le jour de la séance d'orientation arriva, six mois avant le diplôme d'études fondamentales. Les moines bénédictins enseignants et le Père abbé qui s'appelle le Père Gérard nous ont posé des questions sur notre avenir. Lorsqu'ils m'ont interrogé sur ce que j'allais faire après mon diplôme, j'ai répondu que je souhaitais devenir chevalier.

« Puis lorsque j'ai dit à mon père, le Duc de Bretagne, qui s'appelle Sire Daniel, que je souhaitais devenir chevalier, Sire Daniel a pris contact avec le Roi Arthur qui s'était réveillé après une longue sieste de six cents années dans une grotte mystérieuse. Le Roi Arthur est un très grand ami de mon père. Il lui a répondu une lettre avec un préavis favorable.

« Je suis parti en Angleterre faire ma formation de chevalier. En Angleterre les jeunes écuyers suivent parallèlement des études universitaires, car cela fait partie de la coutume. Puisque je devais suivre des études universitaires pendant ma formation de chevalier, entre seize et vingt et un ans, j'ai choisi la théologie, à l'université de la petite ville d'Oxford pas très loin du château du Roi Arthur. Pendant mes études de théologie et ma formation de chevalier, j'ai activement pris part à la vie universitaire. J'ai également pris part à la vie spirituelle du séminaire de théologie, car j'étais avec des prêtres en formation dont les études durent aussi cinq ans entre seize et vingt et un ans. Les jeunes gens de mon âge, étant pré-majeurs, ne pouvaient pas encore être adoubés, ni prononcer de vœux monastiques, ni être ordonnés prêtres avant vingt et un ans, l'âge de la majorité.

« Le jour de mon adoubement est arrivé et toute ma famille est venue en Angleterre assister à la cérémonie précédée d'une messe nocturne. J'ai réussi mes examens de maîtrise de théologie au même moment. Quelques jours après mon adoubement, je suis allé faire une retraite chez les moines bénédictins de Westminster et j'ai fait ce rêve où Dieu m'a demandé d'aller en Israël faire cesser ces abominables croisades, comme je vous l'ai dit hier pendant le repas du soir qui était vraiment très bon. »

A midi, Sire Perceval et la famille du jeune Prince Norbert de Lombardie partagèrent un festin avec un poulet dans une sauce au vin, du jus de framboise, de la salade et même une galette aux prunes et aux pommes.

La famille du jeune Prince de Lombardie emmena ensuite Sire Perceval de Bretagne visiter la ville de Milan qui était la capitale de Lombardie et lui montra la cathédrale qui venait d'être construite et qui était près du château du jeune Prince Norbert.

Perceval passa près d'une semaine chez le jeune Prince de Lombardie. Avant de partir, Sire Perceval voulut remercier très chaleureusement le jeune Prince Norbert et toute sa famille.

Il leur dit :

« Sire Norbert et votre famille, je vous remercie de tout mon cœur de l'accueil que vous m'avez réservé et je viendrai vous revoir lorsque j'aurai arrêté ces abominables croisades et lorsque j'aurai retrouvé le Saint-Graal. Je n'oublierai jamais mon séjour dans votre château et dans votre ville de Milan qui est une très belle ville. »

Sire Perceval garda une très bonne impression de tout ce qu'il avait visité dans la ville de Milan, de belles églises, de beaux parcs ornés de cèdres, de pins, de citronniers et d'hibiscus, avec des plates-bandes de lavandes et de verveines. Il avait aussi visité une petite réserve naturelle, où il y avait des lions, des tigres, des tigres blancs, des rhinocéros, et même des éléphants, et aussi des flamands roses, des cigognes, des lamas et des ânes sauvages.

Le Prince Norbert trouvait qu'un jeune chevalier qui faisait un très long voyage à travers toute l'Europe devait avoir un carrosse pour voyager plus confortablement. La famille du jeune Prince Norbert avait un carrosse en trop, celui du Prince Emmanuel, car le jeune prince venait de se faire construire un carrosse en bois de chêne pour son couronnement. C'est ainsi que le carrosse du Prince Emmanuel devint la propriété de Sire Perceval qui, en plus de son cheval Roland, put voyager avec un carrosse, bien plus confortable qu'une selle de cheval.

Sire Perceval quitta la famille du jeune Prince Norbert avec son carrosse et son cheval et se dirigea vers la Chartreuse de Pavie ou il s'arrêta cinq jours.

Sire Perceval s'arrêta devant la grande porte qui était en fer forgé comme à l'abbaye de Cîteaux et sonna, et le Père supérieur Julius arriva.

Lorsqu'il vit le jeune Sire Perceval, il lui dit :

« Bonjour, comment vous appelez-vous ? »

Sire Perceval lui répondit :

« Je m'appelle Sire Perceval, je viens de Bretagne et je fais un très grand voyage à travers toute l'Europe. »

Le Père Julius lui dit :

« Je vois. En principe nous ne prenons jamais d'hôtes ni de pèlerins, mais je vois que vous faites un immense voyage à travers toute l'Europe. Très exceptionnellement je vous accorde l'hospitalité dans notre monastère, mais vous serez entièrement seul et isolé dans une cellule, car les statuts de notre ordre nous demandent de vivre seuls dans une cellule, qui, en fait, est un petit ermitage. Venez avec moi, et je demanderai à un Frère de s'occuper de votre cheval. »

Sire Perceval apprécia le privilège de passer cinq jours dans une abbaye cartusienne, car les chartreux n'accueillent jamais d'hôtes. Il se trouva tout seul dans un petit ermitage, avec trois repas par jour et une messe quotidienne vers onze heures du soir. Sire Perceval assista aussi aux matines qui avaient lieu vers minuit. Puis il retourna dans son ermitage où il pouvait lire la Bible et un missel et un exemplaire des statuts de l'ordre des chartreux, dont le fondateur s'appelait Saint Bruno.

Sire Perceval entreprit d'étudier les statuts de l'ordre de Saint Bruno dans son ermitage, et commença à s'intéresser à cette nouvelle forme de vie monastique. Sire Perceval n'avait que très peu de connaissances sur l'ordre des chartreux. Il avait surtout des connaissances sur les ordres bénédictins et cisterciens qui étaient des ordres cénobitiques, c'est-à-dire des ordres où les moines vivent en communauté, tandis que les chartreux sont un ordre anachorétique, c'est-à-dire un ordre où les moines vivent seuls dans une cellule ou, dans le cas des chartreux, dans un ermitage.

Depuis la cellule de son ermitage, Sire Perceval pouvait apercevoir la grande église du monastère et le très grand mur de l'enceinte du monastère. Il pouvait voir les platanes que les chartreux avaient plantés, il y avait aussi des bouleaux et des peupliers. Comme c'était l'automne, les arbres avaient un feuillage rouge-jaune-orangé. Il pouvait aussi voir les étoiles, la Grande Ourse et même Jupiter qui était très bas dans le ciel, ce qui lui rappelait les leçons d'astronomie qu'il suivait lorsqu'il était au collège de l'abbaye bénédictine de Mouthier-Royal.

Contrairement à Cîteaux, Sire Perceval ne put pas travailler avec les moines chartreux, car les chartreux sont seuls dans leur ermitage et les rares fois où les moines travaillent ensemble, ce qui est très rare, ils veulent être strictement entre eux. Passer quelque jours dans une chartreuse lorsqu'on n'est ni évêque ni prêtre ni religieux d'un autre ordre était quasiment un miracle surtout pour un très jeune chevalier comme Sire Perceval.

Sire Perceval finit par trouver le temps extrêmement long, car il était confiné dans cet ermitage. Le cinquième jour arriva.

Sire Perceval alla trouver le Père Julius dans son bureau et lui dit :

« Mon révérend Père, je vous suis très reconnaissant d'avoir pu passer quelques jours dans votre monastère, et j'ai beaucoup aimé les messes quotidiennes dans votre église.

« Que Dieu vous bénisse et bénisse votre monastère. »

Le Père Julius lui répondit :

« Je vous remercie de votre reconnaissance, je vous souhaite une très bonne suite de voyage, et que Dieu vous bénisse et vous accompagne dans votre très grand voyage. »

Puis il retourna dans la clôture et Sire Perceval retrouva son cheval Roland dont un Frère au grand cœur avait pris soin.

Il quitta le monastère de Pavie avec son carrosse et Roland son cheval, et se dirigea vers la petite ville de Bologne où il passa juste un jour. Il logea dans une petite auberge et il quitta Bologne le lendemain de bonne heure.

Sire Perceval arriva à Florence avec son cheval et son carrosse. Il fut accueilli par l'Evêque de Florence qui s'appelait Monseigneur Gilbert. C'était un grand homme chauve et sans barbe avec une voix forte mais très chaleureuse.

Il dit à Sire Perceval de Bretagne :

« Bonjour, Sire. Je vous souhaite la bienvenue dans mon évêché de Florence. Je suis également tertiaire de la grande abbaye bénédictine de Mont-Cassin qui est située entre Rome et Naples. J'ai appris que vous étiez le jeune Sire Perceval de Bretagne. »

Sire Perceval prit la parole et dit :

« Oui, cela est exact, Monseigneur Gilbert Comment avez-vous appris que je m'appelais Sire Perceval, chevalier du Roi Arthur ? »

Monseigneur Gilbert répondit à Sire Perceval :

« Je l'ai appris par le Roi Arthur qui est venu me rendre visite et qui venait de rendre visite à notre Pape Joachim. Il compte beaucoup, avec Dieu aussi, sur vous pour retrouver le Saint-Graal et il espère que vous allez bien. Il m'a dit que vous étiez un très bon chevalier qui avait été un écuyer un peu distrait mais très apprécié des autres jeunes gens de sa cour. »

Oui, Monseigneur Gilbert connaissait très bien le Roi Arthur et ils s'entendaient très bien, comme deux frères. Sire Perceval était ravi que le Roi Arthur ait parlé de lui.

Sire Perceval continua à parler de son périple à Monseigneur Gilbert :

« Dans quelques jours j'irai à Rome voir le Pape Joachim et je lui expliquerai que j'ai reçu deux grandes missions qui sont de mettre fin aux croisades, une des pires abominations de notre histoire, et de retrouver le Vase sacré. »

Monseigneur Gilbert convia Sire Perceval à la messe du soir qui allait sonner, et ils se rendirent à la cathédrale de Florence. Sire Perceval assista à la messe, célébrée par Monseigneur Gilbert qui prononça un sermon sur les Israélites, après avoir lu un texte qui disait que le salut venait des Israélites. Et il dit qu'il fallait demander pardon pour le mal que l'on avait fait subir aux Israélites et que les Israélites avaient la religion de Jésus-Christ.

Après la messe, Monseigneur Gilbert montra la ville de Florence à Sire Perceval qui fut émerveillé par la beauté des monuments et des parcs où ils se promenaient. Dans certains parcs il y avait des cyclamens sauvages de couleur rose et des cytises jaunes qui étaient encore en fleurs, de nombreux platanes et des millepertuis. Ils visitèrent une magnifique volière où il y avait des rouges-gorges, des pigeons, des perroquets verts, des cygnes noirs, des oies sauvages et toutes sortes de canards qui allaient du col-vert au canard pékinois ou canard au long bec.

Puis Sire Perceval et Monseigneur Gilbert regagnèrent la résidence épiscopale pour le repas de midi où Sire Perceval put savourer un délicieux plat de viande cuite avec une sauce au cumin, condiment très répandu en Italie, avec du vin rouge, des pommes de terre et une tourte aux mûres.

Perceval dormit dans une jolie chambre avec un lit simple mais très confortable, et une petite salle d'eau avec une bassine dans le sol. La vue que Sire Perceval avait depuis sa chambre donnait sur une vaste cour intérieure avec des érables et des chênes au feuillage rouge-orangé ou jaune.

Il prit son petit déjeuner avec Monseigneur Gilbert avant de reprendre son voyage jusqu'à Rome avec son carrosse et Roland son cheval.

CHAPITRE V

SIRE PERCEVAL ARRIVE A ROME
ET RENCONTRE LE PAPE JOACHIM

Sire Perceval traversa la Toscane et passa par un petit bourg avec son campanile, nommé Sienne. Puis il se dirigea vers Rome où il avait pris rendez-vous avec le Pape Joachim.

Il arriva dans une immense ville gardée par des chevaliers suisses. Il fut très bien accueilli et on lui permit d'entrer dans le Vatican où le Pape Joachim l'accueillit dans une petite hôtellerie. Il passa la nuit dans une superbe chambre avec un immense lit à baldaquin rouge bordeaux avec des petites mitres dorées et argentées.

Durant la nuit, Sire Perceval réfléchit à ce long voyage et à tout ce qu'il allait dire au Pape Joachim.

Au douzième siècle, l'Eglise avait considérablement changé et avait un peu perdu son caractère féodal. Elle autorisait les prêtres à se marier. L'Eglise n'avait plus de tribunaux religieux. Elle avait perdu son pouvoir répressif inquisitorial et n'envoyait plus au bûcher les citoyens qui étaient accusés d'hérésie.

De plus l'Eglise catholique n'était plus, comme au sixième siècle, une institution toute puissante. Les papes étaient élus au suffrage universel et chaque chrétien de plus de seize ans pouvait participer au scrutin.

Le Pape Joachim fut un des papes ayant contribué aux progrès de la justice humaine, car il avait contribué activement à l'abolition de la peine de mort et des châtiments barbares. La peine de mort avait fait place à des peines de prison de très longue durée, jusqu'à vingt-cinq ans. Dans les prisons du douzième siècle, il n'y avait plus de châtiments corporels mais une discipline très rigoureuse. En effet sous les influences de Saint Benoît et de Saint Bernard, les juges n'ordonnaient plus de châtiments corporels et encore moins d'exécutions capitales et les différents royaumes, principautés et duchés d'Europe avaient adopté des principes judiciaires très proches de la règle de Saint Benoît qui misait plus sur le côté rééducatif que sur le côté purement punitif et répressif de la peine.

Saint Benoît et sa règle avaient beaucoup apporté de compassion et d'humanité en matière de justice. La justice devait désormais être ferme sans être ni féroce ni vindicative.

Le jour se levait sur Rome et le Vatican, et les pierres photoluminescentes perdaient progressivement leur luminosité. Le soleil commençait à briller dans la chambre de Sire Perceval. Il prit son petit déjeuner.

Vers dix heures, Sire Perceval de Bretagne fut reçu par Sa Sainteté le Pape Joachim qui l'attendait dans la grande salle du trône pontificale et lui souhaita la bienvenue.

Le trône pontifical était un énorme fauteuil de couleur rouge écarlate avec des mitres de couleur dorée brodées à la main. La salle était ornée de tous les saints qui étaient peints sur les murs. Il y avait des statues de Saint Pierre, de Saint Michel, de Saint Raphaël, de Saint Gabriel. Il y avait même une immense statue de la Vierge Marie qui devait être en marbre vert foncé. Toutes les statues des saints étaient en marbre ou en onyx ou en jade.

Il y avait aussi une statue de Saint Benoît en aiguemarine et une statue de Saint Bernard en améthyste mifoncé.

Le sol était en marbre avec des motifs de toutes les couleurs, et au centre de la grande salle, il y avait une statue de Jésus-Christ sur un piédestal.

Sire Perceval fut émerveillé par la beauté grandiose de cette salle.

Il y avait beaucoup de cardinaux qui portaient des soutanes violettes et des mitres blanches à bords dorés, et garnies de motifs dorés et argentés représentant la résurrection de Jésus-Christ.

Devant les cardinaux venus de toute l'Europe et de Nouvelle-France, le Pape Joachim dit d'une voix solennelle :

« Je souhaite la bienvenue au Sire Perceval de Bretagne, chevalier du Roi Arthur, fils de Sire Daniel de Bretagne et Dame Hélène de Bretagne.

« Le Concile du Vatican et moi-même avons décidé d'accorder une audience publique au jeune Sire Perceval, chevalier qui a été chargé par Dieu et par le Roi Arthur de retrouver le Saint-Graal jusqu'au bout du monde si nécessaire.

« Sire Perceval a été un excellent écuyer, bien qu'il ait été distrait, et il est devenu un chevalier exemplaire qui a été élevé et instruit dans la tradition chrétienne et bénédictine, dans la célèbre abbaye bénédictine de Mouthier-Royal.

« La parole est à vous, Sire Perceval. »

Alors Sire Perceval de Bretagne prit la parole et dit :

« Sainteté le Pape Joachim, pape bénédictin, je me nomme Perceval de Bretagne.

« J'ai été chargé non seulement de retrouver le Saint-Graal mais aussi d'arrêter cette terrible tragédie que sont les croisades, car voyez-vous, Sainteté, les croisades sont une immense abomination à laquelle il faut immédiatement mettre fin. Il faut libérer les Israélites, nos frères, de cette abominable invasion qui est un véritable enfer sur terre.

« Nos frères israélites ne méritent pas de vivre un pareil enfer. C'est pourquoi, après mon séjour ici, je prendrai le bateau qui part de Naples pour Israël, pour mettre un terme définitif à ce véritable et abominable enfer dont sont victimes nos frères israélites. J'irai en Israël pour les libérer et pour leur offrir le havre de paix qu'ils méritent. Comptez sur moi pour mettre un terme à cet abominable enfer que sont les croisades.

« Une fois que j'aurai libéré les Israélites, je reviendrai ici vous rencontrer, puis je commencerai la deuxième mission que Dieu et le Roi Arthur m'ont confiée et qui consiste à retrouver le Saint-Graal que l'on recherche depuis dix siècles et qu'aucun des chevaliers de la célèbre Table Ronde n'a jamais pu retrouver.

« Je suis en voyage depuis trois mois et j'ai traversé la France, la Bourgogne, le Duché de Fribourg, la Principauté d'Aoste et la Principauté de Lombardie, j'ai traversé la Toscane et enfin je suis arrivé ici à Rome pour vous voir, Sainteté et Messieurs les Cardinaux.

« Pour en revenir à mon voyage en Israël, Messieurs les Cardinaux, comme je vous l'ai dit tout à l'heure, le temps des croisades est révolu et les croisades sont une barbarie inacceptable au douzième siècle. Il faut y mettre un terme définitif et j'irai en Israël arrêter cette terreur. J'irai rassembler Chrétiens, Israélites et Musulmans pour construire un dialogue pacifique et des relations diplomatiques. J'irai en Israël pour voir le lieu de naissance de Jésus-Christ et pour apporter mon soutien et ma sympathie aux Israélites sans oublier les

Musulmans. J'irai voir le grand chef spirituel des Israélites et celui des Musulmans.

« Puis, comme je vous l'ai dit tout à l'heure, lorsque j'aurai rétabli le calme en Israël en mettant fin à la terreur des croisades, je reviendrai à Rome dans le courant de l'année prochaine et je vous apporterai le texte signé par les grands chefs spirituels des trois grandes religions, qui garantira une paix durable et une stabilité solide.

« Puis je continuerai mon voyage qui me conduira à la découverte du Saint-Graal.

« Voilà. C'est tout ce que j'avais à vous dire. »

Sire Perceval s'arrêta de parler. Il était vraiment soulagé d'avoir fait un tel discours devant le Pape Joachim et tous les cardinaux venus de toute l'Europe et de Nouvelle-France, car ce long discours faisait partie de ses deux missions, et il était très content d'avoir pu s'exprimer sur les croisades qui rongeaient la civilisation tout entière.

Sire Perceval était très content de pouvoir se faire à l'idée d'arrêter cette terreur, mais comme il était chevalier du Roi Arthur, il ne se vantait jamais et il faisait preuve d'une grande humilité. Car un chevalier, comme un moine de Saint Benoît, doit faire preuve d'une grande humilité.

Le Pape Joachim prit la parole et dit :
« Sire Perceval, je suis bénédictin et en plus Père abbé général de l'ordre bénédictin. Je sais que, depuis la fondation de notre ordre frère qu'est l'ordre cistercien, beaucoup de gens confondent facilement les deux ordres, qui, disons-le, font partie de l'ordre de Saint Benoît, puisque Saint Bernard a repris la règle de Saint Benoît.

« Je suis très heureux d'accueillir un jeune chevalier qui a fait un très grand voyage depuis son château de Bretagne, où il est l'un des fils d'un duc très connu qui s'appelle Sire Daniel de Bretagne. Le Sire Perceval est venu délivrer un message très important en faveur de la paix. Les croisades sont une terrible tragédie pour le peuple israélite, notre peuple frère, et une abomination à laquelle il faut mettre un terme définitif.

« Ces croisades sont une abomination à la fois pour notre civilisation et pour notre époque. Nous sommes très heureux qu'un jeune chevalier qui vient de loin ait le courage et la bravoure de se rendre jusqu'en Israël pour délivrer à nos frères, les Israélites, un message de paix, de conciliation, et surtout un message en faveur des relations interreligieuses qui sont mises à mal par ces croisades barbares et indignes de notre époque. Elles n'auraient jamais dû être menées de cette façon car, telles qu'elles sont menées, les croisades ne sont pas un message de paix, mais une source de divisions et de haine entre les peuples.

« Le monde entier, le Roi Arthur et Dieu comptent beaucoup sur vous, Sire Perceval, pour arrêter cette horreur provoquée par Satan. Et Dieu, l'Eglise, le monde entier et le Roi Arthur comptent beaucoup sur vous pour retrouver le Vase sacré qui s'appelle, rappelons-le, le Saint-Graal. Maintenant l'heure de la messe de midi va bientôt sonner et nous continuerons cette entrevue cette après-midi. »

La messe de midi arriva et Sire Perceval s'y rendit avec tous les cardinaux venus de toutes les parties de l'Europe et de tout le territoire de la Nouvelle-France.

Lorsqu'il avait écrit au Pape Joachim, Sire Perceval croyait que le Pape Joachim était un moine ou un moine-prêtre cistercien. Mais le Pape Joachim n'en fut pas du tout offusqué car beaucoup de gens confondaient encore les deux ordres, bénédictin et cistercien. L'ordre cistercien s'était tellement répandu, surtout du vivant de Saint Bernard, que les gens croyaient que, lorsqu'il y avait des moines parmi les évêques, c'étaient forcément des moines cisterciens. En réalité, les évêques et les papes cisterciens n'étaient pas encore très courants, et il était rare qu'un moine-prêtre cistercien devienne évêque voire pape, après son abbatiat et son abbatiat général.

Le Pape Joachim célébra la messe et lut un chapitre de la Bible dans l'Evangile de Saint Matthieu sur l'accomplissement de la loi. Il prononça un sermon sur le verset *aimez-vous les uns les autres* et il cita les croisades comme étant contraires à la parole divine.

Il dit dans son sermon :

« Comme vous pouvez le voir, il faut s'aimer les uns les autres, et ce n'est pas en faisant les croisades que l'on s'aimera les uns les autres. Les croisades ne sont pas l'œuvre de Dieu, mais du Diable. »

La messe dura jusqu'à une heure, puis Sire Perceval alla manger dans une petite auberge dépendant de l'hôtellerie destinée aux hôtes et pèlerins. Elle était tenue par des chanoines augustiniens car, à côté des moines bénédictins et cisterciens, il y avait des augustiniens, et aussi des chartreux qui avaient des hôtelleries. Contrairement à leurs Frères cloîtrés et ermites, les tertiaires chartreux qui tenaient ces hôtelleries observaient les statuts de leur ordre tout en étant dans le monde.

Dans l'auberge tenue par les chanoines augustiniens, Sire Perceval mangea une soupe aux épinards en entrée, une très bonne viande, et une succulente tarte aux mûres et aux framboises. Les mûres, les framboises et les cassis étaient les fruits préférés de Sire Perceval. Lorsqu'il était à Mouthier-Royal, il se réjouissait beaucoup des jours où il y avait des desserts aux mûres, framboises et fraises, et Sire Perceval aimait aussi les framboises, fraises et cassis sous forme de boisson.

Sire Perceval retourna ensuite au Vatican où plusieurs cardinaux souhaitaient lui poser des questions.

Un premier cardinal lui demanda :

« Sire Perceval, comment allez-vous faire pour aller en Israël et arrêter cette terreur des croisades ? »

Sire Perceval lui répondit :

« J'irai en Israël par bateau. Je partirai de Naples, après avoir fait un séjour chez les moines bénédictins du Mont Cassin, la célèbre abbaye bénédictine. Puis je prendrai le bateau jusqu'à la petite ville de Tyr en Phénicie et j'irai rencontrer le grand chef spirituel des Israélites et le grand chef des Musulmans à Jérusalem. Et j'irai voir le lieu de naissance de Jésus-Christ, Notre Seigneur et Sauveur. »

Un deuxième cardinal lui posa une question relative au Saint-Graal.

Sire Perceval lui répondit :

« J'irai dans toute l'Europe, et même jusqu'en Nouvelle-France. Je trouverai le Vase sacré ou Saint-Graal et une fois que j'aurai localisé l'endroit où se trouve le Saint-Graal, j'organiserai une grande fête et une immense réunion internationale.

« Et je créerai un royaume où tout le monde tournera définitivement la page des années de l'âge sombre qu'est le Moyen-âge, avec l'aide du Roi Arthur et de sa cour, et avec l'aide de Dieu. »

Un troisième cardinal lui demanda combien de temps prendrait la recherche du Saint-Graal.

Sire Perceval lui répondit :

« Peut-être un an, deux ans ou plus, mais j'aimerais retrouver ce Vase sacré dans le courant de l'année prochaine, car l'année prochaine sera celle du premier centenaire de la naissance de Saint Bernard, un des grands maîtres spirituels de la chrétienté, fondateur de l'ordre des moines cisterciens, ordre auquel appartient mon frère aîné qui va très bientôt devenir moine-prêtre à l'abbaye cistercienne de Cîteaux. C'est dans cette abbaye que Saint Bernard a fait son noviciat.

« Saint Bernard a su contribuer à sortir notre civilisation de la barbarie des siècles précédents, et il a été canonisé en 1173 ou 1174, selon mes connaissances. »

Un quatrième cardinal lui posa presque la même question que le troisième cardinal.

« Sire Perceval, combien de temps va prendre cette recherche du Saint-Graal que Dieu et le Roi Arthur vous ont chargé d'entreprendre ? »

Sire Perceval lui répondit :

« Comme je viens de le dire à votre confrère, cette recherche prendra un ou deux ans ou peut-être davantage.

« J'irai dans toute l'Europe et même jusqu'en Nouvelle-France. »

Le Pape Joachim reprit alors la parole et dit à Sire Perceval et aux cardinaux

« Sire Perceval, Messieurs les Cardinaux et moi-même avons été très intéressés par votre récit et vous avez su répondre aux questions de mes Cardinaux. Je vous souhaite un très bon voyage en Israël et bonne chance pour retrouver le Saint-Graal, que l'on recherche depuis plusieurs siècles et que personne n'a jamais pu retrouver. »

C'est sur ces mots-là que prit fin l'entretien entre le Pape Joachim, ses cardinaux et Sire Perceval de Bretagne.

Sire Perceval passa quelques jours à Rome, tout en séjournant à l'hôtellerie pontificale.

Il visita Rome où il put admirer le Colisée, le cirque Massimo, le fort d'Auguste, le palais Quirinal et enfin le château Saint-Ange, dont il put visiter l'intérieur. Il admira les fresques qui représentaient l'ange Gabriel annonçant à Marie qu'elle allait avoir un enfant. Et aussi une immense statue en bronze de Saint Pierre, située devant le château Saint-Ange.

Et Sire Perceval put enfin réaliser son rêve, le rêve d'obtenir deux belles pierres lisses et très brillantes qui étaient photoluminescentes, une citrine jaune orange et une aigue-marine qui donne une belle couleur bleuâtre. Sire Perceval les avait obtenues du Pape Joachim qui en avait trop. Sire Perceval remercia très chaleureusement le Pape Joachim.

Sire Perceval qui ne pouvait, jusque là, pas voyager de nuit car le temps de l'automne était arrivé et que les nuits tombaient de plus en plus tôt, pourrait maintenant voyager de nuit grâce à ces deux pierres photoluminescentes.

Sire Perceval fit mettre trois porte-pierres photoluminescentes sur son carrosse, trois au cas où Sire Perceval en obtiendrait une troisième. Il fit mettre le troisième porte-pierres à l'arrière du carrosse. Il les fit faire en gros fer forgé avec un couvercle qui fermait très bien, par un forgeron qui avait été moine chartreux de l'abbaye chartreuse de Saint Bruno, en Calabre. Au lieu de prononcer ses vœux solennels, il préféra entrer dans le tiers-ordre chartreux et il allait une à trois fois par année à l'abbaye de Saint Bruno en Calabre.

Juste avant de repartir pour le Mont Cassin, Sire Perceval visita encore le parc botanique et zoologique de Rome. Il put y voir des cèdres, une pinède, des citronniers, et même des orangers. Dans le parc botanique, Sire Perceval put admirer les plates-bandes de lavande, de verveine, de pétunias. Il y avait même des palmiers. Sire Perceval fut émerveillé par les palmiers car il n'en avait jamais vu dans sa vie.

Dans le jardin zoologique, Sire Perceval put voir des rhinocéros, des hippopotames, des otaries noires, et même des tigres blancs. Et des tortues qui mangeaient de la salade.

Peu avant de quitter Rome et le Vatican, Sire Perceval remercia le Pape Joachim pour les belles pierres photoluminescentes et lui dit qu'il allait passer quelques jours à l'abbaye bénédictine du Mont Cassin.

Le Pape Joachim lui dit :

« Transmettez mes meilleures salutations au Père Romuald qui est Père abbé depuis ma nomination ici. C'est lui qui m'a succédé. »

CHAPITRE VI

SIRE PERCEVAL QUITTE ROME ET SE REND A L'ABBAYE BENEDICTINE DE MONT CASSIN

Sire Perceval reprit possession de son carrosse et de Roland, son cheval. Il partit tôt le lendemain et arriva à l'abbaye bénédictine du Mont Cassin, où il rencontra le Père Romuald.

Le Père Romuald lui dit :

« Bienvenue, Sire Perceval de Bretagne, dans notre grande abbaye bénédictine du Mont Cassin. »

Sire Perceval dit au Père Romuald :

« Je suis heureux de faire votre connaissance et de découvrir votre abbaye qui est très célèbre. Vous avez les salutations du Pape Joachim qui a été moine, moine-prêtre, sous-prieur, prieur, abbé puis enfin Pape. Je crois aussi qu'il est le Père abbé général de votre ordre. Je suis en mission d'abord en Israël pour arrêter les croisades et enfin pour retrouver le Saint-Graal. »

Le Père Romuald déclara à Sire Perceval :

« Je suis très heureux qu'un jeune chevalier parte faire un très long voyage pour accomplir cette mission, ou plutôt cette double mission de faire cesser cette terreur des croisades et de retrouver le Saint-Graal. »

Sire Perceval prit possession de sa chambre qui ressemblait plus à une cellule de monastère mais qui était confortable. La salle d'eau se trouvait au bout du couloir.

A cause de sa grande distraction, Sire Perceval confondait les noms et il lui arrivait de confondre le

Prince Angelo et le Prince Norbert. Il voulait écrire une lettre au jeune Prince Norbert pour le remercier du carrosse que lui et sa famille lui avaient offert. Il commença sa lettre par « Cher Prince Angelo » et se corrigea à la fin de sa lettre.

Voici ce qu'écrivit Sire Perceval :

« Cher Prince Angelo,

Je vous remercie pour le très beau carrosse que votre famille et vous-même m'avez offert lorsque j'étais en Lombardie. Grâce à ce carrosse, je peux mieux voyager et mes voyages sont devenus plus confortables et plus agréables. Lors de mon séjour è Rome, j'ai reçu deux belles pierres photoluminescentes et j'ai fait poser trois porte-pierres photoluminescentes, pour le cas où j'en recevrais une troisième.

Oh, je suis vraiment désolé, Prince Norbert. J'ai confondu votre nom avec celui du Prince Angelo. Veuillez m'en excuser. Je suis tellement distrait qu'il m'arrive de confondre les noms.

Je vous remercie, cher Prince Norbert ainsi que votre famille, pour le beau carrosse. Que Dieu vous bénisse et bénisse votre cadeau.

Vous avez les salutations des Princes Philippe et Angelo.

Sire Perceval de Bretagne »

Avant de s'endormir, il pria et se mit à réfléchir sur la nouvelle étape de son voyage qui devait le conduire en Israël. Pour aller en Israël, Sire Perceval devait se rendre à Naples car c'est depuis Naples que partaient tous les bateaux pour l'Asie, l'Asie mineure et bien sûr pour la Nouvelle-France. Sire Perceval devait prendre un bateau à destination de Tyr, petite et vielle ville chargée d'une très longue histoire.

Il resta trois jours à l'abbaye bénédictine du Mont Cassin où il aida les moines bénédictins selon son principe qui est le suivant : *je suis venu pour servir, et non pour être servi*, selon les Evangiles de Saint Matthieu, chapitre 20, verset 28, et de Saint Marc, chapitre 10, verset 45 : *car le fils de l'homme est venu, non pour être servi mais pour servir et donner sa vie comme rançon de beaucoup.*

Il put travailler au jardin avec les Frères jardiniers, car bien qu'on soit en automne, les moines pouvaient encore jardiner et même faire les vendanges, car les moines bénédictins étaient spécialisés dans le vin et le jus de raisin. Dans la région du Mont Cassin, le climat se prêtait vraiment très bien à la culture de la vigne jusque très tard dans l'automne, et grâce au climat méditerranéen, qui ressemblait au climat de l'Afrique du Nord, l'été durait beaucoup plus longtemps qu'en Bretagne ou en Bourgogne.

Les moines étaient aussi spécialisés dans la fabrication du miel et élevaient des abeilles.

Sire Perceval pouvait admirer les très beaux tilleuls plantés à l'entrée du grand jardin de l'abbaye bénédictine du Mont Cassin. Dans le jardin de l'abbaye il y avait beaucoup de lavande, du jasmin, de la sauge en grande quantité. Il y avait des roses, des eucalyptus, des hibiscus, et aussi du cumin, beaucoup de capucines et même des arums blancs qui ressemblaient à des petites trompettes, des véroniques argentées, des primevères de toues les couleurs et des fuchsias rougeâtres. Parmi les arbres, il y avait des pins, des aubépines, des tilleuls et des ifs.

Le jour du départ approchait, et Sire Perceval demanda aux moines bénédictins du Mont Cassin la permission de leur confier son cheval Roland et son carrosse, ainsi que son armure, car il n'avait pas besoin de son carrosse pour continuer son voyage en Israël. Il décida de laisser son armure dans son carrosse, les armures n'étant pas autorisées sur les bateaux car par le passé il y avait eu des détournements de bateaux et les différentes marines avaient décidé d'interdire les armures des chevaliers à bord des bateaux.

Il ne portait presque jamais son armure ni son épée depuis qu'il avait reçu son carrosse comme cadeau du jeune Prince Norbert et de sa famille. Sire Perceval laissa son épée, son heaume et son armure dans le coffre situé à l'arrière du carrosse. Il se sentait plus à l'aise sans toute cette armure par dessus ses beaux vêtements.

Le jour du départ, Sire Perceval dit au Père Romuald :

« Un grand merci pour m'avoir accueilli et merci pour le gardiennage de mon cheval Roland et de mon carrosse. »

A quoi le Père Romuald répondit :

« Je vous en prie, Sire Perceval, je garderai votre cheval et votre carrosse jusqu'à votre retour d'Israël. Tâchez de revenir vivant et dans un proche avenir, et bonne chance pour votre mission de faire cesser les croisades, cette tragédie qui a assez duré. »

Sire Perceval dit encore à Père Romuald :

« Je reviendrai vers le mois de janvier ou février de l'année prochaine, année du premier centenaire de la naissance de Saint Bernard de Clairvaux. »

Sire Perceval profita de ce qu'un moine-prêtre bénédictin partait, avec le carrosse du monastère, pour Naples où il devait participer à une rencontre avec l'Evêque de Naples.

Le voyage du Mont-Cassin à Naples prit un jour.

Sire Perceval visita Naples avec ses églises, ses petites ruelles, son port et le Vésuve qui était derrière. Puis il visita la ville antique de Pompéi qui avait été une authentique ville du temps des Romains. Sire Perceval fut émerveillé par la beauté de la ville antique de Pompéi.

CHAPITRE VII

PERCEVAL MET FIN AUX CROISADES

Après avoir dormi dans une auberge, il embarqua le lendemain après-midi sur un très grand bateau à voiles, car les galères avaient été abolies par le Roi Arthur, par les princes d'Italie et par le prédécesseur du Pape Joachim, qui s'appelait Paul-Basile.

Les galères étaient une peine cruelle et le Roi Arthur et les différents royaumes et principautés et duchés d'Europe et de Nouvelle-France les avaient supprimées comme la peine de mort.

Ce grand beau bateau était très confortable. Il était aussi utilisé pour aller en Nouvelle-France. La flotte du Royaume du Roi Arthur comptait plus d'une cinquantaine de bateaux. Le frère de Sire Perceval, Christian, était capitaine sur un des bateaux du Roi Arthur.

Sire Perceval avait une cabine avec un lit et une grande fenêtre. Le voyage dura trois à quatre jours au cours desquels Sire Perceval put admirer la mer depuis le pont du bateau. Il put voir des dauphins et des petites baleines qui se trouvaient à bâbord et quelquefois à tribord du bateau.

Peu de temps avant l'arrivée du bateau à Tyr, Sire Perceval vit une petite barrière de corail qui brillait au fond de l'eau bleu saphir, et des murènes d'une très belle couleur brune. Pour la première fois de sa vie il vit une grosse pieuvre grise. Il y avait aussi des poissons aux couleurs féeriques, et des étoiles de mer de couleur rouge écarlate. Sire Perceval observa des tortues de mer qui nageaient près du bateau.

Enfin, le bateau arriva à Tyr, petite ville de Phénicie, et Sire Perceval alla voir le Gouverneur de Phénicie qui s'appelait Jacob.

Le Gouverneur Jacob dit à Sire Perceval :

« Sire, vous êtes imprudent de ne pas avoir d'armure ni d'épée. Serviteurs, qu'on fournisse une épée et une armure à ce jeune chevalier européen, car les régions voisines sont en pleine guerre des croisades. »

Sire Perceval expliqua au Gouverneur Jacob qu'il avait laissé son armure dans un monastère bénédictin en Europe parce que les armures étaient interdites à bord des bateaux.

Avant de le faire conduire à l'auberge de Tyr, le Gouverneur Jacob dit à Sire Perceval :

« Soyez prudent, et Dieu merci, mettez vraiment un terme définitif à ces calamités de croisades. Qu'on en finisse avec cette horreur, car nous, peuple israélite, nous en avons assez de ces abominables croisades qui sont un véritable enfer sur terre. Nous voulons vivre en paix, ici, au Proche-Orient. »

Sire Perceval répondit au Gouverneur Jacob :

« Comptez sur moi, vous et votre peuple. Vous allez bientôt vivre en paix et nous serons enfin sortis de l'âge sombre qu'est le Moyen-âge. Et comptez sur moi pour instaurer un vrai dialogue constructif entre les trois religions chrétienne, israélite et musulmane et entre leurs chefs spirituels respectifs. »

Sire Perceval quitta la résidence gouverneuriale de Tyr, qui était aussi la résidence privée de Jacob, Gouverneur de la Phénicie.

Il avait reçu un cheval gris, une armure et une épée qu'il n'utilisa jamais. Il n'aimait pas rendre le mal pour le mal et n'utilisait jamais son épée.

Il passa la nuit dans une petite chambre de l'auberge de Tyr. Sa chambre donnait à l'est, le soleil brillait très intensément et bien que l'on soit au début du mois de novembre, il faisait encore très chaud, comme dans le sud de l'Europe en juillet et en août.

Sire Perceval prit un petit déjeuner très frugal, qui se composait de dattes, d'amandes, d'oranges et d'un café très corsé. Il y avait aussi des figues, des pêches et des fraises. Puis il quitta l'auberge et se dirigea avec son cheval gris vers la petite ville de Capharnaüm.

Il y arriva vers une heure de l'après-midi par un soleil très fort et une température de quarante degrés et il se rafraîchit dans le lac de Galilée. Après ce long voyage, il apprécia de pouvoir se reposer pendant trois jours dans la petite ville de Capharnaüm, dans une auberge plus confortable que celle de Tyr.

Sire Perceval avait traversé des plaines très fertiles où il avait vu des champs entiers de tournesol, d'oliviers, de figuiers, et aussi des champs de citronniers qui étaient en fleurs.

Il avait aussi traversé des zones désertiques où il avait vu des cactus et des dunes de sable.

Trois jours plus tard Sire Perceval se dirigea vers Salem puis, s'approchant de la zone des croisades, il mit son armure et continua vers Sichar, petite ville située entre le Mont Ebal et le Mont Garizim.

Sire Perceval avait tellement transpiré sous son armure qu'il se trempa dans une petite rivière et se détendit, car l'eau de cette petite rivière était si limpide et fraîche que Sire Perceval put se baigner. Il passa la nuit dans une petite auberge situé sur le Mont Ebal. Depuis sa chambre, il pouvait admirer le Mont Garizim.

Il repartit tout de suite après un petit déjeuner composé des mêmes fruits qu'à l'auberge de Tyr. Il longea la rivière du Jourdain où il put se rafraîchir en se baignant aussi souvent qu'il le voulait, et il arriva dans la soirée à Béthanie, dans la zone des croisades.

A Béthanie, Sire Perceval visita plusieurs synagogues et quelques églises car il y avait des communautés chrétiennes implantées au Proche-Orient.

Béthanie était une petite ville entourée de champs de figuiers, de citronniers. Il y avait aussi des cèdres et beaucoup de pins.

Il y passa la nuit et partit pour Jérusalem.

Sire Perceval arriva à Jérusalem dont l'enceinte était très lourdement endommagée par les combats des croisades. Il découvrit une ville sinistre et triste qui avait été envahie par de tristes sires qui participaient aux croisades, les envahisseurs qui avaient pillé Jérusalem.

Mais Sire Perceval était enfin là pour arrêter les croisades qui étaient une vraie calamité à la fois pour l'époque et pour toute la civilisation occidentale.

Sire Perceval emprunta une immense corne en ivoire à un musicien de rue et se rendit sur le parvis du Grand Temple. Voyant une échelle, Sire Perceval monta sur le toit du Grand Temple de Jérusalem.

Il prit la grande corne qui lui servit de porte-voix et dit :

« Tristes sires, envahisseurs responsables de ces calamités de croisades, vous pouvez constater le mal que vous avez fait. Vous avez commis un immense péché, probablement le plus grave péché, en pillant une ville sacrée, une ville qui a vu naître un homme envoyé par Dieu, la ville biblique de Jésus-Christ Notre Seigneur.

« Maintenant, je vous ordonne de cesser immédiatement ces croisades qui peuvent être qualifiées de calamités, de monstrueuse erreur et même de véritable enfer sur terre. Je vous ordonne de vous repentir immédiatement si vous ne voulez pas être envoyé dans la géhenne qui est le châtiment éternel pour les pécheurs ayant commis les péchés les plus graves et qui ne se repentent pas. Je vous ordonne de demander pardon aux Israélites et aux Musulmans, et d'aller vous confesser en public pendant les messes qui vont suivre

« O Jésus-Christ, je Te demande pardon d'avoir confondu Jérusalem et Bethléem, la ville où Tu es né.

« C'est tout ce que j'avais à vous dire. Maintenant, veuillez rendre votre armure, vos armes, vos lances et repentez-vous, tristes sires. Que Dieu ait pitié de vos âmes. »

Sire Perceval redescendit du toit du Grand Temple de Jérusalem, et comme il était distrait, et perturbé par le traumatisme du spectacle de la désolation de Jérusalem, il avait confondu Jérusalem et Bethléem.

Il rendit la corne à son propriétaire et les tristes sires envahisseurs étaient si abasourdis par le message de Sire Perceval qu'ils se résignèrent à cesser les hostilités des croisades.

Dès cet instant les croisades prirent fin grâce au discours de Sire Perceval, jeune chevalier du Roi Arthur, et fils de Sire Daniel et de Dame Hélène de Bretagne

Quelques jours plus tard Sire Perceval se rendit à Bethléem et put voir cette fois-ci la crèche où était né Jésus-Christ plus de dix siècles plus tôt.

Cette grotte était située légèrement à l'extérieur de la ville de Bethléem. Il se rendit dans une église et pria.

Il dit à voix très basse :

« Seigneur, nous te demandons pardon pour tout le mal qui a été commis par les croisades et pour tous ces tristes sires qui ont profané la ville de Jérusalem et qui ont profané ton pays.

« O Seigneur, je te demande aussi pardon pour ma distraction quand j'ai confondu Jérusalem et ton lieu de naissance, Bethléem. »

Le lendemain, Sire Perceval retourna à Jérusalem pour préparer la grande rencontre entre les Chrétiens, les Israélites et les Musulmans. Heureusement le Grand Temple de Jérusalem n'était pas endommagé par les croisades ni la résidence du Roi d'Israël qui s'appelait Quirinius, comme son ancêtre. Le Roi Quirinius accueillit le jeune Sire Perceval qui venait d'arrêter les croisades par son discours. Quirinius, le Roi d'Israël et grand chef spirituel des Israélites, était en quelque sorte le Pape des Israelites.

Sire Perceval avait eu un aperçu de la vie en Israël avant les croisades. Il avait été marqué par le grand nombre de synagogues et de mosquées, bien que les mosquées aient été moins nombreuses. Elles n'étaient pas ouvertes aux non-musulmans, et il ne put donc pas entrer dans une mosquée.

Sire Perceval déclara au Roi Quirinius, qui était aussi le chef spirituel des Israélites, qu'il était prêt à ouvrir les négociations pour la paix internationale et interreligieuse.

Le Roi Quirinius dit à Sire Perceval :

« Sire Perceval, je suis soulagé que ces croisades, qui ont été une immense calamité et un immense péché blasphématoire, soient terminées. Grâce à vous, notre pays va enfin vivre en paix et va enfin pouvoir exister. Sans vous, ces croisades auraient perduré et auraient fait encore plus de victimes. Maintenant, notre pays va pouvoir entreprendre des relations diplomatiques avec votre continent ou vos deux continents, si l'on compte cette nouvelle partie du monde qui s'appelle la Nouvelle-France, terre lointaine qui a été découverte il y a deux siècles par les Vikings.

« Notre pays va aussi avoir des relations avec les autres pays d'Asie, des Indes et d'Arabie, où se trouve La Mecque. Et le Prince Abdallah Housouyef, qui dirige actuellement l'Arabie et qui est le chef spirituel des Musulmans, viendra dans quelques semaines discuter d'un accord de paix durable.

« Vous logerez dans une chambre de l'hôtellerie réservée aux hôtes comme vous. Vous aurez un bon repas. Passez une bonne nuit. »

Plusieurs semaines passèrent et le premier jour des négociations pour un plan de paix durable approchait à grands pas. Les grands chefs spirituels comme le Prince Abdallah Housouyef ou le grand Patriarche orthodoxe qui s'appelait Eugenius et qui vivait en Grèce., arrivèrent à Jérusalem. Sire Perceval et Quirinius, le Roi d'Israël et chef spirituel des Israélites, étaient déjà sur place.

Le premier jour, Quirinius ouvrit les négociations de paix interreligieuse et internationale. Tous les dignitaires et Sire Perceval s'assirent dans la grande salle du Grand Temple et Quirinius commença son discours inaugural :

« Le temps des affrontements entre les civilisations est révolu. Maintenant, nous sommes entrés dans une toute nouvelle ère qui va être celle du dialogue et des relations diplomatiques.

« Grâce au jeune Sire Perceval de Bretagne, nous avons pu arrêter ces croisades qui ont duré beaucoup trop longtemps.

« Grâce au grand courage et à la grande bravoure dont il a fait preuve en venant jusqu'ici au prix de beaucoup de risques pour sa vie, notre pays d'Israël peut enfin espérer connaître une stabilité véritable et durable.

« Nous allons construire un plan de paix qui nous mettra à l'abri de tout risque de guerres, d'invasions, de croisades et autres calamités diverses. Notre pays d'Israël est reconnaissant au Sire Perceval qui est monté sur le toit de notre Grand Temple sacré pour livrer son message.

« Nous allons consacrer cette première journée à faire connaissance, à nous découvrir et à échanger nos expériences historiques en matière de relations internationales. »

Puis le Roi Quirinius passa la parole au Prince Abdallah Housouyef, qui était certes le Prince héritier mais qui commençait son apprentissage de roi, car son père le Roi Abdallah Sahimyef se faisait vieux et envisageait d'abdiquer.

Le Prince Abdallah Housouyef était un homme de trente-cinq à quarante ans, de grande taille, avec une très longue moustache noire et un menton barbu. Il était coiffé d'un turban vert émeraude et vêtu d'une djellaba blanche. Il avait aussi quelquefois un turban blanc assorti à sa djellaba. Il était très sympathique, et très ouvert sur les relations interreligieuses.

Le Prince Abdallah Housouyef prit la parole et dit :

« Je suis très touché et très reconnaissant à ce jeune chevalier chrétien qui est venu de si loin, de Bretagne d'après ce qui a été dit, et qui a fait ce très grand voyage pour venir nous délivrer des calamités de ces croisades.

« Il a non seulement délivré un pays, mais plusieurs civilisations comme la mienne qui est musulmane et qui aspire à vivre dans un monde de paix et de justice. »

Puis Monseigneur Eugenius prit la parole et dit :

« Je suis soulagé de voir qu'un jeune chevalier, Sire Perceval de Bretagne, a fait un si long voyage pour nous délivrer de ces terribles croisades. Maintenant nos trois grandes religions pourront enfin cohabiter en toute paix et en toute sécurité.

« Je remercie Dieu pour ce jeune chevalier de Bretagne. »

Sire Perceval de Bretagne avait été invité à participer à cette grande conférence sur la paix internationale et interreligieuse, car il avait beaucoup contribué à ce qu'il y ait enfin la paix dans cette partie du monde. Car, ne l'oublions jamais, les croisades ont été une des pires calamités et même un immense blasphème et un enfer sur terre.

Lorsqu'il prit la parole, Sire Perceval dit :

« Je vous remercie de m'avoir invité aux négociations qui vont suivre et à l'élaboration du plan de paix durable pour nos trois religions, pour notre civilisation occidentale, pour la civilisation du Proche-Orient et pour notre époque qui va pouvoir entrer dans une nouvelle ère qui s'appellera l'ère postmédiévale.

« Je vous suis reconnaissant de tous vos compliments et je suis très heureux de pouvoir participer à l'élaboration d'un plan de paix durable et d'un traité d'amitié entre les civilisations. J'en remettrai un exemplaire au Pape Joachim pour qu'il le signe.

« Que Dieu nous bénisse tous et bénisse cette toute nouvelle ère qui est celle de l'amitié entre les civilisations. »

Puis les négociations commencèrent et durèrent plusieurs semaines. Sire Perceval participa à toutes les séances de cette réunion interreligieuse et internationale.

Pendant ce temps-là, l'Europe continuait à fonctionner sous le règne du Roi Arthur.

Elle continuait à se réformer et à construire son avenir et l'avenir de l'Eglise. Le Roi Arthur contribua activement à faire évoluer l'Europe et la Nouvelle-France, à tourner une fois pour toute la page des années sombres du Moyen-âge et à préparer l'Europe à une toute nouvelle ère qui sonnerait la fin du Moyen-âge.

Alors que Sire Perceval séjournait en Israël avec des températures quasi estivales qui, de vingt degrés le matin, pouvaient monter jusqu'à trente ou trente cinq degrés l'après-midi, l'Europe commençait à souffrir du froid car l'hiver était arrivé.

Sire Daniel et Dame Hélène continuaient à diriger le Duché de Bretagne. Frère Gérald, qui était moine à l'abbaye cistercienne de Cîteaux, allait devenir moine-prêtre, probablement vers l'Ascension. Christian allait devenir amiral au service du Roi Arthur après une carrière de capitaine de bateau, car Christian avait navigué et parcouru plusieurs fois l'océan Atlantique pour aller en Nouvelle-France. Gabriel continuait son ministère de prêtre au diocèse de Rennes, et Romain était chevalier et portait aussi le titre de Sire. George, lui, était toujours clerc au Duché de Bretagne.

Quant au Saint-Graal, tout le monde était impatient qu'on le retrouve.

Pendant que le Roi Arthur continuait à gouverner l'Europe, son chevalier, le jeune Sire Perceval de

Bretagne, participait aux travaux de la réunion interreligieuse qui se tenait à Jérusalem en Israël. La réunion allait bon train et le jour arriva où tous les dignitaires et Sire Perceval signèrent le traité de paix internationale et interreligieuse. Il y avait dix articles qui stipulaient les obligations des parties signataires. Le traité était rédigé de la façon suivante :

1er article : Chaque Etat veillera à construire un monde où régneront la justice et le respect de chaque religion et de chaque civilisation.

2ème article : Chaque partie mettra en œuvre un programme pour le maintien de la paix.

3ème article : Chaque partie veillera à ce que plus aucun risque de guerre, de croissance de la violence, de croisade ou d'invasion ou d'inquisition ne puisse surgir à nouveau.

4ème article : Chaque Etat ou partie veillera à éduquer la jeunesse aux valeurs du respect des autres religions et des autres civilisations.

5ème article : Les églises chrétiennes, les synagogues israélites et les mosquées musulmanes feront la promotion de la paix et de la tolérance.

6ème article : Toute partie liée au présent traité qui sera lésée ou menacée pourra demander protection au Pape ou au chef suprême de la religion à laquelle appartient la partie lésée.

7ème article : Les parties signataires siègeront périodiquement à des endroits différents pour faire état de l'évolution de la paix internationale et interreligieuse.

8ème article : Chaque partie signataire pourra demander une séance extraordinaire.

9ème article : Le traité entrera en vigueur dès que toutes les parties l'auront signé.

10ème article : Le traité pourra être complété par la ou les parties signataires qui le demanderont.

Fait à Jérusalem en l'an de grâce 1189, et le 10 décembre, en la présence du Roi Quirinius, chef suprême des Israélites, du Prince héritier d'Arabie Saoudite, Abdallah Housouyef, chef suprême des Musulmans, et du grand Patriarche orthodoxe Eugenius.

Sire Perceval signa, lui aussi, le traité de paix internationale et interreligieuse car il avait contribué à mettre un terme aux croisades, et il le rangea dans ses bagages pour le remettre au Pape Joachim.

Pendant trois ou quatre semaines, il se reposa à Jérusalem et put jouir du confort de la maison de Quirinius, Roi d'Israël. Comme récompense pour avoir mis un terme aux croisades, Sire Perceval reçut deux belles pierres photoluminescentes, l'une, rouge, qui était un grenat et l'autre, bleue, qui était une grosse aigue-marine, aussi grosse que le gros grenat. Il les rangea dans ses bagages avec le traité de paix interreligieuse et internationale, afin de ne pas les perdre.

Sire Perceval repartit de Jérusalem vers le 10 janvier de l'an de grâce 1190.

Sire Perceval arriva à Tyr où il passa la nuit dans la même auberge qu'en arrivant en Asie Mineure. Le lendemain, il alla dire bonjour au Gouverneur Jacob pour lui rendre l'armure et le cheval, et il lui dit :

« Bonjour Gouverneur Jacob. Je vous rapporte votre armure et votre cheval. Maintenant je repars en Europe, car j'ai accompli ma mission de mettre fin aux croisades et nous vivons enfin dans une nouvelle ère de paix, de stabilité et d'amitié entre les civilisations et les trois religions.

« Je vous remercie de m'avoir donné, pour le temps de ma mission, ce cheval et cette armure. Que Dieu vous bénisse et bénisse cette nouvelle ère qui vient de commencer. »

Le Gouverneur Jacob lui répondit :

« Nous te remercions, jeune Sire Perceval. Grâce à ton courage et à ta bravoure, nous vivons maintenant en paix et grâce à cette paix, nous pourrons enfin cohabiter avec toutes les civilisations et les trois religions. Nous pouvons enfin dire que nous sommes sortis des années sombres que représente le Moyen-âge dans notre histoire. »

Après avoir salué le Gouverneur Jacob, Sire Perceval se rendit au port avec ses bagages. Deux ou trois heures plus tard, son bateau partait pour Naples. Sire Perceval alla à l'arrière du grand bateau pour voir la côte d'Asie mineure qui s'éloignait et n'était plus qu'une fine ligne. Sire Perceval passa de l'arrière à l'avant du grand bateau pour admirer l'immensité de la mer.

Le bateau fit escale pour une journée à Malte, car il fallait le ravitailler. Sire Perceval en profita pour visiter l'île de Malte qui était une principauté dirigée par une jeune princesse qui s'appelait Anne. Elle venait d'accéder au trône princier de l'île de Malte.

Sire Perceval se dirigea vers un immense château dont les deux grands donjons ressemblaient à de grosses pattes d'éléphant, ce qui amusa le Sire Perceval.

Il sonna à la grande porte du château et la Princesse Anne alla accueillir Sire Perceval.

La Princesse Anne dit :

« Bonjour, jeune Sire, comment vous appelez-vous ? »

Sire Perceval lui répondit :

« Bonjour, je m'appelle Sire Perceval de Bretagne, je rentre d'une mission en Israël. Je suis allé arrêter les croisades et Dieu soit loué, cette tragédie n'est plus qu'un mauvais souvenir. Nous sommes maintenant entrés dans une nouvelle ère qui est celle de la paix entre les peuples et les religions, car ces croisades ne pouvaient vraiment plus durer et il fallait vraiment y mettre un terme définitif. Cet enfer sur terre avait assez duré. »

La Princesse Anne lui dit d'une voix très douce :

« Oui, nous avons tourné la page des années sombres du Moyen-âge et nous croyons que nous pourrons enfin vivre dans un vrai climat de paix.

« Mais que vas-tu-faire maintenant, après cette mission ? »

Sire Perceval lui répondit :

« Qu'est-ce que je vais faire maintenant ? Je vais accomplir une autre mission qui est de retrouver le Saint-Graal et j'aurai à aller dans toute l'Europe, jusqu'en Nouvelle-France ou peut-être jusqu'aux Indes, car il faut que je retrouve ce Vase sacré où Notre Seigneur Jésus-Christ a bu lors de son dernier repas, avant d'être arrêté, jugé et crucifié.

« J'espère que je le retrouverai cette année, car nous sommes en l'an de grâce 1190, l'année du premier centenaire de la naissance de Saint Bernard de Clairvaux. »

Puis Sire Perceval remercia la Princesse Anne et quitta son château.

Profitant des quelques heures d'escale du bateau, Sire Perceval visita la petite ville de La Valette et ses superbes églises et synagogues. Il visita le petit jardin botanique où il put admirer des mimosas, des jonquilles, des cyclamens, des cèdres, des pins et des citronniers, des figuiers et des oliviers qui étaient déjà en fleurs, au mois de janvier, car l'île de Malte jouissait d'un climat comparable à celui d'Afrique du Nord.

L'heure du départ du bateau approchait. Sire Perceval se rendit au port et le bateau partit peu avant le coucher du soleil. Sire Perceval alla vers l'avant du grand bateau pour admirer le coucher du soleil à l'horizon, car le soleil se couchait progressivement et commençait à disparaître à l'horizon pour réapparaître le lendemain. Sire Perceval fut émerveillé par la beauté du coucher du soleil. Aussitôt après, il regagna l'intérieur du bateau car c'était déjà l'heure du repas du soir. Il mangea du poisson bien cuit avec une soupe de légumes, et des fruits exotiques comme dessert, de la mangue, de la noix de coco et de la banane.

Sire Perceval regagna ensuite sa cabine qui était très confortable, avec un grand lit et une grande fenêtre d'où il pouvait voir la mer et les vagues provoquées par le bateau. Il y avait un très beau clair de lune et Sire Perceval put admirer la Lune, la Grande Ourse, et même Jupiter qui brillait comme une grosse pierre photoluminescente très blanche.

Le voyage entre l'île de Malte et Naples dura deux jours et Sire Perceval arriva à Naples où il devait rencontrer l'Evêque de Naples, Monseigneur Giuliano, un homme de taille moyenne, qui avait des cheveux blancs et une barbe blanche, et qui accueillit Sire Perceval les bras ouverts :

« Bonjour, jeune Sire, comment vous appelez-vous ? »

Sire Perceval lui répondit

« Je m'appelle Sire Perceval de Bretagne et je rentre d'Israël où je suis allé arrêter les croisades qui ont été une terrible erreur, une barbarie et un abominable enfer sur terre, et signer un traité de paix internationale et interreligieuse.

« Car Dieu m'a chargé d'aller en Israël arrêter ces calamités de croisades.

« Dieu m'a aussi chargé, avec le Roi Arthur, de retrouver le Saint-Graal. »

Monseigneur Giuliano, émerveillé par ce que Sire Perceval avait fait en Israël lui dit :

« Je suis vraiment rassuré que ces calamités de croisades soient enfin finies car il était temps. Ces croisades étaient une conquête indigne de notre époque et de notre civilisation et je suis vraiment reconnaissant qu'un jeune chevalier comme vous ait pu arrêter ces horreurs. »

Puis il conduisit Sire Perceval à une chambre où il passa la nuit.

Sire Perceval prit le petit déjeuner avec Monseigneur Giuliano et lui demanda si quelqu'un pouvait le conduire à l'abbaye bénédictine du Mont Cassin.

Monseigneur Giuliano répondit à Sire Perceval :

« Vous avez de la chance, Sire Perceval. Je dois me rendre au Mont Cassin où je suis attendu pour célébrer une messe au cours de laquelle on va procéder à l'ordination d'un Frère qui va devenir moine-prêtre. Je dois m'y rendre aujourd'hui car la messe et le repas d'ordination ont lieu demain. J'ai une place dans mon carrosse et vous pourriez venir avec moi. »

Sire Perceval répondit oui et ils quittèrent Naples après le petit déjeuner.

Ils arrivèrent à l'abbaye vers le milieu de l'après-midi, après l'office de none. Sire Perceval et Monseigneur Giuliano furent accueillis par le Père Romuald qui connaissait très bien Sire Perceval et qui leur dit :

« Bienvenue Monseigneur Giuliano et Sire Perceval. Monseigneur Giuliano, je vous attendais car notre Frère Angelico va être ordonné moine-prêtre demain lors de la messe pontificale. Vous serez logé dans la suite épiscopale.

« Quant à vous, Sire Perceval, comme vous l'avez demandé, nous avons pris soin de votre cheval et de votre carrosse. Ils vous attendent. Vous aurez une chambre à l'hôtellerie. Vous nous expliquerez demain ce que vous avez fait en Israël. »

Sire Perceval prit possession de sa chambre, alla assister aux vêpres, mangea son souper et retourna à l'église pour les complies.

Comme l'abbaye bénédictine du Mont Cassin était entre Rome et Naples, les hivers n'étaient pas trop rudes et il faisait une fraîcheur très douce, contrairement au reste de l'Europe où il faisait particulièrement froid.

Le lendemain, Sire Perceval se réveilla et prit le petit déjeuner avant la messe d'ordination du Frère Angelico, qui était un jeune moine de trente-cinq ans.

Monseigneur Giuliano célébra la messe, et ordonna le Frère Angelico en lui disant :

« Frère Angelico, voulez-vous devenir prêtre ? »

Le Frère Angelico, agenouillé devant l'Evêque, le Père Romuald, et toute la communauté des moines bénédictins du Mont Cassin, répondit :

« Oui, avec l'aide de Dieu. »

Toute l'assemblée se leva pour entendre les paroles du rite d'ordination de Frère Angelico qui devint Père Angelico.

Monseigneur Giuliano prononça les paroles du rite d'ordination sacerdotale en présence du Père Romuald, et de la communauté des moines de l'abbaye bénédictine du Mont Cassin :

« Au nom du Père, du Fils et du Saint-Esprit, Frère Angelico, moine bénédictin profès solennel depuis l'an de grâce 1180, je vous ordonne prêtre en le monastère de l'abbaye bénédictine du Mont Cassin. »

Après le repas d'ordination du Père Angelico, le Père Romuald convia Sire Perceval à parler de sa mission en Israël au chapitre qui avait lieu dans la salle capitulaire, à côté du grand réfectoire du monastère de l'abbaye bénédictine du Mont Cassin.

Sire Perceval s'avança et prit la parole en se tenant debout devant le porte-bible qui sert également à la lecture de la règle de Saint Benoît, lorsque les moines font la lecture après les complies et avant d'aller se coucher.

« Je suis allé en Israël accomplir une mission que Dieu et le Roi Arthur m'avaient confiée. Il s'agissait d'arrêter ces croisades qui étaient pour nous tous, et pour moi, une abomination, une terreur, je dirai même une œuvre du Diable.

« Je suis allé à Jérusalem, je suis monté sur le toit du Grand Temple de Jérusalem par une échelle et j'ai dit à tous ces tristes sires que les croisades étaient finies et que la terreur des croisades était révolue.

« Je leur ai dit qu'il fallait rendre les armes et construire un monde meilleur, et ils se sont rendu compte qu'il fallait arrêter ces abominables croisades. Ils ont rendu les armes et les croisades se sont terminées à l'instant même.

« J'ai ensuite participé aux négociations pour la paix internationale et interreligieuse, et j'ai pris le traité pour le remettre au Pape Joachim qui le signera et l'adoptera.

« Puis à son tour le Roi Arthur le signera et nous aurons enfin un instrument de paix internationale et interreligieuse qui nous protégera et nous aidera à tourner la page des années sombres du Moyen-âge et à entrer dans une toute nouvelle ère qui s'appellera l'ère postmédiévale. »

Le Père Romuald prit la parole et dit devant toute la communauté des moines bénédictins du Mont Cassin :

« Nous sommes tous soulagés que ce jeune chevalier qui s'appelle Sire Perceval ait eu le courage et la bravoure de faire cesser immédiatement les horreurs des croisades, et qu'il ait contribué à l'organisation d'une réunion internationale et interreligieuse. Grâce à ce jeune chevalier, notre monde a enfin pu se débarrasser de ces terribles croisades qui ont non seulement ruiné notre peuple frère, les Israélites, mais qui ont carrément profané leur pays qui est une terre sainte. Nous sommes enfin entrés dans une nouvelle ère pour notre civilisation tout entière.

« Que Dieu vous bénisse, Sire Perceval, nous bénisse et bénisse cette nouvelle ère pour notre civilisation. »

Le lendemain matin, Sire Perceval retrouva son carrosse, et son cheval Roland qui avait été très bien soigné. Il remercia toute la communauté et le Père Romuald d'avoir si bien pris soin de Roland, son cheval, et de son carrosse. Et il partit pour Rome afin de remettre le traité de paix internationale et interreligieuse au Pape Joachim.

Le voyage de Sire Perceval et de son cheval Roland prit un jour. Sire Perceval s'arrêta pour manger au château de Sermoneta chez un comte qui l'accueillit pour le repas.

Le Comte, qui était tertiaire de l'abbaye bénédictine de Fosse-Neuve, s'appelait Enrico.

Sire Enrico dit à Sire Perceval :

« Bonjour, Sire. Quel est votre nom ? »

Sire Perceval répondit :

« Je m'appelle Sire Perceval et je suis en route pour Rome. »

Puis le Comte Enrico, qui était un homme d'une soixantaine d'années, répondit :

« Je suis content de faire votre connaissance et je suis ravi de partager mon repas de midi avec vous. Ensuite, nous irons à l'abbaye bénédictine de Fosse-Neuve pour l'office de none. »

Sire Perceval laissa son cheval Roland et son carrosse et déposa deux des pierres photoluminescentes sur la banquette arrière du carrosse, au soleil, pour qu'elles puissent emmagasiner suffisamment de lumière pour le voyage, car la nuit tombait encore très tôt.

Le Comte Enrico et Sire Perceval partirent pour l'abbaye bénédictine de Fosse-Neuve et arrivèrent quand l'office de none allait commencer.

Le Comte Enrico alla parler au Père supérieur de l'abbaye bénédictine de Fosse-Neuve, qui s'appelait le Père Camille, qui était âgé comme lui de soixante ans et qui portait une grosse barbe blanche.

Le Comte Enrico dit au Père abbé Camille :

« Je vous présente Sire Perceval de Bretagne qui se rend à Rome pour voir le Pape Joachim. »

Le Père Camille dit à Sire Perceval :

« Je suis le Père abbé de l'abbaye bénédictine de Fosse-Neuve. Je suis ravi de vous connaître et heureux qu'un jeune chevalier aille voir le Pape Joachim. »

Puis Sire Perceval et le Comte Enrico retournèrent au château du Comte Enrico, et Sire Perceval dit au revoir au Comte Enrico en le remerciant très chaleureusement de l'avoir accueilli pour le très bon repas qui était composé d'une bonne soupe, avec des pommes de terre, une bonne tranche de porc et un délicieux dessert aux pommes et aux prunes.

Et Sire Perceval reprit la route avec son carrosse et son cheval. Il pouvait maintenant voyager la nuit grâce aux pierres photoluminescentes qui avaient pu emmagasiner la lumière du soleil pendant que Sire Perceval et le Comte Enrico étaient à l'office de none à l'abbaye bénédictine de Fosse-Neuve.

Sire Perceval arriva à Rome tard dans la nuit. Il fut reçu par les gardes suisses du Vatican et logé dans la même hôtellerie qu'avant son départ pour Israël.

CHAPITRE VIII

SIRE PERCEVAL REMET AU PAPE JOACHIM LE TRAITE DE PAIX INTERNATIONALE ET RELIGIEUSE

Sire Perceval fut reçu par le Pape Joachim et il lui remit le traité de paix internationale et interreligieuse. Avec le même accueil chaleureux et humain, le Pape prit le traité de paix internationale et interreligieuse et, comme il y avait la messe de dix heures du matin, il pria Sire Perceval de venir le voir après la messe. Sire Perceval se rendit à la messe du Pape Joachim et entendit un beau sermon du Pape Joachim après la lecture de l'Evangile de Saint Marc. Le sermon était sur la vie éternelle et Sire Perceval croyait beaucoup à la vie éternelle.

Puis Sire Perceval alla voir le Pape Joachim et prit le repas de midi avec lui. Il lui raconta comment il était parvenu à mettre un terme aux croisades, et comment s'étaient déroulées les négociations pour aboutir à un accord de paix internationale et interreligieuse.

Le Pape Joachim dit à Sire Perceval :

« Je trouve que vous avez fait preuve de courage et de bravoure en allant arrêter cette barbarie qui avait assez duré, et en assistant à cette conférence sur la paix après votre message qui a mis fin aux croisades. »

Sire Perceval répondit :

« Vous savez, Sainteté, je suis allé là-bas pour mettre fin à toute cette barbarie et je l'ai fait pour Dieu et pour la civilisation israélite, la civilisation musulmane et notre civilisation tout entière. »

Après le repas, le Pape convia Sire Perceval à venir dans la grande salle des cardinaux qui était aussi celle du trône pontifical. Le Pape Joachim prit la parole et dit aux cardinaux réunis :

« Messieurs les Cardinaux, vous pouvez voir qu'un jeune chevalier a été capable de mettre fin à la barbarie des croisades. Grâce à Sire Perceval de Bretagne, ici présent, notre civilisation a pu enfin tourner, une fois pour toutes, la page des années de l'âge sombre du Moyen-âge.

« Grâce à ce jeune chevalier, notre civilisation tout entière est entrée dans une nouvelle ère, que nous pouvons appeler l'ère postmédiévale, car nous ne sommes plus au Moyen-âge mais nous entrons dans une ère que nous appellerons époque postmédiévale.

« J'ai étudié ce nouveau traité de paix internationale et interreligieuse que je signerai et que vous signerez et que le Roi Arthur signera et que tous les princes, ducs et autres sires viendront signer lorsqu'ils se rendront à Rome.

« Maintenant, grâce à ce traité de paix internationale et interreligieuse et à Sire Perceval, notre civilisation va se tourner vers l'avenir et nous pouvons dès maintenant vivre enfin selon l'Evangile qui nous enseigne qu'il faut s'aimer les uns les autres. »

Sire Perceval se rendit à la messe de six heures du soir pour écouter une fois de plus le Pape Joachim. Une fois la messe terminée, Sire Perceval alla se coucher dans la splendide chambre de l'hôtellerie pontificale où il s'endormit très rapidement.

Sire Perceval resta trois semaines à Rome car il avait aussi à voir des cardinaux, des prêtres, et le Prince de Rome qui s'appelait Etienne et qui venait d'accéder au trône peu après sa majorité, pour lui parler du nouveau traité de paix internationale.

A Rome, l'hiver était frais mais très doux, contrairement à la France où il faisait très froid, surtout en Bretagne et en Bourgogne.

Sire Perceval put consulter les livres de la grande bibliothèque du Vatican et y faire des recherches, notamment dans des livres d'histoire, de théologie et de philosophie, les livres de Platon, de Socrate, d'Aristote ou de Diogène, et aussi des livres sur la morale et sur la rhétorique. Sire Perceval consultait également des livres sur le droit canonique et sur les textes et sermons de Saint Bernard.

De sa fenêtre, il pouvait voir toutes les lumières de Rome et du Vatican avec leurs candélabres munis de pierres photoluminescentes qui étaient bleues, jaunes, oranges et même rouges, puisqu'en Italie les villes étaient parfois éclairées par des grenats photoluminescents qui donnaient une belle couleur rougeâtre. Sire Perceval rêvait d'avoir une pierre photoluminescente qui donne une couleur rougeâtre.

Il put voir aussi, par une nuit très claire, les étoiles et une lune décroissante qui se levait à l'est, et aussi Jupiter et la Grande Ourse et même la Voie Lactée.

Sire Perceval se rendit au château du Prince Etienne, qui venait d'être intronisé Prince de Rome. Il vivait dans un très beau château qui était situé près de Castel Gandolfo, mais à la différence du château pontifical, le château du Prince Etienne était un immense château avec quatre donjons cylindriques alors que le château pontifical était comme une sorte de temple à la grecque, avec un immense fronton et avec sept grosses colonnes et une immense porte.

Le château pontifical n'était pas ouvert au public, mais Sire Perceval put en admirer l'extérieur, juste avant d'atteindre le château du Prince Etienne qui lui ouvrit la grande porte en ébène et l'accueillit par ces paroles :

« Bonjour, Sire, je suis heureux de vous accueillir. Entrez et nous allons faire connaissance dans la grande salle des fêtes de mon château, car vous devez être mouillé avec cette pluie diluvienne. »

Le Prince Etienne était un grand jeune homme de vingt-deux ans avec des très longs cheveux blond foncé et pas de barbe. Ce grand jeune homme ressemblait beaucoup à Sire Perceval mais avec un fort accent du sud de la Méditerranée.

Il venait d'être adoubé et intronisé. Comme Sire Perceval, le Prince Etienne avait fait son diplôme d'études fondamentales à l'abbaye bénédictine du Mont Olivier dont le collège était un peu le Mouthier-Royal d'Italie.

Il avait aussi fait des études de théologie à l'université pontificale de Rome, entre seize et vingt et un ans. Son père, le Prince George, venait d'abdiquer car il avait soixante-dix ans et se sentait trop âgé pour continuer à régner sur la Principauté de Rome.

Sire Perceval et le Prince Etienne se rendirent dans la grande salle des fêtes du château.

Et le Prince Etienne dit à Sire Perceval :

« Sire, dites-moi, comment vous appelez-vous ? Et racontez-moi votre odyssée en Israël. »

Le Prince Etienne avait su qu'un jeune chevalier partait pour Israël, car il avait reçu la visite du Pape Joachim qu'il connaissait très bien. Et le Pape Joachim lui avait dit qu'un jeune chevalier breton partait pour Israël afin d'arrêter les croisades, mais le Prince Etienne ne se souvenait plus du nom de ce chevalier.

Sire Perceval lui répondit :

« Je m'appelle Sire Perceval et je suis allé en Israël pour arrêter ces horreurs de croisades et établir la paix entre les civilisations et les trois grandes religions, chrétienne, israélite et musulmane, et je suis revenu. »

Sire Perceval et le Prince Etienne étaient assis face à face, autour d'une immense table ronde en chêne et les chaises étaient énormes avec du rembourrage rouge bordeaux. Dans la grande salle des fêtes se trouvait une très grande cheminée, et il y avait plusieurs grands candélabres avec des pierres photoluminescentes qui n'étaient pas à leur place, car le Prince Etienne les avait fait placer au soleil pour qu'elles emmagasinent la lumière du soleil.

Le Prince Etienne reprit la parole :

« Comment avez-vous pu arrêter ces calamités de croisades ? »

Sire Perceval lui répondit :

« Je suis monté sur le toit du Grand Temple de Jérusalem par une grande échelle qui devait permettre aux ouvriers de restaurer la façade du Grand Temple. J'avais emprunté une corne qui m'a servi de porte-voix et les tristes sires envahisseurs ont été si abasourdis qu'ils se sont résignés à arrêter les combats, et les croisades se sont soudainement arrêtées. »

Le Prince Etienne dit :

« Je vois. Il était vraiment temps que ces horribles croisades s'arrêtent.

« Dieu soit loué, nous sommes entrés dans une toute nouvelle ère et nous sommes sortis définitivement de ce sinistre Moyen-âge. »

Sire Perceval le remercia très chaleureusement et le Prince Etienne le raccompagna jusqu'à la grande porte en ébène du château. Sire Perceval retourna à Rome.

Il avait reçu du Pape Joachim une nouvelle pierre photoluminescente. C'était un gros grenat en forme de galet. Il la mit avec les autres pierres photoluminescentes sur la banquette arrière pour qu'elle puisse emmagasiner la lumière du soleil.

Avant de quitter Rome, Sire Perceval écrivit aux moines bénédictins du Mont Cassin une lettre de remerciements pour avoir pris soin de son carrosse et de son cheval Roland :

« Chers Frères et révérend Père Romuald, abbé du Mont Cassin,

Je vous remercie d'avoir pris grand soin de mon cheval Roland et de mon carrosse pendant que j'étais en Israël pour mettre un terme aux croisades, selon la mission que m'avaient confiée Dieu et le Roi Arthur.

Un grand merci, et que Dieu vous bénisse pour votre travail et vos bons soins à mon cheval et à mon carrosse. »

Sire Perceval garda un souvenir inoubliable de son séjour à Rome, de ses rencontres avec le Pape Joachim et ses cardinaux, de la remise du traité de paix internationale et interreligieuse, et il garda aussi un très bon souvenir de sa rencontre avec le Prince Etienne dans son immense château.

CHAPITRE IX

SIRE PERCEVAL QUITTE ROME ET SE REND CHEZ LE PRINCE DE GENES

Grâce aux pierres photoluminescentes, Sire Perceval pouvait faire de plus longs trajets car il pouvait voyager de nuit. Il mit deux pierres photoluminescentes à l'avant du carrosse et une à l'arrière, le grenat qu'il venait de recevoir du Pape Joachim.

Sire Perceval s'arrêta dans une petite ville, Vétulonie, ou Vitulonia en italien, pour le repas de midi, car il était parti de Rome très tôt le matin. Il visita des ruines appelées ruines de Roselle et de Vétulonie. Dans une auberge, il prit un repas composé d'une soupe de légumes, de pommes de terre et d'un bon dessert avec un gâteau aux pommes.

Puis il passa la nuit dans une auberge de la petite ville de Livourne. Il dormit dans une chambre avec une petite salle d'eau peu pratique car la bassine était très près de la porte.

Le lendemain il repartit et remit les pierres photoluminescentes pour qu'elles puissent emmagasiner la lumière du soleil et longea le bord de la mer Méditerranée.

Il prit le repas de midi à Carrare, ville célèbre pour ses carrières de marbre.

Enfin il arriva à Gènes où il rendit visite au Prince Matthieu qui avait vingt et un ans. Il avait de très longs cheveux noirs et pas de barbe. Timide mais très chaleureux, il reçut Sire Perceval dans son château.

Le Prince Matthieu dit à Sire Perceval en lui ouvrant la grande porte de son château :

« Bonjour, comment vous appelez-vous ? »

Sire Perceval lui répondit :

« Je m'appelle Sire Perceval de Bretagne et j'ai mis un terme définitif aux croisades en Israël. J'ai fait en sorte qu'il n'y ait plus aucune haine entre les civilisations en concluant des relations internationales, et je suis allé à Rome dire au Pape que les croisades étaient terminées. »

Le Prince Matthieu n'en revenait pas et voulut tout savoir sur le processus de paix internationale et interreligieuse :

« Et comment avez-vous pu arrêter ces horreurs de croisades ? »

Sire Perceval répondit :

« Je suis monté par une grande échelle sur le toit du Grand Temple et j'ai pris la parole avec une corne. Immédiatement ils ont tous compris que les croisades étaient une grande calamité et dès ce moment-là, nous avons su que nous étions entrés dans une nouvelle ère. »

Le Prince Matthieu le conduisit à sa chambre où il dormit trois nuits pour se reposer du très long voyage depuis Rome.

Sire Perceval parlait de son voyage au Prince Matthieu de Gênes pendant les repas et le Prince Matthieu lui montra la ville, car son château était situé sur une colline d'où on pouvait voir Gênes et tous les alentours. Il lui montra le port de Gênes, d'où partaient les bateaux pour l'Afrique du Nord, l'Asie Mineure et la Nouvelle-France.

CHAPITRE X

SIRE PERCEVAL REVIENT EN FRANCE ET REND VISITE AU PRINCE AUGUSTE DE MONACO

Sire Perceval reprit son carrosse et son cheval Roland et partit vers la France et vers la Principauté de Monaco. Contrairement à l'Italie, la France était un royaume uni avec une exception qui était la Principauté de Monaco, car la Principauté de Monaco était une principauté indépendante et souveraine depuis longtemps.

Quant à l'Italie, elle était une fédération de principautés et de duchés avec à sa tête un archiprince qui habitait à Rome et s'appelait Julien-Côme. Sire Perceval ne l'avait pas rencontré lors de son séjour à Rome car il était en voyage à travers la Fédération italienne.

Sire Perceval longea toute la côte ligure, avec son cheval Roland et son carrosse, et s'arrêta dans une petite ville appelée Loano, où il prit son repas de midi : une soupe de légumes avec de la viande, des pommes de terre et un gâteau aux pruneaux. Puis il repartit aussitôt après et il longea la Ligurie. Il prit un souper composé de pain avec du beurre et un thé puis, grâce aux trois pierres photoluminescentes, il put gagner Monaco dans la soirée.

Sire Perceval arriva au château du Prince Auguste, un tout jeune prince de vingt et un ans avec de longs cheveux blonds comme ceux de Sire Perceval.

Le Prince Auguste ouvrit la grande porte du château qui était sur le rocher et accueillit Sire Perceval :

« Bonjour, comment vous appelez-vous ? »

Sire Perceval lui répondit :

« Je m'appelle Sire Perceval de Bretagne et je suis de passage à Monaco. »

Le Prince Auguste venait d'être intronisé. Son père s'appelait Maxime et sa mère, la Princesse Irène. Son père avait abdiqué car il venait d'avoir soixante-cinq ans et avait régné quarante ans. Le Prince Auguste était l'aîné de la famille princière et il avait deux sœurs, Jeane qui avait dix-neuf ans, et Aline qui venait d'avoir seize ans, l'âge de la prémajorité.

Il présenta Sire Perceval à sa famille :

« Je vous présente Sire Perceval, le chevalier qui s'est rendu en Israël pour arrêter les croisades. »

Sire Perceval avait parlé au Prince Auguste de son voyage et de sa mission de mettre fin aux croisades. Il lui avait aussi parlé du traité de paix internationale et interreligieuse.

Sire Perceval avait une superbe chambre dans le château du Prince Auguste. Il dormit dans un lit à baldaquin avec des draps vert émeraude avec des fleurs de lys argenté. Cette chambre avait une magnifique salle d'eau en mosaïque.

Le lendemain, il prit son petit déjeuner avec toute la famille du Prince Auguste.

Le Prince Maxime demanda à Sire Perceval comment il avait fait cesser les croisades.

Sire Perceval lui répondit :

« J'ai arrêté ces horreurs en montant sur le toit du Grand Temple de Jérusalem par une grande échelle. J'ai pris la parole à travers une grande corne qui m'a servi de porte-voix et ces tristes sires ont été si abasourdis par mon discours qu'ils ont arrêté les croisades. »

Le Prince Auguste lui demanda alors comment il avait fait le voyage en Israël et Sire Perceval lui répondit :

« Je suis parti de Naples après une visite au Pape Joachim et après une retraite au monastère de l'abbaye bénédictine du Mont Cassin où le Pape Joachim a été moine, moine-prêtre et enfin supérieur ou Père abbé jusqu'à son élection pontificale. Il est aussi devenu Père abbé-général de l'ordre bénédictin. J'ai confié aux moines de l'abbaye mon cheval, qui s'appelle Roland, et mon carrosse, et je suis allé à Naples pour prendre le bateau.

« Après l'arrêt des croisades et la réunion pour le traité de paix internationale et interreligieuse, je suis revenu à Naples et je suis retourné à Rome voir le Pape Joachim pour lui remettre le traité de paix internationale et interreligieuse qu'il va signer et que le Roi Arthur va signer et que le Prince Auguste signera aussi. Au fait, comment va le Roi Arthur ? »

Le jeune Prince Auguste répondit à Sire Perceval :

« Il va très bien et il est très impatient de vous revoir, car il attend de vous que vous retrouviez le Saint-Graal, la Coupe sacrée que l'on recherche depuis des siècles.

« Ici en Europe, pendant que vous étiez en Israël pour arrêter ces calamités de croisades, il a fait très froid et même ici, à Monaco, nous avons eu de la neige et du gel, mais maintenant il fait moins froid. On continue de tout faire pour sortir notre civilisation de l'âge sombre du Moyen-âge et lorsque vous aurez retrouvé la Coupe sacrée du Christ, cher Sire Perceval, nous pourrons vraiment dire que nous sommes sortis de cet âge sombre qu'a été le Moyen-âge. »

Sire Perceval visita la Principauté de Monaco avec le Prince Auguste qui lui montra le parc botanique et le jardin zoologique qui étaient situés dans un cadre féerique.

Au jardin zoologique, le Prince Auguste et Sire Perceval purent admirer des flamands roses, des girafes, des rhinocéros, des hippopotames avec leurs petits. Dans ce jardin zoologique, il y avait des cigognes, des oies sauvages, des canards chinois, des hiboux, et il y avait même des tortues géantes, des gros lézards et des crocodiles. Il y avait aussi des poissons rouges, des grosses grenouilles et des tortues aquatiques.

Après la visite du jardin zoologique, Sire Perceval et le Prince Auguste se rendirent au jardin botanique où il y avait des jasmins, des pins, des citronniers, de la sauge, des haies entières de lavande, de verveine, de girofles et même de la menthe.

Enfin le Prince Auguste et Sire Perceval visitèrent la cathédrale qui était grandiose. Le sol était en marbre noir, et il y avait une immense statue de la Vierge Marie, des statues des évangélistes Saint Matthieu et Saint Luc, et une immense statue qui représentait l'archange Gabriel.

Puis Sire Perceval et le Prince Auguste retournèrent au château pour le repas de midi qui était composé de poissons, de viandes, de riz et d'un très bon dessert aux fruits.

Sire Perceval demeura quelques jours au château du Prince Auguste de Monaco avant de partir pour Antipolis et pour l'abbaye de Lérins, une abbaye cistercienne.

CHAPITRE XI

SIRE PERCEVAL ARRIVE A L'ABBAYE DE LERINS ET EFFECTUE UNE RETRAITE

Sire Perceval retrouva son cheval Roland et quitta la Principauté de Monaco. Il passa par Nice, longea la côte et arriva à Antipolis, jolie petite ville médiévale. Il prit son repas de midi dans une auberge où il mangea une bonne soupe aux épinards, des pommes de terre et du pain, et un bon gâteau aux mûres.

Dans l'après-midi, il arriva à une petite ville qui s'appelait Cannes, et de là, il prit un bateau pour les îles de Lérins, après avoir confié son cheval et son carrosse à l'écurie du monastère qui était située sur la terre ferme, juste à côté de l'embarcadère. Sire Perceval demanda au Frère responsable de l'écurie de l'abbaye de Lérins de prodiguer de bons soins à Roland, son cheval, et de prendre soin de son carrosse.

Sire Perceval arriva juste avant les vêpres et fut très chaleureusement accueilli par le Père André qui était un homme de taille moyenne, très gentil mais très exigeant sur le respect du silence. Moins exigeant, cependant, que le Père David.

Il dit à Sire Perceval :

« Je suis le Père André, supérieur de l'abbaye cistercienne de Lérins. Vous êtes le bienvenu dans notre abbaye. Je dois vous prier de respecter le silence que nous observons car Saint Benoît nous le demande.

« Vous aurez une chambre dans l'hôtellerie et demain vous aurez la possibilité de parler avec le Frère responsable des travaux manuels. Il vous expliquera ce qu'il y a à faire, et lundi il vous affectera à un travail, car demain c'est dimanche, le jour du Seigneur. »

Sire Perceval demanda au Père André s'il pourrait rester jusqu'aux Fêtes de Pâques.

Le Père André accepta, et il ajouta :

« Et puisque vous avez réussi à mettre fin aux croisades, je vous demande de montrer l'exemple sur le plan de l'humilité et de la modestie. Ne parlez pas trop de vos exploits aux Frères qui vous accueilleront dans leur travail. »

Sire Perceval répondit :

« Oui, mon Père abbé, je respecterai le silence et la discipline monastique, et je ne parlerai pas trop de mes exploits. »

Sire Perceval lui demanda s'il aurait la possibilité d'aller voir son cheval tous les jours et le Père André lui répondit :

« Oui, bien sûr, vous avez un bateau le matin, un l'après-midi et un le soir. »

Sire Perceval fut ravi de savoir qu'il pourrait voir son cheval tous les jours, ce qu'il fit pendant ses trois semaines de retraite à Lérins. Et il commença à se préparer à sa nouvelle mission, retrouver la Coupe sacrée. Dans la bibliothèque du monastère il consulta tous les livres consacrés au Saint-Graal et toutes les recherches effectuées pour le retrouver. Il consulta aussi des livres traitant de l'histoire de l'Eglise et des différentes civilisations.

Sire Perceval avait aussi de très nombreux contacts avec le Père André qui voulait savoir comment il avait pu arrêter les croisades et contribuer à mettre en place une réunion sur la paix entre les peuples et les religions et aboutir à l'adoption d'un traité de paix internationale et interreligieuse.

Le Père André dit à Sire Perceval :

« Sire Perceval, comment avez-vous pu arrêter ces croisades qui ont été à nos yeux une vraie calamité pour notre civilisation ? »

Sire Perceval répondit au Père André :

« Je suis allé en Israël pour faire cesser les croisades, car il était vraiment temps que ces calamités prennent fin et que nous entrions dans une nouvelle ère de paix et de justice. »

Le Père André reprit la parole et dit :

« Nous sommes tous reconnaissants qu'un jeune chevalier comme vous ait eu le courage et même la bravoure de mettre un terme définitif à ces sinistres et abominables croisades. Et maintenant qu'allez-vous devenir, Sire Perceval ? »

Sire Perceval répondit :

« Je vais entreprendre ma nouvelle mission qui est de retrouver le Saint-Graal, et je souhaite le retrouver cette année car nous sommes en 1190, et c'est cette année qu'on va célébrer le premier centenaire de la naissance de Saint Bernard.

« Saint Bernard a contribué à l'évolution de l'Eglise. C'est grâce à lui que l'Eglise a commencé à se moderniser et a perdu son caractère de puissance féodale. Bien que l'Eglise conserve encore une image d'institution influente sur la société, elle n'impose plus ses dogmes d'une façon autoritaire. Elle a aussi dû s'adapter à l'évolution sociale, elle autorise ses prêtres à se marier et elle a introduit le suffrage universel au niveau de l'élection pontificale. Les tribunaux religieux ont disparu et ont laissé la place à des institutions judiciaires laïques. L'Eglise a aussi perdu son caractère répressif.

Les excommuniés peuvent être réadmis à l'Eucharistie après cinq ans d'excommunication. L'irréversibilité des sanctions a également disparu.

« Durant le début du deuxième millénaire, l'Eglise est passée d'une institution répressive à une institution démocratique plus humaine et plus juste aussi. »

Sire Perceval participait aux travaux au jardin, quelquefois à la cuisine et quelquefois au four à pain, car les moines cisterciens de Lérins fabriquaient aussi du pain et des hosties. Comme le lui avait demandé le Père abbé, il ne parlait pas de ses exploits aux Frères

Sire Perceval logeait dans une grande chambre située dans l'aile sud-ouest du monastère. De là, il pouvait voir la mer et la côte du Sud de la France, les côtes de Saint Raphaël.

Il eut même le grand privilège de voir la mer éclairée par une grosse lune qui était pleine et qui éclairait le monastère. Sire Perceval était vraiment enchanté et émerveillé de voir la mer éclairée par une grosse pleine lune qui éclairait aussi le monastère. Durant les complies, cette grosse et belle pleine lune brillait tellement que Sire Perceval pouvait même voir le clocher de l'église, sans pierres photoluminescentes.

D'ailleurs, il y avait des pierres luminescentes dans tout le monastère et Sire Perceval fut chargé de les mettre au soleil, et de les remettre dans les porte-pierres du monastère, car le Père abbé et le Père prieur avaient demandé à ce que ce travail lui soit attribué. Ce travail était long et fastidieux mais Sire Perceval était tellement fasciné par les pierres photoluminescentes qu'il trouva du plaisir à faire ce travail.

Les Fêtes de Pâques arrivèrent et Sire Perceval participa à tous les offices du triduum pascal et à la veillée pascale qui dura presque toute la nuit. Sire Perceval put dormir pendant une grande partie de la journée et il fut invité à manger dans le réfectoire des moines où il prit le repas de midi composé d'un agneau arrosé de sauce au vin rouge, de riz et de carottes, et d'un bon dessert aux pommes.

Mais Sire Perceval ne parla pas de ses exploits directement aux moines cisterciens. Cependant, le Père André leur avait raconté les exploits du jeune Sire Perceval de Bretagne et les moines n'en revenaient pas que ce jeune chevalier ait pu arrêter cette barbarie des croisades.

Les Fêtes de Pâques passées, Sire Perceval quitta le monastère de l'abbaye cistercienne de Lérins dans l'après-midi du lendemain du lundi de Pâques, et il retrouva son carrosse et son cheval Roland qui étaient restés à Cannes.

Il quitta Cannes par la route qui partait dans les montagnes pour se rendre à Marseille. Le voyage dura jusque tard dans la nuit et il arriva à Marseille.

Le Duc de Marseille s'appelait Sire George. Il avait un château sur une île qui s'appelait Ratonneau, à côté de l'île Pomègues. Le château de Sire George se trouvait à côté du Fort du Frioul.

Et il possédait un deuxième château sur une petite île qui s'appelait If. C'est dans ce château que fut accueilli Sire Perceval. Sire Perceval laissa son cheval Roland et son carrosse à l'écurie du port de Marseille où il demanda qu'on soigne son cheval et qu'on lui donne à manger.

Sire George était un grand jeune homme aux longs cheveux bruns et qui n'avait pas de barbe. Il était très sympathique.

Sire Perceval fut bien accueilli par Sire George qui lui dit :

« Bonsoir. Sire, quel est votre nom ? »

Sire Perceval lui répondit :

« Je m'appelle Sire Perceval de Bretagne et je rentre d'un très long voyage en Israël où je suis allé mettre un terme définitif à cette barbarie des croisades. Maintenant je suis en train d'effectuer une autre mission qui est celle de retrouver le Saint-Graal. »

Sire George lui dit :

« Ah oui ! Vous êtes le célèbre Sire Perceval de Bretagne. J'ai entendu parler de vous par le Roi Arthur qui m'a rendu visite juste avant Pâques. Vous êtes célèbre maintenant. Grâce à vous nous avons pu tourner cette page des années sombres du Moyen-âge.

« Maintenant nous espérons que vous allez retrouver cette Coupe sacrée du Christ, qui s'appelle le Saint-Graal.

« Vous aurez une chambre avec une vue superbe sur la mer. »

Sire Perceval fut conduit à sa chambre qui était une superbe chambre avec une vue grandiose sur la mer. Sire Perceval disposait d'une vraie salle d'eau avec une véritable piscine et un lavabo.

Sire George avait un deuxième prénom et s'appelait aussi Sire Etienne. Au douzième siècle les gens avaient rarement un deuxième prénom mais l'usage fit très lentement son apparition et était plus répandu qu'au sixième siècle, à l'époque où le Roi Arthur avait aussi un jeune chevalier qui s'appelait Perceval le Gallois, qui n'avait jamais retrouvé le Saint-Graal.

Sire George ou Sire Etienne-George ou George-Etienne, tout jeune duc de vingt et un ans, venait d'être adoubé chevalier par le Roi Arthur après cinq ans comme écuyer mais, contrairement à beaucoup de jeunes chevaliers, il n'était pas tertiaire de Saint Benoît.

Lors du petit déjeuner, Sire George demanda à Sire Perceval :

« Et maintenant, Sire Perceval, comment allez-vous retrouver cette Coupe sacrée qui s'appelle le Saint-Graal et que l'on recherche depuis plusieurs siècles ? »

Sire Perceval lui répondit :

« Je la retrouverai dans peu de temps, car elle est quelque part dans le Royaume du Roi Arthur. »

Sire Perceval passa une partie de la journée avec le Duc de Marseille, puis il quitta l'ile d'If où se trouvait le château de Sire George. Il retrouva son carrosse qui avait été bien entretenu, et son cheval Roland, bien soigné et bien nourri.

Sire Perceval et son cheval Roland prirent la route en direction d'Avignon où ils arrivèrent vers le coucher du soleil.

Le printemps approchait et les jours devenaient de plus en plus longs et les nuits de plus en plus courtes et de moins en moins froides.

Sire Perceval rendit visite à l'Evêque d'Avignon qui s'appelait Monseigneur Alain, un homme de taille moyenne, chauve et âgé de soixante ans, qui le reçut dans sa demeure épiscopale. Le carrosse et le cheval Roland attendaient Sire Perceval dans l'écurie de la ville fortifiée d'Avignon.

Monseigneur Alain lui dit :

« Bonsoir, comment vous appelez-vous ? »

Sire Perceval lui répondit avec un sourire :

« Je m'appelle Sire Perceval de Bretagne et je suis en route vers la découverte du Saint-Graal après avoir fait un long voyage en Israël pour mettre fin aux croisades et faire accepter un traité de paix internationale et interreligieuse. »

Monseigneur Alain dit :

« Je vois que vous êtes un jeune chevalier plein de courage et plein de bravoure, qui a réussi à mettre fin à ces croisades qui ont été une barbarie épouvantable pour le peuple israélite qui est un peuple frère. J'espère que vous allez retrouver le Saint-Graal, car on le recherche depuis plus de mille ans maintenant. »

Sire Perceval, depuis l'enfance, était révolté contre la barbarie humaine, et à chaque fête de Pâques il se révoltait contre cette punition cruelle qui consistait à crucifier les humains. Pour Sire Perceval la crucifixion de Jésus-Christ avait été la pire des choses qu'il ait vu au travers des récits bibliques qu'il avait étudiés à l'abbaye bénédictine de Mouthier-Royal et à Oxford. Sire Perceval n'avait jamais pu concevoir qu'on puisse mettre à mort un être humain qui était un saint comme Jésus-Christ. Sire Perceval n'avait jamais pu comprendre le motif d'une telle punition, d'un châtiment aussi barbare que la crucifixion

Sire Perceval passa la nuit dans une chambre d'hôte de la résidence épiscopale, puis il prit le petit déjeuner avec Monseigneur Alain et reprit la route juste après le petit déjeuner.

Il longea le Rhône jusqu'à Pont-Saint-Esprit où il put admirer le pont qui venait de se construire, et il continua son voyage jusqu'à la petite ville de Montélimar où il prit un bon repas de midi composé d'une soupe aux épinards, de pommes de terre, d'un poulet, et d'un bon gâteau aux pommes.

Puis il reprit la route avec son carrosse et son cheval Roland.

Il arriva à Valence où il rencontra l'Evêque qui s'appelait Monseigneur Jacques et qui était tertiaire de l'abbaye de Tamié en Savoie.

Monseigneur Jacques était un homme de taille moyenne avec une barbe grisonnante et peu de cheveux. Il avait entre soixante-deux et soixante-cinq ans. Il reçut Sire Perceval à son évêché, dans son bureau et lui posa beaucoup de questions sur son grand voyage en Israël, sur sa visite à l'abbaye bénédictine du Mont-Cassin et sur son entretien avec le Pape Joachim. Sire Perceval répondit exactement à ses questions et prit plaisir à détailler ses réponses.

Monseigneur Jacques lui demanda alors ce qu'il ferait lorsqu'il aurait trouvé le Saint-Graal.

Sire Perceval lui répondit :

« Je ne sais pas encore mais lorsque j'aurai retrouvé le Saint-Graal, j'aurai terminé ma seconde mission et je redeviendrai un chevalier comme les autres chevaliers et je servirai fidèlement le Roi Arthur, et mon père, le Duc de Bretagne, qui s'appelle Sire Daniel de Bretagne. »

Un chevalier pouvait servir un grand roi comme le Roi Arthur et plus tard retourner dans sa famille ou dans sa cour familiale. Il pouvait en fait passer de la chevalerie royale à la simple chevalerie ducale ou princière.

Monseigneur Jacques voulait savoir comment Sire Perceval était devenu écuyer, puis chevalier du Roi Arthur.

Sire Perceval lui répondit

« Je suis devenu écuyer et ensuite chevalier du Roi Arthur parce que j'étais appelé à le devenir.

« Mon père, Sire Daniel, avait écrit une lettre au Roi Arthur qui venait de se réveiller après six cents ans de sommeil, peu avant mon diplôme d'études fondamentales et ma prémajorité. Dans sa lettre, il lui expliquait que je voulais devenir écuyer puis chevalier.

« Je suis parti en Angleterre où j'ai fait des études de théologie conjointement à ma formation de chevalier, et cinq ans plus tard, j'ai été adoubé chevalier par le Roi Arthur en même temps que j'ai été diplômé en théologie à l'université d'Oxford. »

Monseigneur Jacques lui demanda encore comment il pensait s'y prendre pour retrouver le Saint-Graal.

Sire Perceval lui répondit :

« Par la volonté de Dieu, par la prière et par ma volonté aussi. Le Roi Arthur y compte beaucoup, comme mon père, Sire Daniel. »

Sire Perceval quitta l'évêché de Valence pour aller à Saint-Rambert rencontrer un autre évêque. L'Evêque de Saint-Rambert s'appelait comme la petite ville, Monseigneur Rambert. Il avait également un deuxième nom, Lambert. L'Evêque préférait qu'on l'appelle par son deuxième prénom, Lambert. C'était un homme trapu, avec une très grosse barbe, de très longs cheveux à l'arrière du crâne et le devant du crâne dégarni. Il marchait très lentement et était très âgé. Il reçut Sire Perceval pour le repas de midi

Sire Perceval lui dit :

« Je m'appelle Sire Perceval de Bretagne et je suis sur le chemin du Saint-Graal. Dieu et le Roi Arthur m'ont chargé de le retrouver le plus vite possible. »

Le vieil Evêque lui demanda comment il allait retrouver le Saint-Graal.

Sire Perceval lui répondit :

« Je le retrouverai très bientôt et je pourrai dire à toutes les civilisations d'Europe et de Nouvelle-France que j'ai retrouvé le Saint-Graal.

« Lorsque je l'aurai retrouvé, comme ma conscience m'interdit d'emporter cette Coupe sacrée, je ferai venir toute la cour du Roi Arthur, et la cour du Sire Daniel de Bretagne, mon père, et ma famille, et les évêques, dont vous, et aussi le Pape Joachim, le chef spirituel des Israélites Quirinius, et le chef spirituel des Musulmans, le Prince héritier d'Arabie Housouyef Abdallah. »

CHAPITRE XII

SIRE PERCEVAL DECOUVRE LE SAINT-GRAAL

Sire Perceval reprit, avec son carrosse et son cheval Roland, la direction de Lyon où il arriva vers la fin de la journée peu après le coucher du soleil.

Sire Perceval était très heureux à l'idée qu'il allait revoir le Duc de Lyon, Sire Simon, qui était sa nourrice lorsqu'il était encore un petit garçon.

Lyon était une immense ville avec des rues illuminées par des pierres photoluminescentes.

Sire Perceval arriva dans la soirée au château du Duc de Lyon qui avait l'air de rester un grand jeune homme aux longs cheveux noirs. Il devait avoir quarante-cinq ans et n'avait pas de barbe.

Sire Simon était très heureux de revoir Sire Perceval, des années après l'avoir connu petit enfant. Il le reçut dans son immense château qui était situé sur une colline qui s'appelait le Mont-d'Or au nord de la ville de Lyon.

Sire Simon dit à Sire Perceval :

« Bonjour Sire Perceval, comment-vas-tu et qu'est-ce que tu deviens ? «

Sire Perceval lui répondit :

« Je vais très bien, je suis devenu chevalier du Roi Arthur, comme tu peux le voir, après avoir été écuyer et après avoir fait des études universitaires de théologie à Oxford, car le Roi Arthur demande à ses écuyers de faire conjointement des études universitaires.

« L'an dernier, après mon adoubement, je suis allé à Cîteaux voir mon frère, le Frère Gérald, qui va très bientôt être ordonné prêtre.

« Ensuite je suis allé dans la Principauté d'Aoste voir la Prince Angelo, puis à Milan rendre visite au Prince Norbert qui m'a offert un carrosse.

« Je suis ensuite descendu à Rome voir le Pape Joachim et je me suis rendu à l'abbaye bénédictine de Mont-Cassin, qui est l'abbaye-mère de l'ordre bénédictin.

« A Naples, j'ai pris le bateau pour Israël où se déroulait l'énorme tragédie qu'étaient les croisades, une barbarie abominable et indigne de notre civilisation et de notre époque. Je suis allé là-bas pour mettre un terme définitif aux croisades et mettre en place un processus de paix internationale et interreligieuse avec le Roi d'Israël Quirinius qui est également le chef spirituel des Israélites, le Prince héritier Housouyef Abdallah qui est le chef spirituel des Musulmans, et le chef des Chrétiens d'Orient qui s'appelle Monseigneur Eugenius.

« Puis je suis revenu en Europe pour remettre le traité de paix internationale et interreligieuse au Pape Joachim, et enfin je suis revenu en France en passant par la Principauté de Monaco et je viens de faire une retraite à l'abbaye cistercienne des îles de Lérins.

« Et puis je suis venu ici, chez toi, car je tenais à te revoir, toi qui étais ma nourrice quand j'étais un petit garçon. »

Les chevaliers se tutoyaient très facilement lorsqu'ils étaient des amis d'enfance ou de très longue date, ce qui était le cas dans la relation entre Sire Simon et Sire Perceval.

Sire Perceval poursuivit :

« Maintenant, je suis en train d'accomplir une deuxième mission qui est celle de retrouver le Saint-

Graal et j'ai besoin de beaucoup de patience. Mais je voudrais le retrouver cette année car nous sommes en 1190, année du premier centenaire de la naissance de Saint Bernard. »

Sire Simon dit à Sire Perceval :

« Bravo, Sire Perceval.

« Grâce à toi, notre civilisation est sortie des années sombres et de la barbarie du Moyen-âge. Et en plus le Saint-Graal sera retrouvé, et grâce à toi. »

Sire Perceval parla encore des pierres photoluminescentes qu'il avait reçues du Pape Joachim, et du carrosse, et expliqua à Sire Simon que, grâce au carrosse et aux pierres photoluminescentes, il pouvait voyager aussi de nuit.

Sire Simon lui déclara :

« Tu as raison, Sire Perceval, ces pierres photoluminescentes, elles aussi, nous ont sorti du Moyen-âge. Mon père a encore connu ces torchères qui sentaient la cire ou la résine brûlée. Notre château sentait très fort la cire brûlée et il fallait constamment nettoyer les murs du château.

« Ces pierres photoluminescentes ont été découvertes par un magicien anglais qui s'appelait Nymbus et il a réussi à les mettre au point en les mettant dans un philtre qui leur donne ce pouvoir magique d'emmagasiner la lumière du soleil. Il les a mises au point entre 1130 et 1150, juste quelques années avant ta naissance. »

Sire Simon le convia à un grand repas avec des invités qui venaient de toutes les parties de la France et même de la Nouvelle-France. Il y avait une centaine d'invités, des chevaliers, des prêtres et des évêques, des ducs et des princes qui venaient d'Italie et même de

Germanie, et aussi des tertiaires bénédictins et cisterciens. Au repas, très copieux, il y avait de la viande avec une sauce au vin rouge délicieuse, des pommes de terre, de la salade, et des fruits comme dessert.

La chambre de Sire Perceval était une magnifique chambre qui donnait plein sud avec vue sur Lyon qui brillait avec tous ses candélabres munis de pierres photoluminescentes. Il y en avait des bleues qui étaient des aigues-marines, des citrines de couleur jaune, et des grenats qui donnaient une superbe lumière rougeâtre à rose.

La chambre avait une splendide salle d'eau avec une grande bassine en pierre mosaïque qui représentait une grosse fleur bleue sur fond vert émeraude. Grâce aux moines cisterciens qui avaient inventé un système de pompe, l'eau venait toute seule dans la bassine et le lavabo.

Sire Perceval dormit dans un lit à baldaquin recouvert de draps violets avec des fleurs de lys brodées dorées.

Sire Simon prit le petit déjeuner avec Sire Perceval. Le Duc de Lyon n'était pas encore marié. Il était tertiaire bénédictin à l'abbaye bénédictine de Mouthier-Royal depuis son adoubement comme chevalier à la cour de Lyon par son père, Sire Guillaume.

Sire Perceval, lui, ne savait toujours pas ce qu'il allait devenir une fois qu'il aurait retrouvé le Saint-Graal. Peut-être deviendrait-il Duc de Bretagne, une fois que son père, Sire Daniel, ne serait plus là. En même temps il deviendrait tertiaire bénédictin de Mouthier-Royal.

Mais Sire Perceval ne pensait pas à son avenir car sa seule préoccupation était de retrouver le Saint-Graal.

Sire Simon lui posa une quantité de questions sur l'arrêt des croisades.

Sire Perceval lui répondit :

« Tu veux savoir comment je m'y suis pris pour arrêter cette barbarie de croisades ? Et bien, je suis monté sur le toit du Grand Temple de Jérusalem par une échelle. Et avec une corne qu'on m'avait prêtée, j'ai adressé mon message. »

Sire Simon lui posa des questions sur le traité de paix internationale et interreligieuse.

Sire Perceval lui répondit :

« Dans le traité de paix, il y a plusieurs articles : un article sur le respect de chaque religion, un autre sur l'éducation et la formation de la jeunesse aux valeurs du respect mutuel, et encore un autre sur la promotion de la paix par les églises chrétiennes, les synagogues israélites et les mosquées musulmanes, et enfin un article sur l'entrée en vigueur du traité. Ce traité nous a sortis du Moyen-âge, tout comme les pierres photoluminescentes, comme tu l'as si bien dit. »

Après le petit déjeuner, Sire Simon et Sire Perceval quittèrent l'immense château pour aller visiter Lyon, car Sire Simon tenait absolument à montrer Lyon à Sire Perceval.

Sire Simon et Sire Perceval se rendirent à la cathédrale pour écouter l'Evêque de Lyon qui s'appelait Monseigneur René. Après la messe, Sire Simon alla vers lui pour lui présenter Sire Perceval et tous les trois prirent le repas de midi à l'évêché.

Monseigneur René était un homme de grande taille, chauve et vêtu d'une robe rouge et blanche et d'une mitre blanche.

Il avait une voix sonore mais très chaleureuse et il dit à Sire Simon :

« Bonjour, Sire Simon, comment allez-vous ? Et qui est ce grand jeune homme aux longs cheveux blonds ? »

Sire Simon répondit à Monseigneur René :

« Je vous présente Sire Perceval de Bretagne qui revient d'un long voyage à travers l'Europe et Israël. Il a mis un terme aux croisades qui ont été une vraie barbarie, et il a conduit une conférence internationale sur la paix en Israël. Maintenant il est en route pour retrouver le Saint-Graal qu'il va retrouver bientôt. »

Monseigneur René s'adressa à Sire Perceval

« Je suis enchanté de faire votre connaissance, Sire Perceval de Bretagne. »

Et Sire Perceval lui dit en retour :

« Moi aussi, je suis ravi de faire votre connaissance, Monseigneur René, et je continue d'être très heureux d'entendre la parole de Dieu. Vous avez dit une très belle messe ce matin. Je suis un chevalier très croyant et je vais bientôt entreprendre ma démarche pour devenir tertiaire bénédictin de l'abbaye bénédictine de Mouthier-Royal, comme Sire Simon l'a fait. »

Puis tous les trois continuèrent à parler à table de l'évolution de l'Eglise qui allait dans le bon sens, car l'Eglise avait dû et su évoluer.

Une fois le repas terminé, les Sires Simon et Perceval entamèrent la visite de la ville de Lyon avec les deux rivières qui s'y rencontrent, la Saône et le Rhône. Sire Perceval fut émerveillé par la beauté de la ville. Puis ils retournèrent au château et en ressortirent pour voir Lyon la nuit, avec ses milliers de pierres photoluminescentes qui éclairaient les rues, les maisons et même les parcs, car il y avait des candélabres à pierres photoluminescentes dans les parcs de la ville de Lyon.

Sire Perceval resta quelques semaines à Lyon. Il continua à discuter avec son ami d'enfance, de son entrée en chevalerie, de sa vie d'écuyer et d'étudiant en théologie, et du Roi Arthur.

Sire Simon lui parla de sa vie après son diplôme d'études fondamentales à seize ans.

« Je suis entré à la cour de mon père, qui était Duc de Lyon, d'abord comme écuyer puis comme chevalier, à l'âge de vingt et un ans. Juste après mon adoubement, j'ai fait ma démarche pour devenir tertiaire bénédictin à l'abbaye bénédictine de Mouthier-Royal où je me rends trois à quatre fois par an. A la mort de mon père, j'ai repris le Duché de Lyon. Je ne sais pas encore quand le vais me marier, mais une chose est certaine, c'est que je me marierai et que j'aurai des enfants pour reprendre le Duché de Lyon. »

Le jour de son départ, Sire Simon déclara à Sire Perceval qu'il serait toujours le bienvenu s'il revenait à Lyon. Sire Perceval reprit son carrosse et son cheval Roland et partit vers le nord. Il s'arrêta à Mâcon pour prendre le repas de midi dans une auberge. Puis il s'arrêta à l'abbaye bénédictine de Cluny pour faire une retraite de quelques jours afin de réfléchir sur la façon de retrouver le Saint-Graal.

Il confia son carrosse et son cheval Roland à l'écurie du monastère de Cluny et fut accueilli par le Père abbé, le Père Samuel, qui était chauve et de grande taille Le prieur, lui, s'appelait le Père Raphaël. Il était chauve, trapu, de taille très moyenne, avec une barbe blanche. Il avait une voix nasillarde, mais il était très chaleureux.

Le Père Samuel avait entendu parler des exploits de Sire Perceval en Israël, car le Pape Joachim qui était moine bénédictin venait de passer quelques jours à l'abbaye bénédictine de Cluny. Et le Pape Joachim était également le Père abbé général de l'ordre bénédictin.

Le Père Samuel dit à Sire Perceval :

« Bonjour Sire Perceval, comment allez-vous ? Le Pape Joachim nous a parlé de vous et de vos exploits de bâtisseur de paix en Israël. Grâce à vous, nous avons pu sortir notre civilisation des années sombres du Moyen-âge. »

Sire Perceval fut très surpris que le Père Samuel ait entendu parler de lui par le Pape Joachim. Il est vrai que le Pape Joachim était resté moine bénédictin et pour lui, tous les moines bénédictins d'Europe et de Nouvelle-France représentaient une seule famille.

Sire Perceval dit au Père Samuel :

« Je suis très heureux d'apprendre que le Pape Joachim vous a parlé de moi. Maintenant je m'apprête à retrouver le Saint-Graal. Et j'espère le retrouver dès cette année, car nous sommes en l'an de grâce 1190, année du premier centenaire de la naissance de Saint Bernard de Clairvaux. D'ailleurs c'est à Clairvaux que j'irai faire ma prochaine retraite avant de rentrer en Bretagne chez mon père, le Duc de Bretagne, qui s'appelle Sire Daniel.

« Ah. ! Je voudrais rester quelques jours à l'hôtellerie de votre monastère et travailler avec vos Frères, avec votre permission. »

Le Père Samuel lui répondit :

« Oui, vous avez la possibilité de rester à l'abbaye et vous pourrez travailler avec les Frères, à condition que vous respectiez le silence, car Saint Benoit et sa règle nous le demandent. »

Sire Perceval fut une fois de plus très heureux de pouvoir travailler avec les Frères de cette abbaye, car il partait du principe qu'il fallait essayer de rendre service, selon les Evangiles de Saint Mathieu au chapitre 20, verset 28 et de Saint Marc au chapitre 10, verset 45 : *car le fils de l'homme n'est pas venu pour être servi mais pour servir et donner sa vie comme rançon de beaucoup.*

Sire Perceval fut conduit à sa chambre et passa une bonne nuit. Puis il commença à travailler aux champs et à la cuisine du monastère de l'abbaye de Cluny.

Il repartit une semaine plus tard après le petit déjeuner, en direction de Dijon et passa tout près de l'abbaye de Cîteaux où se trouvait son frère, le Frère Gérald qui devait être ordonné prêtre à l'Ascension de cet an de grâce 1190. Il y avait séjourné lorsqu'il était sur la route de Rome et en partance pour Israël.

Il ne s'arrêta pas et continua sa route vers Dijon où il voulait voir le Duc de Dijon qui s'appelait Sire Jérôme et était âgé de vingt-deux ans.

Sire Jérôme avait de très longs cheveux noirs et pas de barbe. Il était issu d'une très grande famille de nobles. Sire Jérôme avait son château dans un petit village qui s'appelait Fontaine et il était tertiaire de l'abbaye cistercienne de Cîteaux.

Sire Jérôme venait à la fois d'être adoubé chevalier, couronné duc et reçu dans le tiers-ordre cistercien, presque en même temps. Il avait fait ses études fondamentales à l'abbaye bénédictine de Sainte-Marie à Paris, et à seize ans il avait commencé sa formation d'écuyer à la cour de son père qui s'appelait Pierre.

Sire Pierre avait abdiqué tout récemment car il avait plus de soixante-dix ans et il avait estimé qu'il devait laisser son fils Jérôme reprendre le Duché de Dijon.

Sire Perceval se rendit à Fontaine au château de Sire Jérôme et sonna à la porte. Sire Jérôme descendit et ouvrit à Sire Perceval.

Sire Perceval se présenta et dit :

« Bonjour, Sire Jérôme. Je me présente, je m'appelle Sire Perceval de Bretagne. Je suis en train de rechercher le Saint-Graal, après une très longue mission en Israël que Dieu et le Roi Arthur m'ont confiée l'année dernière, et qui consistait à mettre fin à cette terrible tragédie que furent les croisades. Maintenant nous sommes sortis définitivement des années sombres du Moyen-âge. »

Sire Jérôme lui dit en retour :

« Je vois, vous avez fait un immense voyage jusqu'en Israël pour arrêter ces abominables croisades. Je pense aussi que nous sommes sortis définitivement du Moyen-âge, et je peux dire que ce Moyen-âge de malheur a assez duré. Nous espérons ne plus avoir à revivre toutes ces guerres et ces tragédies et ces abominables croisades. Vous dites que vous recherchez ce Vase sacré qui s'appelle le Saint-Graal et que l'on recherche depuis des siècles. J'espère que vous allez retrouver ce Vase sacré car, moi aussi, je tiens personnellement à ce qu'on le retrouve car il a servi de Coupe à Jésus-Christ lors de son dernier repas. »

Sire Jérôme demanda à Sire Perceval s'il désirait être logé dans son château. Sire Perceval accepta très chaleureusement et confia son carrosse et son cheval Roland à l'écurie du château de Sire Jérôme.

Sire Jérôme dit à Sire Perceval :

« Vous aurez une chambre dans l'aile sud du château. Et ce soir je vous présenterai à toute ma famille. Demain nous irons à Dijon pour assister à la messe de Monseigneur Hubert que je connais très bien, car c'est lui qui m'a confirmé à ma prémajorité. »

Sire Perceval fut conduit à sa chambre d'où il pouvait voir toutes les collines et la petite ville de Dijon, la ville qui a vu naître un des plus grands maîtres spirituels du christianisme occidental, Saint Bernard de

Clairvaux, cent ans plus tôt, en l'an de grâce 1090. Sire Perceval de Bretagne était vraiment très heureux de se retrouver dans la ville natale de Saint Bernard de Clairvaux.

Etant tertiaire de l'abbaye cistercienne de Cîteaux, Sire Jérôme était un fidèle de Saint Bernard et un ami de très longue date de l'ordre de Cîteaux. Depuis son enfance, il était passionné par l'ordre cistercien. Sire Pierre était, lui aussi, tertiaire de l'abbaye de Cîteaux.

Pour Sire Pierre et sa famille, Saint Bernard représentait non seulement un guide et un maître spirituel mais aussi un guérisseur de société, car il avait contribué à humaniser la civilisation occidentale en Europe au Moyen-âge.

Le grand-père de Sire Jérôme, vassal du Duc Tescellin de Bourgogne, avait très bien connu la famille de Saint Bernard, surtout le père de Saint Bernard.

Le Duché de Bourgogne s'était, depuis lors, transformé en fédération de petits duchés, le Duc de Bourgogne devenant Archiduc de Bourgogne. Dijon était alors devenu un duché en soi, et. Sire Jérôme avait assez peu de contact avec l'Archiduc de Bourgogne qui s'appelait Sire Dominique et dont le château était près de Cluny.

La Bourgogne avait procédé à cette très grande décentralisation car le Duché de Bourgogne était devenu trop grand et le Duc de Bourgogne décida avec les chevaliers et ducs de transformer le Duché de Bourgogne en un Archiduché de Bourgogne afin d'être déchargé de l'administration de ce trop grand duché.

Au temps du couronnement du Roi Arthur, au sixième siècle, la France s'appelait encore la Gaule. Après la découverte, par les Vikings du nord de l'Europe, d'une terre inconnue, la Gaule devint la France et la France colonisa cette terre inconnue qu'elle baptisa Nouvelle-France.

Pourtant, à l'époque des jeunes années de Saint Bernard, le monde restait vraiment barbare et cruel et les croisades étaient au pire degré d'abomination et de barbarie.

Sire Perceval participa au repas du soir organisé par Sire Jérôme, Duc de Dijon. Le repas était composé d'une viande de bœuf au vin rouge avec des pommes de terre et d'un gâteau aux pruneaux. Au repas, il y avait toute la famille de Sire Jérôme, à savoir, Sire Pierre, Duc émérite de Dijon, Dame Véronique, la mère de Sire Jérôme, Henry, le fils cadet, Anne, la fille du Sire Pierre, Xavier, le frère puîné, et enfin une petite sœur qui s'appelait Diane et qui faisait ses études fondamentales chez les sœurs bénédictines à Saint-Brilleux.

Sire Jérôme présenta Sire Perceval à toute sa famille :

« Je vous présente Sire Perceval de Bretagne, le jeune chevalier qui s'est rendu en Israël pour faire cesser les croisades et pour apporter la paix entre les civilisations et les différentes religions.

« Grâce à lui et grâce à Dieu, nous sommes entrés dans une nouvelle ère. Il a réussi à mettre un terme à ces sinistres croisades et il a sorti notre civilisation de l'âge sombre du Moyen-âge de sinistre mémoire.

« Maintenant, Sire Perceval est sur le point de retrouver le Vase sacré de Notre Seigneur Jésus-Christ qui s'appelle le Saint-Graal. »

Sire Pierre, le père de Sire Jérôme, prit la parole et dit :

« Je suis vraiment touché que mon fils, Sire Jérôme, nous ait présenté un jeune chevalier qui vient de faire un immense voyage et qui a eu le courage et la bravoure de se rendre jusqu'en Israël pour mettre un terme à ces croisades de sinistre mémoire.

« Il a sorti notre civilisation entière des années sombres du Moyen-âge et nous a fait entrer dans une ère nouvelle. »

Sire Perceval prit alors la parole :

« Pour moi, c'est un honneur d'être invité par Sire Jérôme et de partager ce repas avec vous. J'espère que je retrouverai le Saint-Graal, ce Vase sacré de Notre Seigneur Jésus-Christ cette année, car nous sommes en l'an de grâce 1190, année du premier centenaire de la naissance de Saint Bernard de Clairvaux, un des grands guides et maîtres spirituels chrétiens de notre civilisation occidentale. »

Puis le repas du soir avec la famille du jeune Sire Jérôme commença et la discussion tourna autour de Saint Bernard de Clairvaux. Sire Pierre parla de l'époque où son grand-père et son père étaient les vassaux du Duc de Bourgogne qui était le père de Saint Bernard de Clairvaux.

Sire Pierre, qui était assis en face de Sire Perceval, prit la parole :

« Je me rappelle vraiment très bien l'époque de mon père et de mon grand-père, qui s'appelaient Sire André et Sire Antoine. Ils étaient les vassaux du père de Saint Bernard, et je me rappelle, j'étais encore un enfant, que mon père invitait très souvent le père de Saint Bernard de Clairvaux.

« Et selon ce dont je me souviens, j'ai même connu Saint Bernard enfant, et son père disait que son fils ne savait pas vraiment ce qu'il allait faire après ses études fondamentales, à seize ans. Je me rappelle que Saint Bernard n'avait pas du tout envie de devenir chevalier et avait horreur de la guerre. C'était un jeune homme un peu rêveur.

« Mais je crois que vers vingt ans, il a senti un appel de Dieu pour entrer à l'abbaye de Cîteaux qui venait d'être fondée. Je crois qu'il est alors entré dans les ordres et, grâce à lui, notre civilisation chrétienne a repris un nouveau souffle. Et notre Eglise est devenue ce qu'elle est aujourd'hui. »

Sire Jérôme enchaîna :

« Oui, bien sûr, Saint Bernard a aussi contribué au rayonnement de notre ville et de l'Archiduché de Bourgogne. Je crois aussi que sans Saint Bernard, notre Eglise chrétienne aurait décliné et même disparu. Le Moyen-âge a été une époque tellement barbare et tellement inhumaine et nous avons l'impression que l'être humain s'est tellement éloigné de Dieu !

« Saint Bernard a commencé une amorce de sortie de notre barbarie du Moyen-âge, car il était un très grand humaniste et un très grand guide spirituel qui nous a conduits vers la lumière de Dieu. Bien sûr Saint Bernard était un homme un peu « vieille école », un peu paternaliste avec ses Frères, mais on peut voir en lui un grand charisme et une grande sensibilité et un grand sens de la justice. »

Le repas se termina tard dans la soirée et Sire Perceval retourna dans sa chambre.

Avant de se coucher, Sire Perceval regarda le ciel qui était d'une si grande limpidité qu'il pouvait voir la Grande Ourse et même la Voie Lactée, et il pouvait voir Vénus qui venait de se lever et qui était très blanche.

Sire Perceval pensa longuement à la conversation sur Saint Bernard de Clairvaux. Pour Sire Perceval aussi, Saint Bernard avait été non seulement un grand maître et un grand guide spirituel mais aussi un sauveur de civilisation. Sire Perceval de Bretagne avait entendu de telles horreurs sur les pratiques judiciaires médiévales, lorsqu'il était encore à Mouthier-Royal, qu'il était vraiment soulagé que Saint Bernard ait contribué à l'amélioration de l'être humain et à l'élimination des châtiments cruels et barbares. Il faut dire que Sire Perceval avait été un enfant particulièrement sensible.

Le lendemain, Sire Jérôme et Sire Perceval quittèrent le château de Fontaine pour se rendre à Dijon. Ils prirent le carrosse de Sire Perceval avec le cheval Roland et se rendirent à la messe qui avait lieu à dix heures du matin. Ils entendirent Monseigneur Hubert qui célébrait la messe. Monseigneur Hubert connaissait très bien Sire Jérôme, car c'est lui qui l'avait confirmé à sa prémajorité, juste à la fin de son diplôme d'études fondamentales.

Monseigneur Hubert fit un très beau sermon sur les dix commandements de Dieu. Il souligna avec beaucoup de détails chaque commandement de Dieu.

A la fin de la messe, Sire Jérôme présenta Sire Perceval à Monseigneur Hubert :

« Bonjour, Monseigneur Hubert. Je suis très heureux de vous revoir et d'avoir entendu votre belle messe et votre beau sermon sur les commandements de Dieu.

« Je vous présente Sire Perceval de Bretagne, le jeune chevalier qui s'est rendu en Israël pour faire cesser les croisades qui ont été non seulement une abominable barbarie, mais en plus une profanation de la terre sainte d'Israël dont les Israélites ont été victimes.

« Grâce à ce jeune chevalier, nos frères israélites peuvent vivre en paix et vivre leur religion en toute liberté et en toute sécurité.

« Maintenant, il va très bientôt retrouver le Saint-Graal, une autre mission que Dieu et notre Roi Arthur lui ont confiée. »

Monseigneur Hubert dit à Sire Perceval :

« Je suis très heureux de faire votre connaissance, Sire Perceval de Bretagne. Vous avez fait preuve d'un immense courage en allant jusqu'en Israël pour arrêter ces horreurs de croisades. Effectivement, et grâce à vous, nos frères israélites peuvent vivre en paix et notre civilisation a définitivement tourné la page des années sombres du Moyen-âge.

« D'ailleurs, notre grand maître spirituel Saint Bernard avait déjà commencé à faire de notre civilisation une civilisation plus juste et plus humaine. Il avait aussi commencé à faire sortir notre civilisation des années sombres du Moyen-âge et à la faire entrer dans l'ère postmédiévale.

« Maintenant allons prendre le bon repas qui nous attend à l'évêché. Je vous invite très cordialement à partager avec moi le repas de midi. »

Monseigneur Hubert était un homme d'une soixantaine d'années avec une barbe grisonnante et il était presque chauve. Il était très occupé car il devait voyager dans tout le diocèse de Dijon qui était un très grand diocèse. Il était lui aussi tertiaire à l'abbaye de Cîteaux, et comme il y avait beaucoup de Frères qui devenaient moines-prêtres à Cîteaux, Monseigneur Hubert devait à tout moment s'y rendre, car les cisterciens commençaient à devenir un ordre de moines-prêtres, tout comme les bénédictins et les chartreux.

Le repas avait été préparé par des sœurs augustiniennes séculières qui secondaient Monseigneur Hubert. Ces sœurs augustiniennes s'occupaient de la lingerie de Monseigneur Hubert, de sa vaisselle, de l'intendance et de l'administration de la résidence épiscopale.

Le repas était composé d'une soupe, d'un morceau de viande, de riz, d'un dessert aux pommes et d'un café.

Puis Sire Perceval et son ami Sire Jérôme visitèrent la ville de Dijon, en particulier le magnifique jardin botanique qui était orné de peupliers, de sapins, d'érables et qui était riche en plantes. Sire Perceval et Sire Jérôme virent des sauges, des marguerites, des pâquerettes et des tulipes en fleur, qui étaient rouges. Ce parc botanique était situé tout près de la cathédrale dans laquelle les Sires Jérôme et Perceval s'étaient rendus pour écouter la messe de Monseigneur Hubert.

Ils retournèrent ensuite au château de Sire Jérôme pour poursuivre leur conversation sur Saint Bernard de Clairvaux.

Un peu plus tard, Sire Perceval prit congé de Sire Jérôme et reprit possession de son carrosse et de son cheval Roland pour se rendre à Clairvaux, où il arriva tard dans la nuit. Grâce aux pierres photoluminescentes et au confort du carrosse, ses trajets étaient certes plus longs, mais beaucoup plus confortables.

Il arriva au grand portail de l'abbaye cistercienne de Clairvaux qui était située au bord d'une immense forêt qui s'appelait la Forêt Mystérieuse.

Devant le portail du monastère se trouvait une écurie pour les chevaux des hôtes, moines ou prêtres en visite, et pèlerins. Près de l'écurie se trouvait une petite chapelle.

Sire Perceval fut accueilli par le Père supérieur qui s'appelait Père Jérôme-Emmanuel. Il était chauve et de taille moyenne, l'air austère mais très accueillant.

« Je vous souhaite la bienvenue dans notre abbaye, vous aurez une chambre à l'hôtellerie et vous pourrez travailler à condition de respecter le silence. »

Sire Perceval dit au Père Jérôme-Emmanuel :

« Je vous remercie de tout mon cœur et je respecterai le silence. »

Sire Perceval passa la nuit dans une chambre qui était comme une cellule de moine, car il se trouvait dans l'abbaye de Saint Bernard. Saint Bernard était Père supérieur de cette abbaye cistercienne de Clairvaux, bien avant la naissance de Sire Perceval. Saint Bernard était un moine très austère mais très bon et il militait pour un monde meilleur comme Sire Perceval de Bretagne.

Sire Perceval était très intrigué par la chapelle située près du grand portail du monastère de l'abbaye cistercienne de Clairvaux. Ce grand portail était en fer forgé et il y avait, au-dessus, une statue en bronze de Saint Bernard de Clairvaux. Sire Perceval se dit qu'il irait visiter la chapelle attenante au monastère lors des prochains jours.

Puis il commença sa retraite. Il pouvait travailler avec les Frères responsables des champs et, comme nous étions près de l'Ascension, les jours commençaient à devenir plus longs et les nuits plus courtes.

Le soleil brillait déjà lorsque Sire Perceval se rendit aux vigiles. Après les vigiles, il prit son petit déjeuner à l'hôtellerie puis commença à travailler jusqu'aux vêpres.

Sire Perceval se souvint soudainement que son frère, le Frère Gérald allait être ordonné prêtre par l'Evêque de Rennes, qui s'appelait Monseigneur George, le jour de l'Ascension. Il demanda au Père Jérôme-Emmanuel la permission de partir juste une journée pour Cîteaux. Le Père Jérôme-Emmanuel lui dit oui et Sire Perceval se rendit de Clairvaux à Cîteaux avec son carrosse et Roland son cheval.

Il partit très tôt le matin de l'abbaye de Clairvaux pour l'abbaye de Cîteaux, le voyage dura trois heures et Sire Perceval arriva un quart d'heure avant la messe d'ordination sacerdotale du Frère Gérald qui allait devenir Père Gérald.

La messe d'ordination sacerdotale commença et le Père David souhaita la bienvenue à la foule qui était très nombreuse. Juste avant la messe, il y avait l'office de none qui commença avec des chants grégoriens magnifiques et grandioses.

A la fin de l'office de none, les cloches se mirent à sonner et la foule entière se leva pour invoquer la présence du Seigneur. Sire Perceval aperçut son père, le Sire Daniel, sa mère Dame Hélène et son frère Romain. Le révérend Gabriel était là aussi mais pas Christian, qui était de nouveau parti en Nouvelle-France avec son bateau.

Les champs de l'abbaye de Cîteaux étaient tout en fleurs. Sire Perceval pouvait aussi entendre chanter les oiseaux qui voltigeaient autour des arbres. Le temps était magnifique et ensoleillé.

Monseigneur George prononça un sermon sur la vocation de prêtre, car il avait lu un verset de la Bible qui disait : *viens et suis-moi.*

Puis Monseigneur George appela le Frère Gérald qui allait devenir le Père Gérald.

« Mon Frère, qui avez été appelé à devenir prêtre, voulez-vous servir Dieu, l'Eglise et la communauté qui vous a accueilli comme moine ? Promettez-vous de lire la Parole divine et de réconforter vos frères qui sont dans la peine ? Promettez-vous d'obéir à Dieu et à sa parole ? »

Le Frère Gérald s'agenouilla devant Monseigneur George et dit :

« Je promets de servir Dieu, l'Eglise et la communauté qui m'a accueilli comme moine, de lire la Parole divine, de réconforter mes frères qui sont dans la peine. »

Monseigneur George reprit la parole :

« Frère Gérald, fils du Duc de Bretagne, Sire Daniel, et de Dame Hélène de Bretagne, je vous ordonne prêtre en l'abbaye cistercienne de Cîteaux. Que Dieu vous bénisse. »

Le Frère Gérald, devenu Père Gérald, regagna sa place.

Monseigneur George demanda à la foule de se lever et dit :

« Mes Frères et Sœurs en Jésus-Christ, levons-nous pour accueillir Père Gérald et pour invoquer le Seigneur. »

Toute la foule se leva et écouta l'invocation du Seigneur.

La messe se termina vers midi et Sire Perceval demanda au Père David s'il pouvait assister au repas spécial. Le Père David accepta et Sire Perceval fut convié au repas de midi à l'occasion de l'ordination de son frère Gérald, devenu Père Gérald, moine-prêtre à l'abbaye cistercienne de Cîteaux.

Sire Perceval retrouva sa famille qui était très surprise mais très heureuse de le revoir, car cela faisait presqu'une année que Sire Perceval avait quitté sa famille pour effectuer cette très grande mission de mettre fin aux croisades.

Pendant le repas, Sire Daniel, Duc de Bretagne, posa beaucoup de questions à son fils, Sire Perceval :

« Bonjour, mon fils, comment s'est passée ta mission d'arrêter ces abominables croisades ? »

Sire Perceval répondit à son père, Sire Daniel :

« Père, ma mission s'est très bien déroulée. Il était vraiment temps que ces horreurs de croisades se terminent, et en arrêtant ces horreurs de croisades j'ai libéré le peuple israélite et j'ai participé à l'élaboration d'un traité de paix internationale et interreligieuse.

« Pour arrêter les croisades, je suis monté par une immense échelle sur le toit du Grand Temple, et avec une corne, j'ai parlé aux tristes sires, qui étaient les envahisseurs. Abasourdis par mon discours, les envahisseurs se sont résignés et ont rendu les armes.

« Quelques jours plus tard, j'ai rencontré les chefs spirituels des trois religions et j'ai participé aux négociations qui ont abouti à un traité de paix interreligieuse et internationale que j'ai remis au Pape Joachim, lorsque j'ai fait escale à Rome à mon retour d'Israël.

« Puis je me suis arrêté à Monaco, Marseille, Lyon et pour finir, à Dijon. »

Le Sire Daniel de Bretagne n'en revenait pas et dit à son fils, Sire Perceval :

« Je crois que tu as été vraiment un sauveur, car grâce à toi, nos frères israélites peuvent enfin vivre en paix et nous avons pu en finir avec ces croisades de sinistre mémoire et sortir du Moyen-âge également de sinistre mémoire.

« Nous avons enfin quitté les années de l'âge sombre qu'a connues notre civilisation. Maintenant il te faudra vraiment retrouver le Saint-Graal, car tout le monde est impatient de retrouver le Vase sacré de Notre Seigneur-Jésus-Christ. »

Puis Sire Perceval alla retrouver son frère, le Père Gérald qui était à une autre table, et lui dit :

« Je suis tellement heureux que tu sois devenu moine-prêtre, Gérald ! Comme tu peux le voir, je ne t'ai pas oublié et je suis venu à ton ordination sacerdotale.

« Je suis avec toute la famille qui est à la grande table, au fond de la salle. »

Le Père Gérald entreprit une grande conversation à table avec son petit frère, Sire Perceval. Tous deux s'aimaient beaucoup et ne se chicanaient jamais. Le Père Gérald et Sire Perceval étaient deux jeunes gens très unis, et lorsque Sire Perceval était venu l'année précédente, le Père Gérald avait tout de suite pris la défense de son petit frère, car le Père David était certes, très bon, mais très ferme sur le plan du respect du silence.

Le Père David avait eu peur que le jeune Sire Perceval parle dans l'enceinte du monastère strictement réservée aux moines. Et Sire Perceval avait eu le privilège d'aller travailler avec les moines responsables des champs et du jardin, parce qu'il avait un frère qui était moine à l'abbaye de Cîteaux.

Le Père Gérald dit à Sire Perceval, son frère :

« Comme je suis content et touché que tu sois venu à mon ordination sacerdotale ! Et aussi que tu sois venu me voir, l'an dernier, avant ton immense voyage en Israël pour arrêter les croisades. Je suis reconnaissant que grâce à toi, ces calamités de croisades soient enfin du passé et que nous soyons sortis des années de l'âge sombre du Moyen-âge.

« Comme tu as pu le voir, j'ai été ordonné prêtre et je veux rester prêtre jusqu'à la fin des temps, car une personne reste prêtre au delà-de la mort. La parole divine dit : *tu seras prêtre pour toujours.*

« Et toi, comment vas-tu ? »

Sire Perceval répondit à son frère, le Père Gérald :

« Je vais très bien. J'ai déjà rencontré Sire Daniel et Dame Hélène et je leur ai parlé de mon voyage en Israël. Je suis sur une deuxième mission qui est celle de retrouver le Saint-Graal, le Vase sacré de Jésus-Christ. J'espère que je le retrouverai très bientôt. Si Dieu me le permet, je souhaite retrouver le Saint-Graal dès cette année, Frère, car nous sommes en l'an de grâce 1190 et cette année est celle du premier centenaire de la naissance de Saint Bernard de Clairvaux, l'abbaye dans laquelle j'effectue une retraite et où je vais retourner ce soir, comme je l'ai promis au Père Jérôme-Emmanuel. »

Le Père Gérald demanda à son frère, Sire Perceval :

« Tu es à Clairvaux pour quelques jours, et combien de temps vas-tu y rester ? Et quand rentreras-tu à notre château de Rennes ? »

Sire Perceval lui répondit :

« Je ne sais pas exactement. Je vais rester à l'abbaye de Clairvaux jusqu'à la Pentecôte. Ensuite, je verrai. Je pense retourner au château de notre père Sire Daniel et de notre mère Dame Hélène vers le début de l'été, pour me reposer de ce long voyage. Après l'été je repartirai en mission pour retrouver le Saint-Graal. J'ai l'impression, moi Sire Perceval, que Saint Bernard a laissé une marque très visible sur la terre, car tout le monde parle de ses sermons, de son héritage, et je crois qu'il a été plus qu'un guide et un grand maitre spirituel, je crois même qu'il a été un sauveur, car il a contribué à humaniser l'Eglise et notre civilisation. »

Reprenant la parole, le Père Gérald dit à son frère Sire Perceval :

« Je crois aussi que Saint Bernard de Clairvaux était non seulement un guide spirituel et un grand maître spirituel, mais aussi un sauveur et un bienfaiteur pour l'humanité tout entière. Je crois même qu'il aurait pu devenir évêque, Archevêque de France et même Pape, car il avait un charisme exemplaire.

« Tout au long de cet an de grâce 1190, nous aurons plusieurs célébrations qui marqueront les cent ans de la naissance de Saint Bernard de Clairvaux. Notre Père abbé doit organiser une très grande messe commémorative des cent ans de la naissance de Saint Bernard dans le courant de l'été ou au début de l'automne. Je te tiendrai au courant et je vous écrirai une lettre, à toi, aux parents et aux autres frères et sœur. »

Sire Perceval et le Père Gérald continuèrent très longuement à parler avec les autres convives et le temps passa très vite. Sire Perceval avait vu l'heure à la grande horloge située dans la grande salle du monastère. Il dut bientôt reprendre le chemin de l'abbaye cistercienne de Clairvaux.

Il prit congé de sa famille et de son frère, le Père Gérald, prit son carrosse et son cheval Roland et retourna à l'abbaye cistercienne de Clairvaux.

La retraite de Sire Perceval dura jusqu'à la Pentecôte. Il avait demandé et obtenu une prolongation de son séjour à Clairvaux, parce qu'il allait devenir tertiaire bénédictin à Mouthier-Royal. Normalement le séjour des hôtes ne devait pas dépasser une semaine.

Le jour de la Pentecôte arriva et Sire Perceval prit la décision d'aller visiter la petite chapelle.

Il était intrigué par une porte mystérieuse qui était en forme d'ogive comme toutes les portes des chapelles, des églises ou des monastères que Sire Perceval avaient visités durant tout son grand voyage. Cette porte mystérieuse était située dans le mur de la crypte, au sous-sol de la chapelle, en bas d'un escalier en colimaçon.

Sire Perceval alla chercher une des pierres photoluminescentes dans son carrosse. Il prit la pierre jaune qui était une grosse citrine donnant une belle lumière jaune-orange. Il l'exposa au soleil pendant une demi-heure pour qu'elle emmagasine assez de lumière pour éclairer la chapelle.

Sire Perceval descendit dans la crypte par l'escalier en colimaçon et parvint à ouvrir la porte mystérieuse. Il pénétra dans un immense couloir qui ressemblait à un tunnel sans sortie. Ce couloir était très sombre mais, grâce à la citrine photoluminescente, Sire Perceval pouvait s'orienter dans ce très long couloir car la citrine donnait une lumière jaune-orange très brillante qui éclairait ce long couloir.

Sire Perceval marcha deux kilomètres et soudain il se trouva dans une immense salle octogonale. Au centre de la salle, il y avait une Coupe en or, posée sur un socle de pierre qui avait aussi la forme d'un octogone. Sire Perceval s'approcha de la Coupe sacrée et elle s'illumina, éclairant cette immense salle octogonale.

Sire Perceval vit alors un escalier qui montait. Il emprunta cet escalier et se trouva dans un immense château désert qui était mystérieusement très bien entretenu. Il pénétra dans un dédale de salles et découvrit cet immense château dont l'enceinte formait un octogone.

Sire Perceval redescendit dans la salle souterraine et admira la Coupe sacrée.

C'était le SAINT-GRAAL !

Sire Perceval de Bretagne,
fils du Duc de Bretagne, Sire Daniel,
et de Dame Hélène, Duchesse de Bretagne,
a découvert et retrouvé le SAINT-GRAAL
en l'an onze cent quatre-vingt-dix
le jour de la Pentecôte, le vingt-sept mai,
en la solennité de Saint Augustin de
Canterbury et en l'année du premier centenaire
de la naissance de Saint Bernard.

Sire Perceval avait accompli sa deuxième mission : il avait enfin retrouvé le Saint-Graal.

Il avait non seulement fait sortir la civilisation entière des années sombres du Moyen-âge en mettant un terme aux croisades et en signant un traité de paix internationale et interreligieuse, mais il avait enfin retrouvé le Saint-Graal que tous les chevaliers du monde recherchaient.

Sire Perceval retourna lentement vers la chapelle en empruntant l'immense tunnel avec sa pierre photoluminescente et, après avoir remonté l'escalier en colimaçon, Sire Perceval s'assit sur un banc et se mit à prier :

« O Dieu Notre Père, je Te remercie de m'avoir permis de retrouver la Coupe sacrée dans laquelle Ton Fils a bu lors de son dernier repas.

« O Seigneur Dieu, veuille bénir cette Coupe sacrée qui vient d'être retrouvée.

« Je te remets tous ceux et toutes celles qui m'ont aidé à accomplir ces deux missions que notre Roi, le Roi Arthur, et Toi m'aviez confiées.

« Bénis aussi ma famille, et mon frère qui est devenu moine-prêtre il y a quelques jours, à l'Ascension, et bénis aussi ma prochaine démarche qui sera mon entrée dans le tiers-ordre bénédictin en l'abbaye bénédictine de Mouthier-Royal dans un très proche avenir. Amen. »

Puis Sire Perceval se mit à méditer et à adorer la Vierge Marie qui était représentée à côté du grand Jésus-Christ et il contempla la Vierge Marie et Jésus-Christ pendant quelques heures et recommença à prier en disant :

« O Seigneur Dieu, pardonne-nous toutes les horreurs qui ont été commises sur la terre. Nous Te demandons pardon pour les croisades, pardon aussi pour ceux qui T'ont mis sur la croix.

« Et bénis, O Seigneur Dieu, cette toute nouvelle ère postmédiévale qui vient de commencer. Amen. »

CHAPITRE XIII

NAISSANCE D'UN NOUVEAU PAYS
SIRE PERCEVAL DEVIENT ROI DU
SAINT-GRAAL

Sire Perceval quitta la chapelle où il avait prié, dit au revoir au Père Jérôme-Emmanuel et repartit en carrosse jusqu'en Bretagne. Son voyage dura trois ou quatre jours. Il s'arrêtait dans des auberges où il ne restait qu'une nuit.

Il arriva à Paris et alla voir Monseigneur Hervé, qu'il connaissait depuis qu'il avait fait halte à Paris lorsqu'il était en route pour Israël. Sire Perceval lui parla de son voyage à Rome et en Israël.

Monseigneur Hervé lui dit d'un ton solennel :

« Ainsi, tu as mis fin à ces calamités de croisades et retrouvé le Saint-Graal. »

Sire Perceval lui répondit :

« Oui, j'ai accompli mes deux missions. J'ai mis un terme définitif aux croisades, mis en place un traité de paix internationale et interreligieuse, et enfin j'ai retrouvé le Saint-Graal à Clairvaux, le 27 mai de l'an de grâce 1190, en la solennité de Saint Augustin, Evêque de Canterbury.

« J'emmènerai toutes les cours d'Europe et le Roi Arthur à Clairvaux pour leur faire découvrir le Saint-Graal. »

Puis Sire Perceval partit vers la Bretagne et arriva au château du Duc de Bretagne, Sire Daniel son père, et de Dame Hélène, sa mère.

Son père, Sire Daniel de Bretagne, l'accueillit les bras ouverts et lui dit :

« Je suis très heureux et très content de te revoir et heureux que tu aies mis un terne définitif à ces croisades. »

Sire Perceval dit à son père, Sire Daniel, Duc de Bretagne :

« J'ai mis un terme définitif aux croisades, et j'ai enfin retrouvé le Saint-Graal, à Clairvaux dans un immense château qui est situé dans une forêt mystérieuse.

« Maintenant, il nous faudra faire découvrir le Saint-Graal à tous les ducs et tous les princes d'Europe et de Nouvelle-France, qui viendront un peu plus tard. J'ai découvert le Saint-Graal le jour de la Pentecôte de l'an de grâce 1190, le 27 mai, en la solennité de Saint-Augustin, Evêque de Canterbury, et en l'année du premier centenaire de la naissance de Saint Bernard. »

Sire Daniel de Bretagne reprit la parole :

« C'est vraiment extraordinaire de voir ce que tu as fait durant ton très grand voyage et de se dire que tu es allé jusqu'en Israël non seulement pour arrêter cette abominable barbarie mais aussi pour contribuer à élaborer un traité de paix internationale et interreligieuse.

« Et en plus, tu as retrouvé le Saint-Graal !

« Grâce à toi, notre civilisation est sortie définitivement des années sombres du Moyen-âge et tu as enfin résolu l'énigme du Saint-Graal.

« Maintenant, il nous faudra tous aller à Clairvaux pour voir le Saint-Graal. Demain j'écrirai au Roi Arthur pour lui dire que tu as retrouvé le Saint-Graal après avoir mis fin aux croisades.

« J'écrirai aussi au Pape Joachim pour lui annoncer que tu as enfin retrouvé le Saint-Graal. »

Les Sires Daniel et Perceval se rendirent alors dans la grande salle à manger du château où se trouvaient Dame Hélène et le révérend Gabriel.

Le Père Gabriel rentrait d'une retraite diocésaine qu'il avait effectuée avec les prêtres de son diocèse de Rennes et l'adjoint de l'Evêque qui était vicaire et qui s'appelait Yves. Ce dernier était tertiaire cistercien de Lérins et connaissait très bien la famille du révérend Gabriel.

Le révérend Gabriel dit à Sire Perceval :

« C'est très bien que tu aies retrouvé ce Vase sacré qui s'appelle le Saint-Graal et que tu aies pu arrêter ces abominables croisades qui ont été d'une vile bassesse humaine.

« Je suis soulagé que notre civilisation ait pu se débarrasser de ces années sombres du Moyen-âge qui nous ont traumatisés. Maintenant, nous allons enfin vivre en paix dans cette nouvelle ère postmédiévale. »

L'été arriva et toute l'Europe apprit la découverte du Saint-Graal par un jeune chevalier issu d'une famille noble de Bretagne. Sire Daniel avait écrit au Roi Arthur et au Pape Joachim pour annoncer la découverte de la Coupe sacrée par son fils, Sire Perceval.

Vers le mois de juillet et le début du mois d'août de l'an de grâce 1190, la famille de Sire Perceval reçut des centaines, voire des milliers de lettres de félicitations.

Un jour, le Roi Arthur arriva au château de Sire Daniel et fut invité par la famille pour un grand repas de midi, après une très longue messe célébrée par Gabriel dans l'église du château.

Au cours de la messe, le révérend Gabriel lut l'Evangile de Saint Matthieu sur l'entrée de Jésus-Christ à Jérusalem, après avoir lu le passage de la deuxième

Epître à Timothée sur la fidélité d'un soldat à Jésus, et il prêcha au sujet de Jésus à Jérusalem.

« Comme vous avez pu l'entendre, Jésus dit aux deux disciples : *allez au village et si vous trouvez un ânon et une ânesse, détachez-les et amenez-les moi*. Lorsque des animaux souffrent d'être attachés, Jésus demande de les détacher et de les amener à lui. Jésus a sauvé ces deux ânes. Mon frère, Sire Perceval, lui, est allé à Jérusalem délivrer les Israélites de la barbarie des croisades et amener la paix. Comme Jésus a délivré ces deux ânes, Sire Perceval a délivré les Israélites. »

Le révérend Gabriel termina son homélie par une prière de repentance et de pardon envers les Israélites. Il y eut la célébration eucharistique suivie par la prière de Jésus-Christ, *Notre Père qui êtes aux Cieux...*, et la fin de la messe.

La famille de Sire Perceval convia tous les invités au grand repas de midi et le Roi Arthur prit la parole :

« Nous avons ici un grand chevalier qui nous a définitivement sortis des années sombres du Moyen-âge. Ce grand chevalier a réussi à mettre un terme définitif à ces sinistres croisades et à mettre en place une paix durable régie par un traité que je signerai lorsque je retournerai à Rome.

« Mais en plus, ce jeune chevalier, Sire Perceval, a retrouvé le Saint-Graal, cette Coupe sacrée de Jésus-Christ que nous recherchions depuis plusieurs siècles.

« Je vous propose d'ailer tous ensemble à Clairvaux, où notre célèbre Sire Perceval a découvert le Saint-Graal.

« J'enverrai une lettre au Pape Joachim pour l'inviter à découvrir le Saint-Graal et nous établirons à Clairvaux la capitale européenne et la capitale de la province ecclésiastique française, puisque le Saint-Graal restera dans le château aux enceintes octogonales, dans l'immense salle octogonale du sous-sol de ce château qui se trouve dans une immense forêt, la Forêt Mystérieuse.

« Nous établirons un nouveau royaume qui s'étendra des montagnes et des plaines du Danube jusqu'au fin fond de la Nouvelle-France. Nous appellerons ce nouveau royaume le Royaume du Saint-Graal. Les habitants de ce tout nouveau royaume s'appelleront les Saint-Graaliens ou les Saint-Graalois. Et nous établirons des liens avec les pays comme Israël, l'Egypte, les Indes et la Perse. »

Sire Daniel demanda au Roi Arthur si les duchés et principautés de France et d'Italie subsisteraient ou disparaitraient. Sire Daniel se demandait s'il y avait des principautés en France, car il était quelquefois un peu confus dans ses connaissances historiques.

Sire Perceval lui rappela qu'il n'y avait aucune principauté en France, à l'exception de Monaco.

Sire Daniel dit à son fils Sire Perceval et au Roi Arthur :

« Ah oui, je me souviens maintenant, il n'y a pas de principautés en France.

« Et pour ce qui est des duchés, Sire Arthur, vont-ils disparaître, avec le nouveau Royaume du Saint-Graal ? »

Le Roi Arthur répondit :

« Non, les duchés ne disparaitront jamais, et je peux vous le garantir, Sire Daniel, votre duché ne disparaitra jamais. »

Les semaines et les mois passèrent. Au mois d'août de l'an de grâce 1190, toutes les cours d'Europe, et le Pape Joachim qui avait entre-temps signé le traité de paix internationale et interreligieuse, se joignirent au pèlerinage du Saint-Graal à Clairvaux, et le Roi Arthur était parmi toutes les cours d'Europe pour découvrir et admirer le Saint-Graal. Ils arrivèrent par milliers.

Le Saint-Graal brillait de toute sa splendeur et tous étaient émerveillés de voir la grande découverte de Sire Perceval de Bretagne.

Bien sûr il avait fallu loger tout le monde et l'hôtellerie du monastère de l'abbaye cistercienne de Clairvaux était pleine, mais heureusement le château de la Forêt Mystérieuse était habitable et pouvait accueillir tout le monde. Même les moines de l'abbaye cistercienne de Clairvaux s'étaient joints à la foule pour admirer le Saint-Graal.

Le Roi Arthur dit à tous les pèlerins assemblés :

« Pour récompenser Sire Perceval de Bretagne, son courage et sa bravoure, je propose solennellement qu'on le couronne Roi du Royaume du Saint-Graal. Je demanderai au Pape Joachim de célébrer la messe du couronnement, ici, à Clairvaux.

« Pour ma part, je l'aiderai dans ses nouvelles fonctions royales durant la première année de son règne, après quoi je me retirerai chez les moines bénédictins de l'abbaye de Glastonbury. »

Le Roi Arthur avait en effet le projet de se retirer chez les moines de l'abbaye bénédictine de Glastonbury, car il était tertiaire de cette abbaye depuis six siècles, avant son hibernation dans la grotte magique. Le Roi Arthur avait été un grand roi et c'était l'heure pour lui de se retirer et de laisser sa place au jeune Sire Perceval de Bretagne. Le Roi Arthur se sentait très éprouvé par cette seconde vie après un sommeil de six siècles, car l'hibernation était très éprouvante surtout lorsqu'elle durait plusieurs siècles. Il prit donc la décision d'abdiquer après dix ans de son deuxième règne, puisqu'il s'était réveillé en l'an de grâce 1180.

Mais il était très heureux de ce second règne, car il avait pu servir à nouveau son peuple, si différent de son peuple du sixième siècle, plus humain et plus civilisé, car la civilisation occidentale du sixième siècle était beaucoup plus rude et plus cruelle que celle du douzième siècle.

Le château de la Forêt Mystérieuse était vraiment un château mystérieux et étrangement très bien entretenu. Personne n'en avait vraiment entendu parler. Il était immense et avait près de mille chambres, quatre grandes églises, des couloirs interminables, huit grandes portes en bois de chêne, une sur chaque côté, car l'enceinte de cet immense château formait un octogone.

Une fois une des grandes portes franchies, il y avait une seconde enceinte avec aussi une porte en bois de chêne, puis une troisième enceinte, qui avait aussi une porte en bois de chêne, et enfin il y avait une gigantesque cour avec de magnifiques arbres, tilleuls et platanes, qui étaient tout en fleurs. Dans la cour, il y avait plusieurs grands jardins avec beaucoup de plantes, de la sauge, des pâquerettes, des tagettes, des marguerites, des capucines, beaucoup de cassissiers, de framboisiers, et aussi des mûriers, des fraisiers et quelques citronniers.

Une fois les jardins franchis, on accédait au château par une immense porte en ébène qui ouvrait sur un immense hall avec des grands candélabres en or et en platine massif, équipés de grosses pierres photoluminescentes facettées qui donnaient une très belle couleur jaune-orange, et même rougeâtre car certains de ces immenses candélabres portaient des grenats facettés.

A l'entrée du château il y avait deux grands candélabres avec de magnifiques aigues-marines facettées qui donnaient une belle lumière bleuâtre.

Dans l'immense hall, il y avait de gigantesques escaliers qui montaient aux étages supérieurs où se trouvaient aussi d'immense salles avec de très grandes fenêtres dont certaines étaient composées de vitraux avec des alvéoles de toutes les couleurs. Les alvéoles, très répandus au onzième et douzième siècles, rappelaient les ruches d'abeilles.

Les sols du château étaient aussi alvéolés.

Cet immense château allait devenir très célèbre car il allait devenir la demeure du Roi Perceval du Saint-Graal, qui devait bientôt être couronné.

CHAPITRE XIV

UN NOUVEAU ROYAUME EST NE
LE ROI PERCEVAL PREPARE SON
REGNE

Vers la mi-août de l'an de grâce 1190, le Roi Arthur prit contact avec le Pape Joachim pour fixer la date et l'heure du couronnement du jeune Sire Perceval de Bretagne. Le Roi Arthur et le Pape Joachim choisirent la date du 20 août, qui est celle de la solennité de Saint Bernard, pour célébrer le couronnement du Roi Perceval et la fondation du Royaume du Saint-Graal.

Le jour venu, après une retraite de deux semaines à l'abbaye cistercienne de Clairvaux, Sire Perceval fut invité par le Roi Arthur et le Pape Joachim à venir à la messe qui avait lieu dans la chapelle de l'abbaye de Clairvaux.

Le Pape Joachim ouvrit la messe et dit :

« Bienvenue à toutes et à tous. Nous allons célébrer la messe durant laquelle le Roi Arthur et moi-même allons procéder au couronnement de Sire Perceval de Bretagne, fils du Duc de Bretagne, Sire Daniel, et de la Duchesse de Bretagne, Dame Hélène, futur Roi du tout nouveau pays qui couvrira l'Europe entière et la Nouvelle-France.

« Que Dieu bénisse ce moment qui marque le début d'une toute nouvelle ère. »

Puis le Pape Joachim commença à célébrer la messe :

« Au nom du Père, du Fils et du Saint-Esprit. La grâce de Jésus Notre Seigneur, l'amour de Dieu le Père et la communion de l'Esprit soient toujours avec vous. »

La foule dit :

« Et avec votre esprit. »

Le Pape Joachim poursuivit :

« Que Dieu Notre Père et Jésus-Christ Notre Seigneur vous donne la grâce et la paix. »

Puis il continua à dire la messe avec la foule qui prononça avec le Pape Joachim les confessions des péchés.

Le révérend Gabriel, frère de Sire Perceval, lut l'épître qui était un extrait des Actes, après avoir lu un bref passage de l'Ancien Testament, dans le Livre des Nombres.

Puis le Pape Joachim lut l'Evangile de Saint Jean au chapitre 7, les versets 32 à 44, qui parlait de Jésus à la Fête des Tabernacles.

A la fin de sa lecture, le Pape Joachim fit deux sermons, l'un sur le chapitre 7 de l'Evangile de Saint Jean et l'autre sur le verset du Seigneur qui dit : *je suis venu au monde non pas pour être servi, mais pour servir*, et il fit allusion à ce que Sire Perceval avait accompli dans sa vie de jeune chevalier :

« Le Seigneur a dit : *je suis venu non pas pour être servi, mais pour servir*. Sire Perceval, depuis qu'il est devenu chevalier à la cour du Roi Arthur, s'est dit : *je suis venu au monde pour servir, non pas pour être servi*.

« Notre futur roi, le Sire Perceval - qui est venu me rendre visite et m'a apporté le traité de paix internationale et interreligieuse que le Roi Arthur a signé et que, bientôt, le Roi Perceval signera - a prouvé qu'il était venu pour servir. Il l'a fait, puisqu'il est allé en Israël pour arrêter les croisades, qui ont été une abominable erreur de conquête.

« Voilà un chevalier qui est vraiment venu pour servir, pour servir la paix et l'amitié interreligieuse. Il est venu non pas pour être servi mais pour servir, et il a servi le monde entier, notre continent et la Nouvelle-France. »

Le Pape Joachim termina son homélie et laissa la parole au Roi Arthur qui dit :

« Le moment est maintenant venu de procéder au couronnement de Sire Perceval, Roi du Pays du Saint-Graal. Sire Perceval de Bretagne, chevalier à ma cour, né en Bretagne en l'an de grâce 1167, veuillez prendre place devant moi. »

Sire Perceval prit place devant le Roi Arthur, dans le fauteuil placé devant l'autel

Il écouta attentivement le discours du Roi Arthur.

« Sire Perceval de Bretagne, fils du Duc de Bretagne, Sire Daniel, et de Dame Hélène, Duchesse de Bretagne, je vais vous lire le serment du couronnement des rois et reines. Veuillez écouter attentivement.

« Moi, Sire Perceval, Roi du Royaume du Saint-Graal, je promets d'obéir à Dieu, de rendre la justice et de servir le droit, de protéger les pauvres et les faibles, et d'accueillir les étrangers.

« Promettez-vous d'obéir à Dieu ? »

Sire Perceval dit :

« Je le promets. »

Le Roi Arthur continua :

« Promettez-vous de rendre la justice et de servir le droit ? »

Sire Perceval dit :

« Je le promets. »

Le Roi Arthur dit :

« Promettez-vous d'accueillir les étrangers, de protéger les femmes et les enfants, les pauvres et les faibles ? »

Sire Perceval dit.

« Je le promets. »

Le Roi Arthur conclut :

« Au nom de la puissance de Dieu, moi Roi Arthur, Roi de France et d'Angleterre, je vous couronne Roi du Royaume du Saint-Graal qui est en train de naître, pour votre courage et votre bravoure, pour avoir arrêté les croisades, et pour avoir apporté.la paix en Israël. Je vous confère le titre de Roi du Saint-Graal, titre que portera votre fils aîné ou votre fille aînée ou tout autre fils ou fille, après votre décès, ainsi que le titre de Majesté, nouveau statut nobiliaire que vous porterez après votre vingt-cinquième année de règne, jusqu'à votre mort. Vous règnerez en tant que Roi du Pays du Saint-Graal qui comprend l'Europe entière et aussi la Nouvelle-France.

« Que Dieu vous bénisse et bénisse le Royaume du Saint-Graal. »

Quand le Roi Arthur eut fini son discours de couronnement, toute la foule applaudit et félicita le nouveau Roi du nouveau Royaume du Saint-Graal.

Très ému, Sire royal Perceval prit la parole :

« Je remercie le Roi Arthur et toutes celles et ceux qui sont venus contempler la Sainte Coupe qui s'appelle le Saint-Graal. Après quelques semaines de vacances, je reviendrai pour faire démarrer le Royaume du Saint-Graal et je prononcerai mon premier discours du trône, qui constituera en quelque sorte le baptême du Royaume du Saint-Graal. Il officialisera le début de mon règne. Dans le courant des deux premières années de mon règne, je procéderai à mon entrée dans le tiers-ordre bénédictin de l'abbaye bénédictine de Mouthier-Royal qui m'a donné une solide instruction de base avant mon apprentissage de chevalier et mes études de théologie. »

Le Roi Perceval quitta le château de la Forêt Mystérieuse de Clairvaux pour retourner dans son château natal où il passa ses vacances avec sa famille.

Comme le Roi Perceval aimait travailler en se basant sur la parole du Seigneur : *je ne suis pas venu pour être servi, mais pour servir*, il commença à travailler au jardin et aux cuisines du château et de temps en temps au four à pain et à l'écurie pour soigner les chevaux, dont Roland son cheval. Son carrosse était parqué dans l'enceinte du château, à côté de celui de Sire Daniel, son père.

Le Roi Perceval aimait beaucoup son titre de Sire royal, tout en attendant patiemment d'avoir vingt-cinq ans de règne pour pouvoir porter celui de Majesté, car c'était une nouveauté récente du Roi Arthur qui estimait qu'un roi devait porter un tel titre à l'occasion du vingt-cinquième anniversaire de son règne. Durant son premier règne, au sixième siècle, le titre de Majesté n'existait pas encore.

Bien qu'étant devenu roi, Sire Perceval devait conserver son titre de chevalier jusqu'à sa mort et même au-delà, car le titre de chevalier était une marque indélébile, comme celui de prêtre, jusqu'à la fin du monde, puisqu'il existe aussi une chevalerie céleste.

Depuis son enfance, et d'une certaine manière, depuis le premier jour de sa formation de chevalier, et depuis son adoubement, le Roi Perceval croyait vraiment à la vie éternelle, plus fortement encore que lorsqu'il était élève à l'abbaye bénédictine de Mouthier-Royal.

Le Roi Perceval pensait qu'être chevalier était vraiment un engagement à vie, et même au-delà, car comme beaucoup d'autres chevaliers, il croyait à la chevalerie céleste. Mais il est certain qu'il ne portera plus d'épée ni d'armure et ni de heaume, une fois au paradis.

C'est pendant ses études de théologie que le Roi Perceval avait découvert, lors du cours de théologie sacramentelle, le caractère indélébile du sacrement de l'ordre sacerdotal, comme celui du baptême ou de la confirmation. Il aimait beaucoup ce cours de théologie qui lui fit découvrir ce que signifiait être chrétien pratiquant. Et il eut beaucoup de joie à découvrir le sens des sept sacrements de l'Eglise.

Le Roi Perceval avait beaucoup d'échanges avec son père, le Duc de Bretagne, Sire Daniel.

« Tu sais, Père, je suis tellement heureux d'être Roi du Saint-Graal que j'ai hâte de commencer mon règne. Même pendant mes vacances, comme a dit le Seigneur dans l'Evangile de Saint Marc, *je suis venu pour servir, non pas pour être servi*, alors j'ai décidé de travailler dans ton château. »

Sire Daniel lui dit :

« Tu es vraiment un fils formidable et un roi exemplaire car même en tant que roi, tu veux servir en travaillant. Tu n'es pas comme de nombreux rois, qui se font servir et qui ne travaillent pas de leurs mains.

« Je dois quand même te dire que tu auras besoin de gens qui travaillent dans ton futur château, je veux dire des gens qui t'aideront à garder ton château propre et bien tenu. Mais tu pourras travailler avec eux et ils ne penseront pas que tu es un roi qui ne travaille pas et qui se tient dans se ses appartements et qui se fait servir en permanence.

« Je pense aussi que tu seras un roi qui obéit vraiment à Dieu en disant que tu es venu pour servir, pas pour être servi.

« Mais tu devras aussi te détendre de temps en temps, et ta grande chambre, ici, sera toujours la tienne, tout comme ce château, même si tu habites dans cet immense château que tu nous as fait découvrir lors de ton couronnement.

« Tu pourras toujours nous rendre visite avec ton cheval Roland et le très beau carrosse que t'a offert le Prince Norbert de Lombardie. »

Le Roi Perceval lui répondit :

« Tu sais, j'ai reçu ce carrosse du Prince Norbert de Lombardie car il trouvait que j'avais besoin d'un carrosse pour rendre mes voyages plus confortables. Il avait reçu un carrosse tout neuf et sa famille avait trop de carrosses. Et il avait l'air content de me donner ce carrosse car il était surpris de me voir sur la selle de mon cheval Roland. C'était un très beau cadeau de sa part. »

Sire Daniel dit au Roi Perceval

« Je comprends très bien qu'un jeune homme ait besoin d'un carrosse, surtout pour les longs voyages comme celui que tu as fait pour arrêter les croisades en Israël et pour retrouver le Saint-Graal.

« Il faudra maintenant que tu fasses ta demande pour entrer dans le tiers-ordre bénédictin à Mouthier-Royal et que tu ailles dire bonjour au Père abbé Gérard qui est venu nous rendre visite durant les Fêtes de Pâques. Bien sûr, nous lui avons dit, Dame Hélène et moi, que tu effectuais un très grand voyage à travers l'Europe pour retrouver le Saint-Graal.

« Maintenant tu devrais te reposer, mon fils, Sire Perceval, Roi du Saint-Graal, car tu devras commencer bientôt ton travail de roi. »

Le Roi Perceval dit à son père, Sire Daniel :

« Bien sûr, Père, je vais me reposer et préparer mon travail de Roi du Saint-Graal.

« Pour ce qui concerne mon entrée dans le tiers-ordre bénédictin, je prendrai contact avec le Père Gérard dans un proche avenir.

« Je vous souhaite bonne nuit, Père. »

Et Sire Daniel lui répondit :

« Bonne nuit, fils, Roi Perceval du Saint-Graal. Fais de beaux rêves. »

Le Roi Perceval passa une très belle nuit dans sa grande chambre du château natal.

Il ouvrit la fenêtre de sa chambre et observa les étoiles, et un magnifique croissant de lune qui allait se coucher. Il voyait la Grande Ourse, la planète Mars qui était rougeâtre et qui n'était pas très loin du croissant de lune. Comme il avait une lunette astronomique il put même voir les anneaux de Saturne qui se trouvait au sud ainsi que Jupiter et ses satellites, légèrement à l'est.

Le Roi Perceval était passionné d'astronomie et profitait de chaque soirée étoilée pour observer les étoiles, la lune et les autres planètes du système solaire, et quelquefois il pouvait apercevoir une nébuleuse ou un magma d'étoiles.

Juste avant de s'endormir, il dit une prière de bénédiction et de remerciement.

Peu de temps après que le soleil se soit levé, il se leva lui-même et admira le lever du soleil. Puis il se rendormit. Une heure plus tard, le Roi Perceval se leva pour de bon, et descendit dans la grande salle à manger où il retrouva Sire Daniel, son père, et Dame Hélène, sa mère, qui lui demanda :

« Mon fils, comment as-tu dormi ? Es-tu content de retrouver ta chambre et tes affaires ? »

Le Roi Perceval répondit à sa mère :

« Oui, Mère, j'ai très bien dormi et je suis vraiment très content de retrouver ma chambre et mes affaires, et j'ai observé un ciel étoilé qui était d'une limpidité extraordinaire. J'ai même pu voir la Voie Lactée, les anneaux de Saturne et les cratères de la Lune qui était en train de se coucher. »

Sire Daniel, son père, lui dit :

« Tu as vraiment vu les anneaux de Saturne et les cratères de la Lune avec ta lunette ? Ah oui, je me souviens. C'est moi qui t'ai offert cette lunette astronomique quand tu as obtenu ton diplôme d'études fondamentales à l'abbaye bénédictine de Mouthier-Royal, en l'an de grâce 1183.

« Dis-moi, que vas-tu faire aujourd'hui ? »

Le Roi Perceval lui répondit :

« Je ne sais pas encore très bien, mais j'ai très envie de travailler à la cuisine ou au jardin, puis je verrai, je nettoierai les grands escaliers extérieurs avec un balai, peut-être. »

Sire Daniel, son père, lui dit :

« Je vois, notre Roi Perceval, à peine arrivé dans son château natal, veut déjà se mettre à l'ouvrage. Tu veux toujours travailler et rendre service. Comme je te connais, je vois ce que tu pourrais faire aujourd'hui : si tu le désires, ce serait de faucher un des champs que l'on voit depuis la grande salle à manger, tu vois, là-bas, car ce champ a vraiment besoin d'être fauché. Les paysans qui habitent autour de notre château ont vraiment besoin de fourrage pour leurs animaux. »

Le Roi Perceval se changea juste après son petit déjeuner qui était composé d'un bon café et d'une tartine avec du bon beurre et une bonne confiture de framboises, que sa mère avait faite. La Duchesse de Bretagne aimait beaucoup faire des confitures elle-même.

Et il se mit au travail avec les employés des champs pendant toute la matinée jusqu'au repas de midi. Le Roi Perceval était extrêmement content de pouvoir travailler aux champs car il aimait le travail en plein air.

L'heure du repas de midi arriva. Le Roi Perceval se rafraîchit dans le ruisseau et retourna dans sa chambre. Puis il descendit dans la grande salle à manger où il retrouva ses parents et son frère qui est chevalier et qui s'appelle Romain.

Sire Romain lui dit :

« Bonjour Roi Perceval, comment vas-tu ? »

Le Roi Perceval dit à Sire Romain, son frère :

« Je te remercie, je vais très bien. Comme tu le sais, je suis le Roi du nouveau Royaume du Saint-Graal. Je suis tellement content de te revoir, car cela fait vraiment très longtemps que je ne t'avais pas vu, même si tu es venu à mon couronnement.

« Comment se passe ta carrière de chevalier auprès de la cour de Sire Daniel, notre père qui est le Duc de Bretagne ? »

Sire Romain dit à son frère, le Roi Perceval :

« Je me sens bien dans mon métier de chevalier. Je pense que c'est moi qui reprendrai le Duché de Bretagne après le décès de Sire Daniel. Pour le moment, je suis chevalier et je sers à la cour de Sire Daniel.

« Je crois que tu as bien fait de mettre un terme à cette calamité de croisades et de sortir notre civilisation de ce sinistre Moyen-âge pourri et dégoûtant. Je suis également très content que tu aies retrouvé la Coupe sacrée dans laquelle Jésus-Christ a bu lors de son dernier repas et qui porte le même nom que notre tout nouveau royaume, le Royaume du Saint-Graal.

« Grâce à tes exploits, nous pourrons enfin vivre dans une vraie civilisation, dans un climat de justice et de respect. Nous pourrons enfin vivre de façon civilisée et les générations futures pourront prendre exemple sur notre nouvelle civilisation et sur cette nouvelle ère. J'espère qu'il n'y aura plus jamais de croisades, de conquêtes ou d'invasions violentes.

« Bravo, Sire royal Perceval ! »

Le Roi Perceval et son frère Sire Romain poursuivirent leur conversation, et Sire Daniel demanda à son fils, le Roi Perceval, ce qu'il allait faire dans l'après midi.

Le Roi Perceval répondit à Sire Daniel, son père :

« Comme je vous l'ai dit ce matin, j'aimerais nettoyer les escaliers extérieurs du château. »

Sire Daniel lui dit :

« Bon, puisque tu tiens à nettoyer les grands escaliers du château, tu le feras. Quelqu'un te donnera un grand balai et tu pourras nettoyer les escaliers extérieurs du château. »

Et Sire Daniel demanda aux serviteurs de donner un balai au Roi Perceval qui commença à balayer après une brève sieste. Il balaya tous les escaliers du château durant presque tout l'après-midi et après avoir balayé tous les escaliers extérieurs du château, le Roi Perceval prit l'initiative de nettoyer aussi le sol de la cour principale du château, puis de dépoussiérer les fenêtres des caves du château et leurs rebords, ce qui lui prit presque toute la fin de l'après-midi.

Après une longue après-midi de travail, le Roi Perceval s'étendit dans un des jardins et se leva lorsque la cloche de la chapelle du château sonna six coups. Il était déjà six heures du soir et le souper était presque prêt.

Lors du souper, le Roi Perceval expliqua à ses parents ce qu'il avait fait durant tout l'après-midi.

Sire Daniel dit à son fils le Roi Perceval :

« Je suis vraiment très heureux que nous ayons un fils devenu roi qui, non seulement travaille, mais qui prend aussi des initiatives, comme de dépoussiérer les fenêtres des caves, car elles devaient être nettoyées depuis très longtemps et nos serviteurs ont tellement à faire qu'ils n'ont pas trouvé le temps de les nettoyer. »

Puis Dame Hélène dit à son fils le Roi Perceval :

« Moi aussi je suis très heureuse de voir comment un fils d'une famille de noble comme la nôtre s'attache à toutes ces valeurs chrétiennes comme le travail et le service rendu. »

Gabriel était arrivé après une retraite dans le diocèse voisin chez les moines cisterciens de l'abbaye de Belle-Fontaine. Il fut très heureux de voir son frère, le Roi Perceval, et lui dit :

« Comme je suis heureux de voir notre nouveau roi parmi nous !

« A vrai dire, je suis très content de passer quelques jours de vacances dans ce château. J'aime beaucoup les moines cisterciens mais je trouve qu'ils sont quelquefois un peu trop austères. J'espère que le Père Gérald, notre frère, introduira un peu de souplesse lorsqu'il deviendra Père abbé général de l'ordre cistercien. A Belle-Fontaine, même à table nous n'osions pas parler, bien que j'aie apprécié leur hospitalité de m'inviter à leur réfectoire.

« Mais je les aime bien, nos Frères cisterciens, puisque nous avons un moine-prêtre dans notre famille. »

Le Roi Perceval lui dit

« Oh tu sais, moi aussi je trouvais que certains monastères étaient austères, mais que veux-tu, les moines cisterciens appliquent la règle de Saint Benoît à la lettre. Moi aussi, j'espère que dans un proche avenir, les moines cisterciens assoupliront l'interprétation de la règle de Saint Benoit et qu'ils admettront les retraitants plus facilement au travail et à leur table.

« Et comment va ton ministère de prêtre diocésain ? »

Le révérend Gabriel dit au Roi Perceval :

« Mon ministère de prêtre va très bien. Monseigneur Hervé, l'Evêque de Paris, viendra bientôt nous rendre visite et faire une conférence sur l'héritage de Saint Bernard de Clairvaux et de ses sermons. Notre diocèse aussi va bien. Une douzaine de nos séminaristes vont bientôt recevoir le sacrement de l'ordre sacerdotal, une étape importante dans leur vie de prêtre. Et notre séminaire de l'abbaye bénédictine de Saint Luc, à Chartres, a vu ses effectifs augmenter. J'espère que nous aurons encore plus de vocations de prêtres dans les années à venir. »

Le Roi Perceval lui dit :

« Je vois que notre chère Bretagne va bien, et l'Eglise aussi. Quand aura lieu cette conférence sur Saint Bernard ? »

Le révérend Gabriel lui répondit :

« Je ne le sais pas encore exactement, mais probablement dans le courant de cette année, au mois d'octobre. Comme tu es Roi du Saint-Graal, je ne crois pas que tu pourras venir, car tu auras beaucoup de choses à faire dans ton nouveau métier de roi, mais si tu peux venir, tu auras toujours ta place et cela me fera un grand plaisir. Et. Monseigneur Hervé aura du plaisir à te voir, car il te connaît bien maintenant, et il m'a dit qu'il avait eu beaucoup de plaisir à te connaître lors de ton passage à Paris au début de ton voyage à travers l'Europe. »

Après le repas, le Roi Perceval et toute sa famille se rendirent dans la chapelle du château de Sire Daniel, car le révérend Gabriel aimait beaucoup y célébrer la messe.

La famille du Duc de Bretagne et du Roi Perceval était une famille noble très croyante et pratiquante, puisque le Roi Perceval avait deux frères qui étaient dans l'Eglise, l'un moine-prêtre cistercien à Cîteaux, l'autre prêtre diocésain. Et que le Roi Perceval, lui, allait devenir tertiaire bénédictin à l'abbaye de Mouthier-Royal.

Le révérend Gabriel célébra la messe du soir et le Roi Perceval fut invité à lire dans l'Evangile de Saint Luc un chapitre consacré à la mission des douze apôtres. Le Roi Perceval fut ravi de lire la Bible, car cela faisait vraiment très longtemps qu'il n'avait plus relu la Bible en public.

Pendant ses études de théologie et durant sa formation de chevalier, il était très souvent invité à lire la Bible par l'Evêque de Londres, Monseigneur Roger, ce qui faisait plaisir au jeune Perceval, car il aimait beaucoup lire en public.

Au douzième siècle, les familles nobles étaient très souvent croyantes et pratiquantes, car Saint Bernard avait tellement répandu l'Evangile que beaucoup de nobles, chevaliers, ducs et princes en étaient imprégnés et que la foi chrétienne était devenue très fervente. Il était très courant dans beaucoup de familles de nobles, que l'on célèbre une messe lorsqu'il y avait un prêtre ou un moine dans la famille.

Les vacances du Roi Perceval avançaient, et le dernier jour des vacances arriva.

Le Roi Perceval prépara ses bagages, son carrosse et Roland son cheval. Toute la famille se rendit à la grande porte du château pour dire au revoir à Sire Perceval, Roi du Saint-Graal.

Sire Daniel dit à son fils, le Roi Perceval :

« Nous te souhaitons bonne chance pour ta nouvelle vie de roi, et bon voyage. Que Dieu te bénisse et bénisse ton règne et le Royaume du Saint-Graal. »

Puis Dame Hélène lui dit aussi :

« Prends bien soin de toi, Roi Perceval. »

Et le Roi Perceval leur répondit :

« Je vous remercie de tout mon cœur de m'avoir permis de vivre avec vous dans ce très beau château. Je reviendrai vous voir à Noël. Que Dieu vous bénisse. »

CHAPITRE XV

LE ROI ARTHUR SE RETIRE A L'ABBAYE DE GLASTONBURY ET DEVIENT ROI EMERITE

Puisque son chevalier, Sire Perceval, était devenu Roi du Royaume du Saint-Graal, le Roi Arthur prit la décision de mettre un terme à son deuxième règne et de se retirer chez les moines bénédictins de l'abbaye de Glastonbury.

Il retourna à Tintagel, sa terre natale, puis se rendit à l'abbaye de Glastonbury.

Tintagel avait beaucoup changé pendant les six siècles au cours desquels le Roi Arthur était en hibernation. C'était devenu une grande ville, avec une cathédrale qui avait été construite deux ou trois siècles après le début de l'hibernation du Roi Arthur.

Tintagel avait aussi une université qui avait été fondée par Monseigneur Anselme de Canterbury en l'an de grâce 1087 et venait de fêter son premier centenaire.

En plus de l'abbaye de Glastonbury, Tintagel comptait plusieurs monastères, un monastère de chartreux qui s'appelait l'abbaye cartusienne du Saint-Esprit, et un monastère cistercien qui s'appelait l'abbaye cistercienne de Notre-Dame-du-Soleil-couchant, car cette abbaye était située de telle sorte qu'on pouvait voir le soleil se coucher à l'horizon de la mer qui séparait la nouvelle partie du Royaume du Saint-Graal, appelée Nouvelle-France, de l'ancienne où se trouvaient Tintagel, le château de Sire Daniel et de Dame Hélène, parents du Roi Perceval, et le château du Saint-Graal.

Mais c'est à l'abbaye bénédictine de Glastonbury que le Roi Arthur décida de se retirer, car il connaissait très bien les moines bénédictins de Glastonbury. Même le monastère de l'abbaye de Glastonbury avait beaucoup changé, car les moines bénédictins de Glastonbury avaient créé un collège d'études fondamentales pour les enfants jusqu'au diplôme d'études fondamentales, et aussi un séminaire car les moines bénédictins s'étaient spécialisés dans l'enseignement supérieur.

Le Roi Arthur prit congé de son chevalier, Sire Perceval, qui entre temps était devenu Roi du Royaume du Saint-Graal. Il prit le bateau jusqu'au Nouveau-Havre (New Haven), puis une diligence jusqu'à Londres où il rendit visite à Monseigneur Roger.

Il arriva à l'abbaye bénédictine de Westminster où se trouvait Monseigneur Roger.

Monseigneur Roger ouvrit la grande porte sud du monastère et dit au Roi Arthur :

« Bonjour, Sa Majesté le Roi Arthur. Comment allez-vous ? »

Le Roi Arthur lui répondit :

« Je vais très bien et j'ai une très grande nouvelle à vous annoncer, ou plutôt deux grandes nouvelles. Sire Perceval a enfin mis un terme définitif aux croisades qui furent une immense calamité, et il a enfin retrouvé la Coupe sacrée de Notre Seigneur Jésus-Christ.

« Pour le récompenser, je l'ai fait roi. Il est devenu Roi d'un tout nouveau royaume qui porte le même nom que la Coupe sacrée et qui s'appelle le Royaume du Saint-Graal. »

Monseigneur Roger lui dit :

« Ce que j'apprends est vraiment extraordinaire. Je savais bien que ce jeune homme aurait les capacités d'arrêter cet enfer sur terre qu'étaient les croisades. Et en plus il a retrouvé le Vase sacré du Saint-Graal ! »

Monseigneur Roger était stupéfait de voir un jeune chevalier posséder un tel courage et une telle bravoure qu'il avait pu mettre fin aux croisades et retrouver le Saint-Graal dans une région de l'Archiduché de Bourgogne.

Le Roi Arthur assista aux vêpres, célébrées par Monseigneur Roger.

Puis il demanda au Père hôtelier s'il pouvait rester quelques jours à l'hôtellerie de l'abbaye de Westminster. Le Père hôtelier accepta et le Roi Arthur put rester cinq jours.

Les cinq jours passèrent très vite. Le Roi Arthur allait à presque tous les offices de l'abbaye bénédictine de Westminster, il mangeait avec les moines et se reposait dans sa chambre de l'hôtellerie.

Le Roi Arthur avait acheté un cheval et un carrosse à l'occasion d'une visite de la ville de Londres, car il n'avait plus de carrosse et de cheval à lui.

Pour aller du Nouveau-Havre à Londres, il avait pris une diligence car le Royaume du Saint-Graal mettait très progressivement en place des réseaux de transport par diligence pour tous ceux et celles qui ne possédaient ni carrosse ni cheval, et il y avait un service de diligence par jour entre le Nouveau Havre et Londres, et entre Nottingham et Londres, et deux fois par semaine entre l'Ecosse et Londres.

Une fois les cinq jours écoulés, le Roi Arthur prit son carrosse et son cheval pour Tintagel et Glastonbury.

Comme celui du Roi Perceval, le nouveau carrosse du Roi Arthur était équipé de pierres photoluminescentes, une aigue-marine bleue à l'avant, une citrine sur le côté et une pierre rouge à l'arrière. Le Roi Arthur voulut acheter une deuxième citrine photoluminescente pour l'autre côté du carrosse, et il finit par en trouver une dans la ville où il s'arrêta pour dormir.

Le voyage dura deux jours. Le Roi Arthur arriva à Tintagel, sa ville natale, dans le début de l'après-midi, et il retrouva le château dans lequel il était né.

Le château natal du Roi Arthur à Tintagel avait, lui aussi, beaucoup changé d'aspect, car après la disparition du Roi Arthur, le château avait été mis aux enchères et c'est un duc qui s'appelait George-Daniel, Duc de Cornouaille, et qui cherchait un château plus grand que le sien, qui l'avait acheté. Le Duc de Cornouaille, sa femme la Duchesse qui s'appelait Alice, puis ses successeurs, avaient transformé et agrandi le château de Tintagel.

Le Roi Arthur se rendit devant le château et frappa à la porte. Un tout jeune prince qui venait d'entrer dans l'âge préadulte et qui s'appelait Sire Eric-Daniel lui ouvrit et appela son père qui se nommait, lui aussi, Eric-Daniel. C'était un homme d'une cinquantaine d'années, avec une grande barbe noire et une voix fine. Il accueillit le Roi Arthur et le pria d'entrer dans la grande salle à manger du château.

Le Roi Arthur se présenta :

« Je suis le Roi Arthur et je suis né ici, il y a six siècles. J'ai hiberné pendant six cents années et maintenant, je suis devenu roi émérite, car après la découverte du Saint-Graal par un de mes jeunes chevaliers, qui s'appelle Sire Perceval de Bretagne, j'ai pris la décision de me retirer chez les moines bénédictins de l'abbaye de Glastonbury.

« Mon jeune chevalier, Sire Perceval, a été couronné Roi du tout nouveau royaume qui porte le même nom que la Coupe sacrée, le Royaume du Saint-Graal qui vient de naître. »

Sire Eric-Daniel prit la parole :

« Ce que vous venez de me dire est vraiment étrange. Ainsi, vous êtes né dans ce château voilà six cents ans, et vous avez hiberné pendant six siècles ? »

Le Roi Arthur répondit :

« Oui, c'est exact.

« Un jour que je me promenais le long de la côte, j'ai fait la découverte d'une grotte qui me paraissait étrange et mystérieuse. Intrigué par cette grotte mystérieuse, j'ai pris la décision d'y pénétrer, et au fond de cette grotte mystérieuse et étrange, j'ai trouvé une sorte de sarcophage en cristal. Comme je suis curieux de nature, j'ai voulu voir comment on était dans un sarcophage et là, curieusement, le couvercle s'est soudainement ou progressivement rabattu, je ne m'en souviens plus. Et j'ai été pris d'un sommeil très profond.

« Puis tout d'un coup, le couvercle s'ouvrit très progressivement. Je me suis alors réveillé et je suis sorti de la grotte mystérieuse, tout endormi que j'étais par ce très long sommeil. Je suis remonté vers la côte et je me suis aperçu que j'étais dans un tout autre siècle. La petite ville de Tintagel s'était comme par enchantement agrandie.

« Je suis entré dans la ville et, dans la rue, j'ai vu un petit groupe de moines d'un tout nouveau genre qui étaient habillés d'une soutane blanche et d'une capuche noire. J'ai pris la décision de leur demander qui ils étaient et ils m'ont répondu qu'ils étaient des moines cisterciens d'un ordre tout récent qu'un grand maître spirituel qui s'appelait Saint Bernard avait fondé, l'ordre cistercien ou l'ordre de Cîteaux.

« Ils m'ont aussi dit que nous étions en l'an de grâce 1180, et là, j'ai compris ce qui m'était arrivé et je me suis aperçu que j'avais fait une sieste de six cents années.

« Six siècles plus tôt, j'occupais le château de Windsor depuis mon couronnement, après avoir retiré l'épée Excalibur de la roche, à l'âge de seize ans, et après avoir quitté ce château que vous occupez et que vos ancêtres des précédents siècles ont certainement occupé durant mon hibernation pendant six siècles.

« Etant toujours roi après un sommeil de six cents ans, j'ai repris mon règne et je me suis réinstallé dans le château de Windsor.

« Une toute petite question, Sire Eric-Daniel, pourrais-je séjourner quelques jours dans ce château qui m'a vu naître et qui a vu naître mon vrai père, le Roi Uter Pendragon ? »

Sire Eric-Daniel réfléchit, puis répondit au Roi Arthur :

« Oui, bien sûr, vous aurez une chambre dans l'aile ouest du château d'où l'on peut voir la mer. »

Le Roi Arthur fut conduit dans sa chambre et passa quatre jours avec la famille de Sire Eric-Daniel qui fut bien surprise d'héberger un hôte âgé de six cents années.

Puis le Roi Arthur quitta son château natal et se rendit à l'abbaye bénédictine de Glastonbury où il demanda à être reçu comme tertiaire bénédictin une deuxième fois, car il était déjà tertiaire de cette abbaye six siècles plus tôt.

Le Père abbé de l'abbaye bénédictine de Glastonbury s'appelait Père André-Marie.

Informé du retour du Roi Arthur, il alla à sa rencontre à la porterie du monastère de l'abbaye bénédictine de Glastonbury et lui dit :

« Bonjour, Sa Majesté le Roi Arthur. Comment allez-vous ? «

Le Roi Arthur lui répondit :

« Je vais très bien car mon jeune chevalier qui s'appelle Sire Perceval de Bretagne est devenu célèbre. Il a mis un terme définitif aux croisades et a enfin retrouvé la Coupe sacrée qui porte le nom de Saint-Graal. Il est devenu Roi du tout nouveau royaume qui porte le même nom que la Coupe sacrée, le Royaume du Saint-Graal qui s'étend d'ici jusqu'au fin fond de la Nouvelle-France.

« Je suis revenu ici pour terminer ma vie tranquillement, puisque j'ai pris la décision d'abdiquer en faveur de notre nouveau roi, Sire royal Perceval, et de vous demander de me réintégrer dans le tiers-ordre de votre abbaye bénédictine, puisque j'ai été tertiaire bénédictin dans votre abbaye il y a six cents années. »

Le Père André-Marie répondit au Roi Arthur :

« Vous aimeriez réintégrer le tiers-ordre bénédictin ? Vous me dites que vous avez été tertiaire bénédictin ici, il y a six siècles, est-ce bien cela, Majesté ? »

Le Roi Arthur répondit que oui.

Alors le Père André-Marie lui dit

« Comme cela fait six siècles que notre communauté ne vous a pas revu, je me vois dans l'obligation de vous demander de faire un nouveau noviciat, car je ne sais pas si vous avez maintenu votre engagement de tertiaire bénédictin et gardé le style de vie que nous demandons à tous nos tertiaires.

« Nous commencerons à examiner votre demande lundi car demain nous sommes dimanche. Pour le moment je vais demander au Père hôtelier, le Père Léon, de vous donner une chambre à l'hôtellerie, puis nous verrons sous quelle forme se déroulera votre nouveau noviciat, en résidence dans notre abbaye ou à l'extérieur avec des retraites régulières et prolongées. »

Il faut le rappeler, le tiers-ordre bénédictin avait été fondé presque en même temps que les ordres monastiques cloîtrés. Il y avait trois sorte d'ordres bénédictins : les bénédictins contemplatifs, les bénédictins séculiers et enfin le tiers-ordre bénédictin.

L'abbaye bénédictine de Glastonbury avait été fondée une dizaine d'années après le couronnement du Roi Arthur. Et le Roi Arthur entra dans le tiers-ordre à l'âge de trente ans, soit cinq ans après la fondation de Glastonbury, juste avant qu'il ait l'idée de réunir ses chevaliers autour d'une table ronde. Car le Roi Arthur avait pris la décision de réunir ses meilleurs chevaliers autour de la Table Ronde justement pour partir à la quête du Saint-Graal et le retrouver.

Le Roi Arthur se retrouva dans une grande chambre de l'hôtellerie du monastère de l'abbaye de Glastonbury. Sa chambre donnait à l'ouest, sur un immense champ situé dans une vaste plaine avec une petite colline à l'horizon. Il dormit très bien la première nuit et le lendemain il se rendit à la messe, à l'office de none, aux vêpres et à l'office des complies.

Puis vint lundi. Le Père Léon signala au Roi Arthur que le Père abbé André-Marie l'attendait dans son bureau pour s'entretenir avec lui. Le Roi Arthur, après avoir pris son repas de midi qui était composé d'une soupe de légumes et de pommes de terres avec comme dessert une tarte aux pommes, se rendit avec le Père Léon chez le Père abbé qui lui dit :

« Bonjour Majesté le Roi Arthur, comment allez-vous ? »

Le Roi Arthur lui répondit :

« Je vais très bien, j'ai très bien dormi durant les deux premières nuits dans l'hôtellerie de votre abbaye, j'ai participé à la messe et aux offices, et j'aime beaucoup votre nourriture. »

Le Père André-Marie lui demanda de décrire sa vie et son premier règne.

Le Roi Arthur lui dit :

« Je vais répondre à ce que vous me demandez. Je suis né à Tintagel, dans le château du Roi Uter Pendragon et de la Reine Ygerne, qui m'ont confié à leur chevalier des plus fidèles qui s'appelait Sire Antor et qui était Duc de Bristol. Le Roi Uter Pendragon et la Reine Ygerne ne pouvant pas s'occuper de moi, ils demandèrent à l'enchanteur Merlin de me conduire au château du Sire Antor et de son fils Keu. Sire Antor était un chevalier plein de bravoure.

« J'ai donc été élevé par Sire Antor qui m'a adopté avec son fils Keu. L'enchanteur Merlin fut chargé de mon instruction de base. Il venait tous les jours afin que j'apprenne à lire, à écrire et à compter. Il m'a aussi enseigné les sciences naturelles, l'histoire, l'astronomie et le latin, le grec et la rhétorique. Ma formation chevaleresque, elle, était du ressort de Sire Antor qui formait également son fils Keu. Nous étions, mon frère adoptif et moi-même, deux pages, une toute première étape vers la formation de chevalier, juste avant de devenir écuyer.

« Les années passèrent, et notre très cher et bien-aimé Roi Uter Pendragon, qui régnait sur l'Angleterre, mourut sans avoir d'héritier, à première vue. Le Royaume d'Angleterre se trouva sans roi et une grande confusion s'installa, car personne ne savait qui pourrait devenir Roi d'Angleterre.

« Un beau jour de fin d'automne, Sire Antor apprit qu'il y aurait un grand tournoi de chevalerie à Londres pour désigner le futur Roi d'Angleterre. Ce grand tournoi devait avoir lieu à Noël. Sire Keu venait de devenir chevalier par son père. Sire Antor prit la décision de nous emmener à Londres pour assister au tournoi.

« Nous avons donc fait le voyage à Londres, et nous avons dormi dans une petite auberge. Sire Keu devait se préparer au tournoi, car il avait demandé à y participer. Arrivé sur le lieu du tournoi, Sire Keu se rendit compte qu'il avait oublié son épée à l'auberge, et il me pria d'aller la chercher, ce que je fis. Pas de chance, l'auberge était malheureusement fermée, car l'aubergiste avait décidé d'aller voir le tournoi.

« Je fus pris de panique, quand tout d'un coup j'aperçus une énorme épée prise dans une enclume sur un petit rocher situé juste derrière une église. Je pris la décision de retirer cette immense épée pour l'amener à Sire Keu qui fut surpris de la taille de cette épée, et de son pommeau.

« Sire Antor prit l'épée, l'examina et vit une inscription sur la garde de l'épée entre le pommeau et la lame. Un message était gravé avec de l'or et il disait :

QUICONQUE REUSSIRA A RETIRER CETTE EPEE SERA ROI D'ANGLETERRE DE DROIT DIVIN ET REGNERA SUR L'ANGLETERRE

« Sire Antor remit l'épée dans l'enclume. Il annonça à la foule que son fils avait su retirer l'épée et le tournoi s'arrêta. Toute la foule s'était rassemblée autour de Sire Antor, de son fils et de moi-même, et tous se dirigèrent vers le lieu où se trouvait l'enclume. Tous les chevaliers essayèrent, en vain, de retirer l'épée de l'enclume. Alors l'enchanteur Merlin fit soudainement son apparition et dit à la foule de me laisser essayer de retirer l'épée qui s'appelait Excalibur. On me laissa essayer et je réussis à retirer une seconde fois l'épée Excalibur de l'enclume.

« Merlin expliqua à la foule que j'étais le fils du feu Roi Uter Pendragon et, par conséquent, le prince héritier du trône d'Angleterre. Et c'est ce qui me valut d'être roi.

« Ce n'est que six mois plus tard, à la Pentecôte, que je fus couronné Roi d'Angleterre après une longue et belle messe célébrée par l'Evêque de Londres, et dès ce jour j'ai régné sur l'Angleterre. J'ai été adoubé chevalier quatre ans plus tard par Sire Antor, car je n'avais pas encore fini ma formation chevaleresque.

« Sire Antor est venu très régulièrement me rendre visite et Sire Keu est devenu mon sénéchal jusqu'à la fin de mon premier règne. Sire Keu et moi nous nous entendions très bien, malgré quelques petites rivalités, qui sont inévitables parfois entre frères.

« Puis les années ont passé et je me suis marié avec la Princesse Guenièvre qui venait d'une famille royale du nord de l'Ecosse et j'ai eu un fils qui s'appelait Arthur aussi, dont je ne sais pas s'il est devenu roi après ma disparition. Le Royaume d'Angleterre était devenu un royaume exemplaire et j'ai eu une cour exemplaire et j'ai formé beaucoup de chevaliers.

« Plus tard, j'ai décidé de créer la Table Ronde avec mes meilleurs chevaliers. Parmi eux il y avait Lancelot, Gauvain, Yvain, Perceval le Gallois, et tant d'autres. Lorsque j'ai créé la Table Ronde, j'avais pris la décision, avec mes chevaliers, d'aller à la quête du Saint-Graal que Perceval le Gallois n'a jamais pu retrouver. »

Le Père André-Marie demanda au Roi Arthur :

« Et comment était ce chevalier qui s'appelait Perceval le Gallois ? »

Le Roi Arthur lui répondit :

« C'était un bon chevalier, mais contrairement à notre Roi Perceval du Saint-Graal, Perceval le Gallois n'avait pas reçu une éducation aussi pointue. Il était plutôt un enfant rustre et très peu ouvert sur Dieu et l'Eglise.

« Je dois vous dire qu'au sixième siècle, les enfants n'allaient pas à l'école comme ceux de notre douzième siècle. Ils ne passaient pas de diplôme à seize ans. Les enfants devenaient pages vers onze ou douze ans, ce qui n'est plus du tout le cas aujourd'hui car l'Eglise et tous les duchés, principautés et autres royaumes, ont décidé de supprimer cette première étape qu'était le statut de page. L'Eglise et toutes les cours royales, principautés et duchés ont décidé de mettre à seize ans l'âge de la première étape pour devenir chevalier qui consiste à être écuyer. Ils ont estimé que faire manier l'épée à un enfant de douze ans était inadmissible et inacceptable à une époque comme la nôtre.

« Et j'approuve que l'on ait fixé à seize ans l'âge minimal pour recevoir une formation chevaleresque, car avant seize ans, un être humain est un enfant et doit le rester jusqu'à sa prémajorité, à seize ans. Avant cet âge, un être humain doit s'instruire et s'épanouir avant de s'engager dans la chevalerie ou dans les ordres monastiques ou sacerdotaux.

« Quant à la quête du Saint-Graal, mon chevalier du sixième siècle n'a jamais pu y réussir, et ma cour et moi-même avons été victimes d'un échec, d'une tragédie en quelque sorte, car je comptais beaucoup sur ce chevalier qui s'appelait Perceval le Gallois.

« Plus tard ma cour et moi-même avons perdu la trace de ce jeune chevalier du sixième siècle et personne au monde ne sait ce qu'il est devenu. »

Le Père André-Marie lui demanda comment s'était déroulée l'éducation chevaleresque de son fils.

Le Roi Arthur lui répondit :

« Mon fils s'appelait Arthur-Daniel. Oui, il avait un deuxième prénom. Contrairement à notre siècle, l'usage du double prénom était extrêmement rare. Il était principalement destiné au cas où l'enfant recevait le même prénom que son père, afin de distinguer le père et le fils.

« Arthur-Daniel était un enfant très sensible et plein de finesse. Je l'ai fait instruire à mon château de Windsor par l'enchanteur Merlin qui venait tous les jours et qui aimait beaucoup Arthur-Daniel. Et Arthur-Daniel l'aimait aussi beaucoup. Comme moi, mon fils aimait beaucoup s'instruire, mais contrairement à moi, il n'a jamais retiré d'épée d'une enclume, et j'ai attendu qu'il ait quinze ou seize ans pour lui laisser commencer son éducation chevaleresque. »

Le Père André-Marie demanda au Roi Arthur :

« Est-ce que votre fils Arthur-Daniel croyait en Dieu ? »

Le Roi Arthur répondit :

« Oui, il était très croyant, et très pratiquant. Il aimait beaucoup aller à la messe qui avait lieu dans l'église de mon château et il aimait beaucoup lire la Bible, car parallèlement à son instruction avec l'enchanteur Merlin, ma femme, la Reine Ygerne et moi-même, nous avions pris la décision de lui donner une instruction religieuse.

Ce fut notre Evêque, qui s'appelait Monseigneur Paul, qui fut chargé de son instruction religieuse. Il a reçu le sacrement de la confirmation à seize ans.

« A vrai dire, mon fils Arthur-Daniel avait presque les mêmes motivations que Sire Perceval de Bretagne lorsqu'il était à l'université d'Oxford, en théologie. Arthur-Daniel aimait beaucoup lire et étudier la Bible et je crois que mon fils a été un bon fils. »

Alors le Père André-Marie remarqua :

« En fait vous avez eu une vie très ancrée dans la foi chrétienne. »

Et le Roi Arthur lui dit :

« C'est exact. Je crois que nous avons mené une vie chrétienne exemplaire dans notre vie de famille royale et chaque jour nous allions à la messe dans l'église de notre château royal de Windsor. »

Le Père André-Marie demanda alors au Roi Arthur :

« Est-ce que vous avez eu d'autres enfants, Majesté le Roi Arthur ? »

Le Roi Arthur lui répondit :

« Oui, j'ai eu un autre fils plus âgé qui s'appelait Bertrand et deux filles, Alice et Joëlle, qui ont grandi avec nous dans notre château, et j'ai encore eu un autre fils qui est devenu moine augustinien dans le nord de l'Angleterre. »

Le Père André-Marie demanda alors au Roi Arthur de raconter la suite de son règne, sa longue hibernation et son réveil.

« Après la création de la Table Ronde et l'échec de la quête du Saint-Graal, j'ai continué mon règne, et un autre de mes plus fidèles chevaliers, Sire Lancelot, a quitté ma cour pour devenir moine bénédictin, ce que j'ai accepté. Il a rendu son épée, son heaume et sa cuirasse, et nous a quittés pour se consacrer à la prière et au travail manuel.

« Sire Lancelot nous écrivait très régulièrement et j'allais le voir dans son monastère. Sire Lancelot et notre cour ont ainsi poursuivi des relations amicales. Il ne voulait pas complètement rompre avec son ancienne cour. J'ai eu l'impression qu'il ne voulait pas nous abandonner en répondant à l'appel de Dieu. Je crois qu'il a simplement voulu changer de service à autrui en échangeant son épée contre la Bible et la charrue. Je crois même qu'il a renforcé sa volonté de continuer à nous servir, mais sous une autre forme.

« Après le départ de Sire Lancelot, j'ai tranquillement continué mon règne et j'ai veillé à ce que l'Angleterre soit gouvernée le mieux possible.

« Mes enfants ont continué à vivre dans notre château et le Prince Arthur-Daniel est devenu chevalier à ma cour, et je crois qu'il aurait été un roi exemplaire. Je ne sais pas du tout qui a été mon successeur après ma disparition.

« Un jour que je me promenais au bord de la mer, je suis descendu par un petit chemin qui menait du haut de la falaise jusqu'en bas et j'ai découvert une grotte qui m'a paru étrange. J'ai pris la décision d'aller visiter cette grotte étrange et mystérieuse. Une fois entré dans cette grotte étrange et mystérieuse, j'ai découvert un grand sarcophage en cristal. Comme je suis très curieux par nature, je me suis approché et j'ai voulu voir comment on était dans un sarcophage. J'y suis entré, le couvercle s'est refermé et j'ai été pris d'un sommeil très profond.

« Puis tout d'un coup le couvercle du sarcophage s'est ouvert, je me suis réveillé et je suis allé vers la sortie de la grotte mystérieuse. Je suis remonté par le même chemin et je suis allé vers la petite ville de Tintagel. Quand j'ai vu la ville de Tintagel, je me suis aperçu qu'elle avait, d'un seul coup et par magie, grandi et qu'elle s'était élargie. J'ai eu l'impression d'être dans un rêve, car j'étais encore un peu endormi.

« Et devinez ce que j'ai vu dans une des rues de Tintagel ? Des moines avec une soutane toute blanche et une capuche toute noire. Je me suis avancé vers eux pour leur demander qui ils étaient. Ils m'ont répondu qu'ils étaient moines cisterciens, qu'un grand maître spirituel avait créé l'ordre de Cîteaux, et ils m'ont dit que nous étions en l'an de grâce 1180. Alors j'ai réalisé que j'avais fait une sieste de six cents années.

« Je me suis rendu à Windsor, dans mon château. Et je n'ai vraiment pas reconnu mon château royal. Les rois qui m'avaient succédé l'avaient tellement agrandi que je me suis même perdu et j'ai vraiment été sous le choc de ce qui m'était arrivé.

« Comment peut-on faire une sieste qui dure six siècles ?

« J'ai dû expliquer au Roi Frédéric qui était roi depuis trente ans, que j'étais le Roi Arthur qu'on n'avait plus du tout revu depuis des siècles. Tellement surpris et ému, le Roi Frédéric a pris la décision d'abdiquer pour retourner sur ses terres d'Ecosse, et j'ai pu reprendre mon règne. J'ai mis des années pour faire comprendre au peuple anglais, qui ne le croyait pas, que j'étais le célèbre Roi Arthur, ce qui n'a pas empêché le Roi émérite Frédéric d'avoir une très grande sympathie pour moi. Le Roi Frédéric était un homme d'une cinquantaine d'années avec une barbe rousse et de taille moyenne. Il a été d'une très grande compréhension, et je crois que, m'ayant vu, il a été tellement ému de savoir que j'étais le Roi Arthur, qu'il a préféré abdiquer et retourner sur ses terres natales d'Ecosse. J'ai repris mon règne et j'ai continué à régner sur l'Angleterre après une pause de six siècles. »

Le Père André-Marie lui dit :

« Ce que je viens d'entendre, Majesté Roi Arthur, m'a beaucoup intéressé. Je suis vraiment surpris de me retrouver devant un tertiaire bénédictin âgé de plus de six cents ans, puisque vous me dites que vous avez été tertiaire de cette abbaye il y a six siècles.

« Maintenant je souhaiterais savoir comment vous avez vécu durant votre second règne, je veux dire depuis votre réveil après ce long sommeil qui a duré six cents années. »

Le Roi Arthur dit au Père André-Marie :

« Vous voulez que je vous décrive ma vie ou plutôt mon second règne depuis mon réveil ? C'est bien facile à comprendre, je vais vous le décrire. Après mon réveil, j'ai repris mon règne de Roi d'Angleterre en regagnant mon château de Windsor, qui a vraiment changé d'aspect. Les rois qui s'étaient succédé, entre le moment où je me suis endormi dans le sarcophage de la grotte mystérieuse et mon réveil, avaient agrandi et transformé mon château royal de Windsor. Je pense que les rois qui m'ont succédé pendant ces six cents années, avaient trouvé ce château trop petit et trop vieux, alors ils l'ont rénové, transformé et agrandi, et ils ont même construit une seconde église, ce que j'ai vu immédiatement lorsque je suis arrivé à Windsor. Ils ont également installé des grands jardins à l'anglaise, car de mon temps au sixième siècle il y avait de simples champs et une prairie. Maintenant, il y a une grande forêt qui a poussé autour de mon château.

« Et pour ce qui a été ma vie royale, j'ai créé une nouvelle cour avec de nouveaux chevaliers, une cour qui n'avait rien à voir avec la cour de mon premier règne, ni avec les chevaliers de la Table Ronde. J'ai créé une simple cour avec des chevaliers, puis un jour, c'était en l'an de grâce 1183, j'a ai reçu une lettre du Duc de Bretagne.

« Il m'expliquait qu'il avait un fils, Perceval, qui était désireux de devenir chevalier. Il s'agissait de notre roi actuel, Sire royal Perceval, qui est devenu Roi du Royaume du Saint-Graal après avoir mis fin aux croisades et retrouvé la Coupe sacrée du Saint-Graal.

« Perceval est venu à ma cour et a commencé sa formation chevaleresque, comme on le dirait aujourd'hui. Comme c'est la coutume ici au douzième siècle, je l'ai envoyé à l'université. Il a choisi la théologie, et il a suivi sa formation chevaleresque en même temps que ses études à l'université.

« Un jour, alors qu'il effectuait une retraite au monastère de l'abbaye bénédictine de Westminster, il a fait un rêve dans lequel Dieu lui demandait de faire cesser les croisades. Peu de temps après, il m'a raconté qu'il avait reçu de Dieu l'ordre de mettre fin aux croisades.

« Il a alors pris la décision de se rendre en Israël. Durant son grand voyage jusqu'en Israël, il a rendu visite au Pape Joachim.

« Une fois en Israël, il a mis un terme définitif aux croisades, il a contribué à mettre sur pied une conférence internationale pour la paix entre les peuples et entre les trois principales religions du monde, et il a signé un traité qu'il a rapporté au Pape Joachim. Ce traité instaure une paix durable et il est entré en vigueur peu de temps avant que le Roi Perceval ne trouve le Saint-Graal. J'ai, moi aussi, signé ce traité.

« Après son grand voyage, le jeune Perceval a découvert le Saint-Graal dans un immense château étrange et mystérieux, près de l'abbaye de Clairvaux, et je l'ai fait Roi du tout nouveau Royaume du Saint-Graal pour le récompenser de sa bravoure.

« Père abbé, je vais encore vous dire quelque chose au sujet de mon jeune chevalier Sire Perceval de Bretagne. A la suite de sa découverte du Vase sacré, dans ce mystérieux château, j'ai pris la décision de le faire Roi, puisqu'un tout nouveau royaume venait de naitre. Ce jeune chevalier nous a beaucoup apporté dans sa vie chevaleresque. Il a fait preuve d'une très grande motivation, d'une grande vaillance, mais aussi d'une très grande volonté de servir, de servir comme l'a dit Notre Seigneur : *je suis venu pour servir, et non pas pour être servi.*

« Je pense que cette volonté de servir, venant d'un fils de noble, est vraiment extraordinaire, car très souvent les fils de noble se font servir. C'était, tout au moins, vrai à l'époque de mon premier règne. Je souhaite que les jeunes nobles prennent exemple sur Sire Perceval et qu'ils ne deviennent pas de tristes sires qui se font servir. »

Le Père André-Marie demanda alors au Roi Arthur :

« Et maintenant, qu'allez-vous faire de votre vie, je veux dire de votre seconde vie de tertiaire bénédictin, puisque vous étiez déjà tertiaire lors de votre premier règne au sixième siècle ? »

Le Roi Arthur lui répondit :

« Mon Père abbé, si vous et votre communauté acceptez que je vive ici, au moins lors de longues retraites régulières, je vous aiderai dans vos travaux et je consacrerai beaucoup de temps à votre bibliothèque afin de prendre connaissance de tout ce qui s'est passé dans ce pays et dans toute l'Europe et dans le monde pendant les six siècles qu'a duré mon hibernation.

« Je participerai à vos offices, messes et autres cérémonies.

« Et j'irai rendre régulièrement visite à notre Roi Perceval dans son immense château. Lui, certainement, viendra aussi me rendre visite ici, au monastère de l'abbaye bénédictine de Glastonbury.

« Voilà tout ce que j'avais à vous dire, mon Père abbé André-Marie. Cela m'a fait très plaisir de parler avec vous. Maintenant, je vais aller me reposer dans ma chambre et je vous reverrai plus tard. »

Le Père André-Marie et le Roi Arthur prirent congé l'un de l'autre. Le Père André-Marie retourna dans la clôture du monastère pour faire une lecture divine avec les moines et, de son côté, le Roi Arthur regagna sa chambre à l'hôtellerie pour se reposer et repenser à son deuxième règne qui venait de se terminer avec le couronnement du Roi Perceval.

A l'époque du premier règne du Roi Arthur, au sixième siècle, le tiers-ordre venait d'être créé par Saint Benoît car tout le monde ne pouvait pas devenir moine cloîtré.

Etre moine cloîtré signifiait renoncer à vivre dans le siècle, donc dans le monde.

Le Roi Arthur avait alors pris la décision de s'agréger à l'abbaye de Glastonbury, car elle était située près de Bristol, ville où il avait passé son enfance avec Sire Antor et Keu. Il aurait très bien pu s'agréger comme tertiaire à l'abbaye bénédictine de Westminster, qui était plus près de son château royal de Windsor, mais il préférait s'agréger dans une abbaye certes plus lointaine, mais qui était située dans la région de sa tendre enfance.

C'était chaque fois comme une sorte de pèlerinage. Il se rendait dans le Duché de Bristol dirigé par Sire Antor son père adoptif, et quelquefois il en profitait pour rendre visite à son père adoptif. Sire Antor appréciait les visites de son fils adoptif.

Sire Antor, lui, était tertiaire bénédictin de l'abbaye de Westminster. Et lorsque le Roi Arthur allait faire des retraites à l'abbaye bénédictine de Westminster, il lui arrivait d'y rencontrer son père adoptif qui était, lui aussi, en retraite.

Après quelques jours, très vite passés, le Père hôtelier Léon dit au Roi Arthur qu'il était attendu dans le bureau du Père André-Marie. Après avoir pris un copieux petit déjeuner composé d'un café et d'une tartine au beurre avec une très bonne confiture à l'orange, le Roi Arthur se rendit dans le bureau du Père André-Marie qui lui dit :

« Nous avons examiné votre demande de réintégrer le tiers-ordre. La communauté et moi-même avons pensé que, vu votre très grand âge, vous serez mieux ici que seul dans votre château de naissance. Nous préférons vous avoir ici en permanence car vous ne souffrirez pas de la solitude. Et nous suivrons plus facilement votre cheminement de tertiaire que si vous venez chez nous par intermittence. Etes-vous d'accord, Majesté ? »

Le Roi Arthur accepta la proposition du Père André-Marie de résider en permanence au monastère de l'abbaye bénédictine de Glastonbury :

« Je suis entièrement d'accord pour rester ici vivre ma vie de tertiaire ou, disons-le, ma deuxième vie de tertiaire, car il est vrai qu'un vieillard, surtout un vieillard comme moi, âgé de plusieurs siècles, ne peut plus rester seul dans une grande demeure comme un château. »

Le Roi Arthur avait très bien compris qu'un grand vieillard de six cents années avait besoin de vivre dans une communauté.

Un mois plus tard, après une brève période de postulat, le Roi Arthur commença son deuxième noviciat de tertiaire bénédictin en résidence monastique permanente.

Le Roi Arthur prit alors la décision d'écrire au Roi Perceval depuis le monastère de Glastonbury. Dans sa lettre au jeune Roi Perceval, le Roi Arthur écrivit :

« Cher Sire royal Perceval du Saint-Graal,

Je t'écris depuis mon abbaye bénédictine de Glastonbury pour te dire que j'ai été accueilli comme tertiaire pour la deuxième fois par les moines bénédictins pour faire partie du tiers-ordre bénédictin. Comme les moines bénédictins du douzième siècle ignoraient complètement qui j'étais et que j'étais leur tertiaire voilà six siècles, ils m'ont demandé de faire un deuxième noviciat car ils pensaient que, pendant mon hibernation, j'avais perdu l'habitude de vivre comme un tertiaire bénédictin. Je ne crois pas qu'on puisse perdre ses habitudes et sa discipline de tertiaire lorsqu'on tombe dans un sommeil profond et que l'on se trouve en hibernation. Car vois-tu, cher Roi Perceval, même après six siècles de long et lourd sommeil, un être reste chrétien et n'oublie certainement pas l'existence de Dieu. Les moines bénédictins m'ont aussi dit que, vu mon grand âge, il était préférable pour moi de résider en permanence à l'abbaye plutôt que de demeurer dans mon château natal. J'ai donc accepté leur invitation.

Si tu as envie de me voir lors de tes voyages, tu pourras toujours me rendre visite.

A bientôt, et que Dieu te bénisse et bénisse ta nouvelle vie de roi et bénisse aussi le Royaume du Saint-Graal. »

Et il envoya sa lettre au jeune Roi Perceval qui habitait déjà au château de la Forêt Mystérieuse qui est à côté de l'abbaye cistercienne de Clairvaux. Puis le Roi Arthur s'adapta à sa nouvelle vie de tertiaire résident au monastère de l'abbaye bénédictine de Glastonbury.

CHAPITRE XVI

LE ROI PERCEVAL TERMINE SES VACANCES AU CHATEAU DE SES PARENTS ET REPOND AU ROI ARTHUR

Pendant que le Roi Arthur écrivait à son jeune chevalier, devenu Roi du Saint-Graal, le Roi Perceval terminait ses vacances au château de Sire Daniel et de Dame Hélène.

Bien que la lettre du Roi Arthur ait été destinée au Roi Perceval dans son tout nouveau château, les services de messagerie du Royaume du Saint-Graal avaient pris la décision d'envoyer cette lettre au château du Duc de Bretagne, car les services de messagerie ne connaissaient pas encore l'existence de cet immense château, mais connaissaient très bien l'adresse de Sire Perceval, fils de Sire Daniel.

Sire Perceval et ses parents recevaient beaucoup de courrier, surtout depuis l'époque où Sire Perceval avait commencé sa formation chevaleresque, car le Roi Arthur envoyait souvent des lettres à Sire Daniel, pour encourager Sire Perceval et surtout pour entretenir des liens d'amitié.

Sire Daniel recevait aussi du courrier du Père Gérard qui était le Père abbé de Mouthier-Royal, lorsque Perceval en était encore aux études fondamentales, car le Père Gérard écrivait à Sire Daniel pour lui raconter ce que son jeune fils apprenait à l'école.

Sire Daniel, le père du Roi Perceval, venait de recevoir la lettre du Roi Arthur.

Il appela son fils, le Roi Perceval, dans son bureau et lui dit :

« Fils, Sire Perceval, il y a une lettre pour toi dans ta chambre de la part du Roi Arthur. »

Le Roi Perceval dit à son père :

« Père, je te remercie de m'avoir mis la lettre dans ma chambre. Je vais la lire. »

Le Roi Perceval lut la lettre du Roi Arthur avec beaucoup de soin, et prit la décision de lui répondre.

Chaque fois que le Roi Perceval recevait du courrier, il avait l'habitude de répondre, parfois avec un peu de retard. Le Roi Perceval avait été élevé dans un profond esprit de courtoisie et de finesse, contrairement à son lointain ancêtre Perceval le Gallois, qui était un garçon rustre et sans finesse.

Le Roi Perceval, connu pour sa courtoisie, ne perdit pas de temps et répondit immédiatement au Roi Arthur dans son monastère de Glastonbury :

« Cher Roi Arthur, Roi émérite,

Je viens de recevoir votre lettre qui m'est parvenue au château de mon père, Sire Daniel de Bretagne, que vous connaissez très bien. Cela m'a fait beaucoup de plaisir de recevoir une lettre de vous et j'ai eu beaucoup de plaisir à la lire, ce qui m'a pris presque toute la soirée. Je suis tellement heureux que vous m'ayez écrit depuis votre abbaye de Glastonbury !

Je termine mes vacances avant d'entamer ma toute nouvelle vie de roi dans mon château de la Forêt Mystérieuse qui porte également le nom de Château du Saint-Graal. Je viendrai très certainement vous voir vers Noël ou pour le Nouvel An qui marquera le début de la dernière décennie du siècle. Dans dix ans, nous entrerons dans un tout nouveau siècle, le treizième.

Je prononcerai mon premier discours du trône autour de Noël. Ce sera le baptême du nouveau Royaume du Saint-Graal. Je ne sais pas vraiment encore si ce premier discours du trône aura lieu avant ou après Noël, car il me faudra beaucoup de temps pour le préparer.

Je dois partir la semaine prochaine, avec mon carrosse et Roland mon cheval, vers mon nouveau château du Saint-Graal.

Je vous souhaite une bonne nouvelle vie de tertiaire bénédictin.

Que Dieu vous bénisse et bénisse votre vie de tertiaire, la communauté des moines bénédictins et le Père abbé. »

Sire Perceval passa la dernière semaine de ses longues vacances, les plus longues qu'il ait prises depuis son adoubement, au château de son père Sire Daniel et de Dame Hélène.

Sire Daniel parla à Sire Perceval des préparatifs de sa nouvelle vie de Roi du Saint-Graal.

« Fils, est-ce que tout est prêt pour ta nouvelle vie de roi ? »

Le Roi Perceval répondit :

« Oui, je suis prêt pour ma nouvelle vie de roi. Dans sa dernière lettre, le Roi Arthur me dit qu'il a été admis comme bénédictin à l'abbaye de Glastonbury, ce qui m'a donné l'envie d'entreprendre mes démarches pour devenir tertiaire bénédictin de l'abbaye de Mouthier-Royal. Je le ferai une fois que j'aurai commencé mon nouveau métier de roi et après avoir établi officiellement le Royaume du Saint-Graal par mon premier discours du trône, à la fin de cette année ou au début de l'année prochaine. »

Sire Daniel lui dit :

« Je vois que notre roi est déjà plein de projets d'avenir. »

Puis Dame Hélène de Bretagne prit la parole :

« Fils, tu pourras toujours revenir dans notre château. Je souhaite que tu sois le plus heureux possible dans ta nouvelle vie de Roi du Royaume du Saint-Graal., notre nouveau pays créé grâce à tes exploits. »

Le jour du départ du Roi Perceval arriva et toute la famille du Roi Perceval était là pour lui dire au revoir, lui souhaiter bonne chance et lui dire : Vive le Roi du Saint-Graal !

Le Roi Perceval était très heureux d'avoir pu passer, dans le château de Sire Daniel, Duc de Bretagne et de Dame Hélène de Bretagne, ses premières grandes vacances depuis qu'il était devenu chevalier du Roi Arthur en l'an de grâce 1189, à l'âge de vingt et un ans.

Le Roi Perceval du Saint-Graal savait bien que, désormais, il n'aurait plus d'aussi longues vacances avant longtemps, car un immense travail l'attendait au château de la Forêt Mystérieuse, le château du Saint-Graal, à commencer par la rénovation et la transformation de cet immense château octogonal.

CHAPITRE XVII

LE ROI PERCEVAL S'INSTALLE DANS SON NOUVEAU CHATEAU, PREPARE LE DEMARRAGE DU NOUVEAU ROYAUME DU SAINT-GRAAL ET PRONONCE SON PREMIER DISCOURS DU TRONE

A peine arrivé dans son nouveau château, le château du Saint-Graal, le Roi Perceval créa une cour avec des chevaliers, ducs ou simples sires. Même Sire Simon était présent.

Le Roi Perceval fit rénover et transformer l'immense château en faisant repeindre les murs tout en conservant les fresques. Il fit mettre de grands candélabres en cuivre jaune ou en laiton en faisant appel à un artisan cuivrier.

Un cuivrier était un artisan qui fabriquait des objets en cuivre, comme des casseroles, des outils, des couverts, des bijoux, ou des objets de décoration. Un cuivrier faisait, à partir du cuivre ou du bronze, alliage de cuivre et d'étain, le même travail qu'un orfèvre à partir de l'or.

Ces grands candélabres de cinq vasques contenaient des porte-pierres photoluminescentes.

Le Roi Perceval fit acheter des pierres photoluminescentes en grand nombre, car il en fallait deux ou trois mille.

Peu à peu le château gigantesque qui avait la forme d'un octogone prenait vie.

Le Roi Perceval fit créer des jardins entre les différentes murailles du château, et fit installer de beaux vitraux aux fenêtres du château du Saint-Graal qui n'était pas un château en hauteur mais un château en longueur, un château dont les dépendances et le corps central étaient très étendus.

Les mois passèrent et le Roi Perceval commença la rédaction de son discours du trône, qui était un discours inaugural, car il symbolisait officiellement la naissance du Royaume du Saint-Graal, bien que le Royaume du Saint-Graal ait existé dès le jour où Sire Perceval devint Roi du Saint-Graal après une très longue messe en la solennité de Saint Bernard, le 20 août de l'an de grâce 1190.

Le Roi Perceval mit quelques jours pour rédiger le discours du trône.

Puis il décida de réunir tous les sires, ducs et princes du Royaume du Saint-Graal ainsi que le Pape Joachim, dans son château octogonal du Saint-Graal à Clairvaux. Il invita même son frère, le Père Gérald qui devait représenter la famille du Roi Perceval du Saint-Graal.

Le 6 octobre de l'an de grâce 1190, le Roi Perceval prit la parole après s'être levé de son trône. Le trône était une très grande chaise en bois de chêne avec un revêtement en cuir vert épinard. Quand le Roi Perceval se leva, toutes les personnalités présentes se levèrent aussi et il commença son premier discours du trône :

« Chers ducs, princes et autres chevaliers du Royaume du Saint-Graal, chère Sainteté le Pape Joachim, je vais maintenant inaugurer officiellement le Royaume du Saint-Graal en prononçant le premier discours du trône du tout nouveau Royaume du Saint-Graal.

« Le Royaume du Saint-Graal est né le six octobre, en la solennité de Saint Bruno, en l'an de grâce onze cent quatre-vingt-dix.

« Le Royaume du Saint-Graal est composé de la France, de l'Italie, du Royaume d'Espagne, qui est devenu Archiprincipauté d'Espagne, des Principautés de Germanie, de Scandinavie, de la Fédération des Duchés d'Helvétie, de la Principauté de Monaco, du Royaume du Grand Nord de l'Europe, du Royaume de Russie, de la Nouvelle-France, et des îles du sud de la Méditerranée.

« Le Royaume du Saint-Graal est un royaume fondé sur les Evangiles et sur la parole divine de l'Ancien et du Nouveau Testament.

« Le Royaume du Saint-Graal est fondé sur les valeurs et sur le respect de l'être humain, sur la protection de la nature et des animaux, ainsi que sur le respect des autres cultures.

« Le Royaume du Saint-Graal se veut un royaume tourné vers l'avenir tout en respectant l'héritage culturel et historique du passé. Il se veut aussi un royaume ouvert et tolérant.

« Le Royaume du Saint-Graal est un royaume où chaque homme, chaque femme, chaque enfant et chaque adolescent ou jeune préadulte aura sa place.

« Chaque enfant recevra un enseignement qui lui permettra d'apprendre un métier à partir de l'âge préadulte, c'est-à-dire à seize ans. Chaque enfant passera un diplôme à l'âge de seize ans appelé diplôme d'études fondamentales, puis chaque adolescent, entre seize et vingt et un ans, pourra choisir entre le métier de chevalier, le métier de clerc, ou tout autre métier laïc.

« Chaque jeune préadulte pourra entrer au noviciat monastique ou religieux, au noviciat des différents tiers-ordres qui sont rattachés aux ordres monastiques, au séminaire pour devenir prêtre.

« De plus, chaque jeune préadulte pourra voter dès seize ans aux élections des assemblées parlementaires afin de faire coïncider l'âge du vote électoral avec celui du vote au niveau pontifical. Chaque citoyen pourra se présenter pour devenir parlementaire, et pour les jeunes électeurs de seize à vingt et un ans, je créerai des parlements de jeunesse qui enverront un jeune élu pour représenter la jeunesse avec un titre d'observateur auprès des parlementaires.

« L'âge d'éligibilité aux assemblées parlementaires reste fixé à vingt et un ans.

« Chaque citoyen aura un emploi décent avec une durée maximale de huit heures de travail par jour et des congés réguliers afin de se reposer.

« Chaque femme pourra cesser le travail pendant un certain temps lorsqu'elle sera enceinte.

« Chaque citoyen du Royaume du Saint-Graal recevra des soins gratuits dans les Hôtel-Dieu afin de retrouver la santé.

« Chaque animal sera protégé contre toute forme de cruauté. J'interdirai les cirques à animaux où l'on frappe les animaux à coups de fouets pour qu'ils fassent des numéros performants et je remplacerai ce plaisir de cirque à animaux par des grands espaces naturels où l'on pourra voir les animaux évoluer et vivre dans leurs milieux naturels.

« Pour ceux qui aiment les cirques, j'instituerai des cirques sans animaux, avec des troubadours et des clowns qui chantent ou qui jonglent ou qui jouent d'un instrument de musique. Les animaux sauvages comme les éléphants, les tigres, les panthères ou les lions ont leur place dans une réserve naturelle, pas dans un cirque où ils reçoivent des coups de fouets.

« Le Royaume du Saint-Graal se veut aussi un royaume rayonnant où la culture, le théâtre, la musique, les arts et le chant auront une très grande valeur qui doit à tout pris être favorisée. On enseignera les arts, la musique et le chant dans les écoles fondamentales. On apprendra aux enfants à chanter dans une chorale ou à jouer d'un instrument de musique. On leur apprendra à faire de la peinture et de la sculpture. En plus des possibilités offertes aux préadultes de plus de seize ans, ils auront la possibilité de poursuivre des études universitaires dans le domaine du droit, de la philosophie, des arts ou de l'histoire, ou dans le domaine de la théologie et des humanités.

« Chaque chevalier qui aura accompli un acte de bravoure pourra recevoir une distinction avec plusieurs degrés comme chevalier, officier et commandeur. Je créerai un ordre honorifique qui s'appellera l'Ordre du Saint-Graal, et je créerai pour tout jeune préadulte qui aura accompli un acte de bravoure un titre d'écuyer honorifique qui se transformera automatiquement en titre de chevalier à l'âge de vingt et un ans, l'âge de la majorité.

« Le Royaume du Saint-Graal développera des relations diplomatiques très étroites avec le Royaume d'Israël et le Royaume d'Arabie et avec le Royaume d'Egypte et le Royaume des Indes.

« Le Royaume du Saint-Graal développera aussi des liens économiques avec les pays que je viens de citer. Il veillera aux relations avec la Nouvelle-France qui fait partie du Royaume du Saint-Graal. Le Vatican aura une toute nouvelle relation diplomatique avec le Royaume du Sait-Graal. Le Royaume du Saint-Graal aura aussi des relations très privilégiées avec Israël dans le dialogue interreligieux et interculturel et j'appliquerai le traité de paix internationale et interreligieuse qui a été signé par les chefs spirituels des trois grandes religions, israélite, musulmane et chrétienne, et par moi-même.

« Voilà ce que j'avais à dire dans ce premier discours du trône du Royaume du Saint-Graal. »

Le Roi Perceval avait pris beaucoup de plaisir à rédiger son premier discours du trône, et il avait tenu à mettre l'accent sur la place de l'être humain dans la société, et sur la protection des animaux en interdisant les cirques à animaux.

Puis le Roi Perceval laissa la parole au Pape Joachim qui était parmi les grandes personnalités conviées à l'ouverture de la session inaugurale du premier discours du trône du Royaume du Saint-Graal, acte de naissance du tout nouveau Royaume du Saint-Graal.

Le Pape Joachim s'assit dans la chaire située à droite du trône et dit :

« Que Dieu bénisse ce tout nouveau Royaume du Saint-Graal et son jeune roi, le Roi Perceval du Saint-Graal. Que Dieu bénisse toutes celles et ceux qui sont venus pour assister au baptême officiel du tout nouveau Royaume du Saint-Graal. »

Puis le Pape Joachim enchaîna avec la messe inaugurale, avec une lecture dans l'Ancien Testament, une autre dans les Epîtres et enfin une lecture dans l'Evangile de Saint Matthieu suivie d'une homélie et enfin tous dirent la Prière Sacerdotale de Jésus-Christ.

Les Fêtes approchaient et le Roi Perceval avait prévu de revenir en Bretagne passer les Fêtes de Noël et de l'an nouveau. Il écrivit à ses parents pour leur dire qu'il allait revenir au château du Duc de Bretagne pour passer les Fêtes de Noël et de l'an nouveau avec eux.

Peu avant Noël il prépara son voyage en Bretagne.

Il prit son carrosse et son cheval Roland et partit vers la Bretagne.

Le voyage dura deux jours, et le Roi Perceval fut aussi chaleureusement accueilli au château de Sire Daniel et Dame Hélène que lorsqu'il était rentré de son immense voyage à travers l'Europe et en Israël.

Sire Daniel alla à la grande porte du château pour accueillir son fils le Roi Perceval.

« Quelle belle surprise nous voilà ! C'est un très beau cadeau de Noël que Dieu nous offre. Notre roi revient passer quelques jours avec nous pour les Fêtes de Noël et de l'an nouveau. »

Puis Dame Hélène de Bretagne dit au Roi Perceval, son fils :

« Que je suis contente de te revoir, mon fils, toi qui es roi d'un grand pays qui s'appelle le Royaume du Saint-Graal, comme le Vase sacré de Notre Seigneur Jésus-Christ. Allons dans le grand salon du château pour t'entendre parler de ta toute nouvelle vie de roi. »

Le Roi Perceval commença à parler de sa nouvelle vie de roi et dit à ses parents

« Nous avons inauguré le Royaume du Saint-Graal par mon premier discours du trône qui a aussi été le baptême du tout nouveau royaume. J'ai invité Sa Sainteté le Pape Joachim pour l'occasion et il a présidé la messe inaugurale après mon premier discours du trône. Il y avait également Sire Simon qui a été, comme vous le savez, ma nourrice, lorsque j'étais enfant.

« J'ai également entrepris les travaux de réfection du château octogonal où j'ai découvert la Coupe sacrée du Saint-Graal. J'irai rendre visite au Roi Arthur juste après les Fêtes de Noël et de l'an nouveau. Et après les vacances de Noël, je constituerai une cour avec des chevaliers pour doter le Royaume du Saint-Graal. Et vous tous, comment allez-vous ? »

Sire Daniel lui répondit :

« Nous allons très bien, tu nous manques beaucoup, mais nous sommes très heureux que tu sois notre roi. Quant à ma succession, c'est Sire Romain qui me succédera à la tête du Duché de Bretagne car, comme tu le sais, c'est toujours un chevalier qui prend la succession d'un duché lorsque le duc n'est plus là.

« Quant à Gérald, comme tu le sais aussi, il est devenu moine-prêtre. Et le révérend Gabriel va devenir Evêque de Rennes dans un prochain avenir.

« Mais tu dois être fatigué de ce très long voyage. Va te reposer dans ta chambre jusqu'au souper. »

Le Roi Perceval et sa famille réveillonnèrent et fêtèrent le passage à la nouvelle année et l'entrée dans la nouvelle décennie qui était la dernière décennie du siècle.

Une fois à table, le Roi Perceval dit à sa famille :

« J'ai donc fait mon premier discours du trône dans lequel j'ai parlé de la création et de la composition du Royaume du Saint-Graal.

« J'ai aussi parlé de la place de chaque homme, de chaque femme, de chaque enfant et de chaque adolescent, de l'instauration du scrutin universel, car vous allez pouvoir voter et élire les parlementaires. J'ai veillé au développement de la participation du peuple du Saint-Graal à toutes les décisions qui concernent le Royaume. J'ai également établi à seize ans le droit de vote parlementaire pour le faire coïncider avec le droit de vote pontifical qui est aussi à seize ans.

« J'ai veillé à la protection des animaux en interdisant strictement l'usage des animaux dans les cirques, car un animal n'a pas sa place dans un cirque, mais dans une des réserves naturelles que je créerai à travers tout le Royaume du Saint-Graal.

« J'ai aussi prévu le développement des arts, comme la musique, le chant, le théâtre et la peinture, afin que notre royaume puisse aussi rayonner à travers les arts et la culture.

« J'ai également parlé des relations diplomatiques avec le Royaume d'Israël, le Pharaonat d'Egypte, puisqu'il y a encore des Pharaons, ainsi qu'avec le Royaume d'Arabie et le Prince Abdallah Housouyef que j'ai rencontré en Israël au lendemain de l'arrêt des croisades, il y a une année.

« Maintenant je suis en train de rénover et de transformer l'immense château octogonal du Saint-Graal. J'ai fait installer de grands candélabres par un très grand cuivrier de France, et je vais installer d'autres candélabres, notamment dans les jardins et le long des chemins.

« Je ferai mettre des pierres photoluminescentes de couleur jaune afin de créer une belle lumière chaleureuse, car voyez-vous je préfère les citrines et les grenats aux aigues-marines qui donnent une lumière bleutée, une lumière froide, hivernale. Je préfère le jaune-orange qui est une couleur estivale.

« Et dans quelques jours, je me rendrai à l'abbaye bénédictine de Glastonbury dans laquelle le Roi Arthur a fait acte de candidature pour devenir tertiaire pour la deuxième fois, puisqu'il avait été tertiaire il y a six cents ans. »

Sire Daniel prit la parole et dit :

« Je vois que notre nouveau roi a fait un beau premier discours du trône.

« Je ne suis pas vraiment surpris de voir la grande sensibilité de notre fils Perceval qui veut même interdire les animaux dans les cirques, ce que je comprends, car notre fils ne pouvait pas supporter de voir des animaux recevoir des coups dans les cirques.

« Je me souviens que, lorsque nous vous emmenions au cirque, Perceval se mettait à pleurer en me disant qu'on ne devait pas traiter les animaux avec brutalité. Et j'avais beau le consoler, il continuait à pleurer. Alors, j'avais pris la décision de ne plus vous emmener au cirque. Et un jour, Perceval m'a demandé si on interdirait les cirques à animaux.

« Aujourd'hui, je peux voir que l'on n'utilisera plus d'animaux dans les cirques. »

Dame Hélène prit la parole à son tour :

« Notre Roi Perceval est vraiment sensible même avec les animaux et je crois que notre royaume a vraiment besoin d'un roi comme notre fils Perceval. Je vois qu'il ne supporte pas que l'on brutalise les animaux qui font aussi partie de la Création de Dieu.

« Notre fils a le sens de l'esthétique puisqu'il parle de mettre des candélabres avec des citrines photoluminescentes ou des grenats photoluminescents. Je trouve, moi aussi, que les aigues-marines donnent une couleur bleue triste et glaciale.

« Et d'ailleurs, je trouve que nous devrions mettre des citrines ou des grenats photoluminescents dans nos candélabres, et garder les aigues-marines pour éclairer les caves de notre château, ou comme moyen d'éclairage d'appoint, par exemple pour se promener dans les forêts de notre château durant les mois d'hiver. »

Le Père Gérald était là aussi, et il parla de son ordination qui avait eu lieu en mai :

« Comme vous le savez, je suis devenu moine-prêtre et pour moi cela fut un très grand jour.

« Maintenant je suis prêtre pour l'éternité car être prêtre, c'est répondre à un appel que Dieu lance et c'est pour l'éternité. La prêtrise monastique, comme la prêtrise séculière en paroisse, est une marque indélébile comme le baptême ou la confirmation, et pour moi devenir prêtre a été une sorte de deuxième naissance. Et le jour de mon ordination a été avec celui de ma confirmation à l'âge de seize ans, le plus beau jour de ma vie.

« Je suis très heureux d'avoir répondu à l'appel de Dieu pour devenir moine puis moine-prêtre, j'aime beaucoup la vie monastique cistercienne, mais je trouve que la règle bénédictine est parfois appliquée un peu trop à la lettre. Par exemple, le Père David avait tellement peur que mon petit frère, qui est notre roi maintenant, ne respecte pas le silence que je devais le rassurer.

« Je vais encore passer quelques jours avec vous, mais le Père David tient à ce que je rentre au monastère avant le six janvier, car chez nous l'arrivée des trois Rois est une solennité, et tous les moines doivent être présents au monastère pour la célébrer.

« J'ai eu beaucoup de plaisir à vous voir tous.

« Bonne chance et bon départ pour ton tout nouveau métier de roi, Perceval, Roi de notre tout nouveau Royaume du Saint-Graal. »

Puis le Père Gérald quitta la table et regagna sa chambre pour se reposer.

Le révérend Gabriel, à son tour, commença à parler de son ministère :

« Bonne fêtes de fin d'année à tous. Je viens de terminer une retraite dans un monastère cistercien qui est très accueillant, mais qui applique très rigoureusement la règle bénédictine. Je trouve les moines de l'abbaye cistercienne du Saint-Esprit, qui se trouve au bord de la mer, très accueillants mais très pointilleux. Il ne faut pas parler, ni être en retard aux repas, ni aux offices.

« Il me semble que ces moines devraient mettre de l'eau dans leur vin, comme on dit, et faire preuve d'une plus grande souplesse. Qu'en penses-tu, Roi Perceval ? »

Le Roi Perceval répondit à son frère, le Révérend Gabriel, qui était en face de lui :

« Oui, certainement. Je trouve que certaines communautés de moines sont un peu trop sévères, et je l'ai vu quand je suis allé en Israël et que je me suis arrêté à l'abbaye cistercienne de Cîteaux pour rendre visite à mon frère qui n'était pas encore moine-prêtre.

« Si mon frère devient un jour Père abbé et plus tard, si Dieu le veut, Père abbé général, j'espère qu'il assouplira l'interprétation de la règle bénédictine.

« Le Père David est très soupçonneux. Il craignait sans arrêt que je me mette à parler dans le cloître du monastère, mais il a fini par comprendre qui j'étais et je crois qu'il est devenu un supérieur très compréhensif. Il y a eu un vrai dialogue entre nous trois, lui, mon frère le Père Gérald et moi-même, lorsque j'ai parlé de ma mission de mettre fin aux croisades. Le Père David a alors commencé à me connaitre et à bien me comprendre.

« J'espère que tu deviendras évêque un jour, car je crois que tu ferais un très bon évêque pour notre duché. »

Le révérend Gabriel reprit la parole :

« Je pense aussi qu'un jour, Dieu m'appellera à devenir Evêque de notre diocèse de Rennes. Mais je crois que notre Evêque actuel qui s'appelle Monseigneur Pierre va encore exercer son ministère épiscopal pendant quelques années, et je dois encore acquérir de l'expérience dans mon ministère de prêtre.

« D'ailleurs je dois rencontrer Monseigneur Pierre durant la première moitié de la nouvelle année parce qu'il va organiser la prochaine conférence épiscopale des Evêques du Royaume du Saint-Graal sous l'égide de Sa Sainteté le Pape Joachim et sous ton égide, bien sûr.

« Tu seras au courant de la date et du lieu de cette conférence épiscopale, car je t'enverrai tout le programme que tu recevras dans ton nouveau château de Clairvaux. »

Le réveillon dura jusqu'au milieu de la nuit. Vers trois heures du matin, le Roi Perceval regagna sa chambre.

Le 3 janvier de l'an de grâce 1191, le Roi Perceval partit pour l'Angleterre après avoir dit au revoir à toute sa famille qui l'avait accompagné jusqu'au port de la ville de Saint-Malo.

Là, il prit le bateau pour la petite ville anglaise qui s'appelait Eglise-Chrétienne ou en anglais Christchurch.

Le voyage en bateau dura une bonne demi-journée.

Le soir, le Roi Perceval arriva dans une auberge, dans laquelle il prit un copieux souper composé de pommes de terre douces, de jambon et d'un dessert aux pruneaux, accompagné de lait chaud. Il passa la nuit dans une chambre de l'auberge et prit un solide petit déjeuner avec des œufs du jambon et une tartine avec de la confiture à l'orange.

Puis il prit une diligence qui allait vers Bristol. L'Angleterre avait inventé la diligence pour ceux qui ne pouvaient pas se payer un cheval, ce qui donna au Roi Perceval l'idée de mettre sur pied un réseau de transport régulier par diligence à travers tout le Royaume du Saint-Graal.

Le Roi Perceval arriva à l'abbaye bénédictine de Glastonbury où il avait décidé de passer le Nouvel An israélite et orthodoxe qui est également le Noël israélite et orthodoxe, car les Israélites et les Orthodoxes célèbrent Noël et la Nouvelle année le six janvier, le jour des Rois.

Il séjourna une semaine à l'abbaye bénédictine de Glastonbury durant laquelle il passa, avec la permission du Père hôtelier Léon et du Père abbé le Père André-Marie, de très longs moments à s'entretenir avec le Roi Arthur redevenu tertiaire bénédictin à Glastonbury.

Le Roi Perceval se présenta au Père hôtelier Léon et au Père André-Marie :

« Je me présente, Sire royal Perceval du Saint-Graal, le nouveau Roi du tout nouveau Royaume du Saint-Graal. Je suis très heureux de faire votre connaissance et de passer quelques jours avec vous, votre communauté et avec votre Frère tertiaire, Sa Majesté le Roi Arthur.

« Comme je vous l'ai écrit depuis mon château du Saint-Graal, je viens passer la Fête des Rois, qui est en même temps le Noël des Israélites et des Orthodoxes, avec Sa Majesté émérite le Roi Arthur qui est devenu pour la seconde fois tertiaire dans votre abbaye, je crois. »

Le Père André-Marie se présenta à son tour et dit au Roi Perceval :

« Je suis le Père André-Marie, Père abbé de cette abbaye bénédictine depuis bientôt vingt-cinq ans. Je célébrerai mon jubilé d'argent de profession solennelle en l'an de grâce 1192, et nous sommes très heureux de recevoir votre Roi émérite pour la seconde fois dans le tiers-ordre bénédictin, puisqu'il a été tertiaire durant son premier règne il y a six cents ans.

« Nous avons pris la décision d'accueillir notre tertiaire de six cents ans en résidence permanente, plutôt que de le laisser seul dans son château.

« L'avoir ici nous permet de bien le connaître et de savoir comment il peut se réadapter à la vie bénédictine après une sieste de six cents années. Et puis, lui faire faire des séjours prolongés à répétition aurait été très difficile à organiser, surtout que nous vivons une règle religieuse qui nous demande de vivre en communauté et en régime cénobitique, ce qui exige une très grande discipline régulière et ne nous permet pas d'accueillir des tertiaires pour des séjours prolongés à répétition, qui pourraient perturber notre style de vie, surtout pour un tertiaire qui a pour ainsi dire arrêté de mener une vie comme la nôtre.

« Vous pourrez le rencontrer autant de fois que vous le souhaiterez, à la condition de ne pas perturber le genre de vie que nous menons ici à l'abbaye bénédictine de Glastonbury. Je vous demanderai aussi de respecter scrupuleusement le silence que notre règle nous demande. »

Puis le Père Léon se présenta et dit au Roi Perceval :

« Je me présente, Père Léon. Je suis responsable de l'hôtellerie et de l'accueil des hôtes et pèlerins. Comme vous l'a dit le Père André-Marie, il vous faudra respecter le silence voulu par la règle de Saint Benoit. Vous aurez une chambre située dans la partie ouest de l'hôtellerie, d'où vous pourrez voir la campagne alentour, et vous trouverez l'horaire des services et messes sur le mur de votre chambre avec les heures des repas qui sont également pris en silence.

« Vous allez avoir l'office des vêpres dans une heure et tout de suite après, vous aurez le repas du soir qui sera suivi de l'office des complies. Voilà ce que j'avais à vous dire, Sire royal Perceval.

« Nous espérons que vous profiterez de votre séjour parmi nous et soyez le bienvenu dans notre abbaye. »

Le Roi Perceval fut conduit dans sa chambre qui était grande et magnifique. Il s'installa, commença à lire l'horaire des offices et messes, puis il découvrit une Bible et un missel qui étaient rangés dans le tiroir de la table de chevet à côté du lit.

Il se mit à lire un chapitre de l'Ancien Testament, puis il lut un Psaume et un des Evangiles. Puis il commença une Epître de Saint Paul, mais pour très peu de temps, car l'office des vêpres approchait. Le Roi Perceval rangea la Bible et pria très brièvement.

Il entendit sonner les cloches du monastère, quitta sa chambre et se rendit dans l'église de l'abbaye bénédictine de Glastonbury. Il assista à l'office de vêpres qui dura presque une heure et juste après il se rendit au réfectoire de l'hôtellerie car les hôtes ne mangent jamais avec les moines le soir. Il respecta scrupuleusement le silence et remarqua que la vie bénédictine était plus sévère qu'en Bretagne et que dans le reste du Royaume du Saint-Graal, et aussi sévère que celle des cisterciens et des chartreux en matière de respect du silence.

Le Roi Perceval prit un copieux souper, puis il se rendit aux complies qui durèrent une heure et alla se coucher après s'être lavé complètement dans la salle de bains de l'hôtellerie.

Il reprit sa lecture de l'Epître de Saint Paul aux Théssaloniciens, puis pria et commença à s'endormir. Juste avant de s'endormir, le Roi Perceval pensa à tout ce qui s'était passé dans sa vie durant cette année 1190.

Après avoir passé une très bonne nuit, le Roi Perceval se rendit dans le réfectoire des hôtes, à l'hôtellerie de l'abbaye bénédictine de Glastonbury, pour prendre un petit déjeuner composé d'œufs, de pain, de confiture à l'orange, et accompagné d'un café.

Et le Père André-Marie arriva, accompagné du Roi Arthur, qui était très heureux de revoir son chevalier devenu Roi du Royaume du Saint-Graal.

Le Père André-Marie pria le Roi Perceval de venir avec le Roi Arthur dans l'un des parloirs du monastère de l'abbaye bénédictine de Glastonbury. Après avoir conduit les Rois Arthur et Perceval, le Père André-Marie quitta le parloir de l'hôtellerie en leur disant :

« Sire royal Perceval et Sa Majesté émérite le Roi Arthur, j'espère que vous aurez beaucoup à vous raconter. Que ce moment soit béni. Que Dieu vous bénisse et bénisse votre rencontre. »

Et le Roi Perceval commença à raconter sa nouvelle vie de Roi du Saint-Graal au Roi Arthur :

« Bonjour, Majesté émérite le Roi Arthur. Comme je vous l'avais promis dans la lettre que je vous ai écrite à l'automne dernier, je suis venu, mais un peu après le Noël des Chrétiens d'Occident car je suis allé passer avec ma famille les Fêtes de Noël et du Nouvel An.

« Comme je le disais dans ma lettre, j'ai tenu mon premier discours du trône en la solennité de Saint Bruno, le 6 octobre de l'an de grâce 1190. J'ai parlé de beaucoup de choses dans ce discours, de la place de chaque citoyen du Royaume du Saint-Graal, de la création d'une assemblée parlementaire, avec le vote à seize ans au niveau électoral parlementaire afin de le faire coïncider avec le vote électoral pontifical.

« J'ai également prévu d'interdire l'usage des animaux dans les cirques.

« J'ai aussi parlé des relations diplomatiques entre le Royaume du Saint-Graal et les différents Royaumes d'Asie et avec la Pharaonie d'Egypte.

« Et j'ai également parlé de la promotion des arts, de la peinture, de la musique et du chant qui seront enseignés dans les écoles fondamentales.

« Et puis j'ai commencé la rénovation du grand château octogonal du Saint-Graal. J'ai fait installer de très grands candélabres en cuivre jaune avec des pierres photoluminescentes jaunes et rouges, en évitant les aigues-marines qui donnent une triste couleur bleuâtre.

« Maintenant je vais créer un blason qui représentera le Royaume du Saint-Graal. Ce blason sera vert et blanc, c'est-à-dire deux barres de couleur verte et au milieu une barre blanche avec une coupe de couleur jaune qui représentera la Coupe sacrée de Jésus-Christ.

« Bien que je n'en aie pas parlé dans mon discours du trône, ce blason sera présenté dès la première session parlementaire qui aura lieu dans le courant de cette nouvelle année.

« Vous avez les salutations de ma famille qui vous aime bien et n'oubliera jamais tout ce que vous avez fait pour moi.

« Moi non plus, je n'oublierai jamais tous ces moments que nous avons passés ensemble.

« Et vous, Majesté émérite, racontez-moi votre nouvelle vie de tertiaire de l'abbaye bénédictine de Glastonbury. »

Et le Roi Arthur commença à parler de sa toute nouvelle vie de tertiaire :

« Comme vous le savez, à la suite de votre couronnement et de la création du tout nouveau

Royaume du Saint-Graal qui ont suivi votre très grande découverte de la Coupe sacrée du Saint-Graal, j'ai abdiqué et pris la décision de retourner dans le tiers-ordre bénédictin de l'abbaye de Glastonbury, comme au temps de mon premier règne.

« Comme six siècles ont passé, les moines bénédictins du douzième siècle ne sont plus ceux du sixième siècle qui me connaissaient et qui m'aimaient beaucoup. J'ai dû faire un nouveau noviciat de tertiaire, et je crois que pour ces moines du douzième siècle, j'étais une personne un peu étrange en raison de ma sieste de six cents années.

« Pour eux je n'étais qu'un parfait inconnu, bien que j'aie été leur tertiaire il y a six siècles, car certainement les moines perdent les archives et ne se souviennent plus qui était moine, moine-prêtre ou tertiaire. Et les moines ne sont pas des gens naïfs, ni crédules, mais des gens qui ne croient que ce qu'ils voient.

« Maintenant je suis au noviciat pour un an ou peut-être deux, et les moines ont décidé de me garder ici, plutôt que de me laisser dans mon château natal de Tintagel ou dans mon beau château royal de Windsor que j'aimais beaucoup.

« D'ailleurs, le château de Windsor était méconnaissable lorsque je suis revenu ici en Angleterre, car mes successeurs l'ont complètement transformé, agrandi et doté de très grands jardins. Ce château n'est plus le château que j'aimais, mais une vraie petite ville, et j'ai été un peu triste, car mon château royal avait juste la bonne taille, et je pouvais très facilement m'y retrouver.

« Le roi qui m'a succédé a même créé un petit lac avec des cygnes et des canards qui font du bruit, ce qui dérange certainement les résidents de ce château.

« Et vous, vous habitez dans une immense forteresse octogonale, tellement immense que vous pourriez vous y perdre. »

Le Roi Perceval répondit au Roi Arthur :

« Il est vrai que ce château est immense. Ce n'est pas une forteresse mais un très beau château. Ne vous en faites pas pour moi, je saurai me retrouver dans ce très grand château de la Forêt Mystérieuse et, je peux vous l'assurer, il sera l'un des plus beaux châteaux du monde et vous viendrez me voir dans mon grand château du Saint-Graal. »

Le Roi Arthur reprit la parole :

« Je sais bien que vous êtes en mesure de gérer ce château et je sais aussi que vous êtes un jeune roi capable de gérer un très grand royaume comme celui du Saint-Graal. Quant à moi, j'ai fait mon temps de règne, et maintenant que je suis âgé de six siècles, il est grand temps que je mène une vie paisible. »

Le Roi Perceval demanda au Roi Arthur :

« Et que faites-vous de vos journées dans votre nouvelle vie de tertiaire ? »

Le Roi Arthur lui répondit :

« Je fais des recherches dans les archives de la bibliothèque des moines de cette abbaye pour prendre connaissance de tout ce qui s'est passé durant mon sommeil de six cents années.

« Et puis, je viendrai vous voir dans votre château, et j'irai rendre visite à votre famille aussi, à Sire Daniel et à Dame Hélène, car je tiens à garder des liens avec vous. »

Le Roi Perceval posa au Roi Arthur une question qui lui tenait à cœur :

« Une chose très importante, Majesté le Roi émérite Arthur. Que savez-vous de mon très lointain ancêtre indirect qui s'appelait Sire Perceval le Gallois ?

« En dernière année d'études fondamentales, nous avons lu son histoire, le conte du Saint-Graal écrit par Christian de Troyes qui était chanoine augustinien. »

Le Roi Arthur lui répondit :

« Je crois que personne ne sait ce qu'est devenu mon chevalier du sixième siècle qui s'appelait Sire Perceval le Gallois. Mais je suis très heureux qu'un grand romancier ait eu l'idée d'écrire un roman qui relate les aventures de mon chevalier.

« Christian de Troyes était un homme extraordinaire et il a eu une vie exemplaire, car il était chanoine-prêtre et en même temps écrivain. C'est très dommage qu'il ne soit plus là. Il est mort en l'an de grâce 1183, lorsque vous commenciez votre formation de chevalier.

« Le révérend Christian a écrit le Conte du Saint-Graal en l'an de grâce 1177. Vous voulez savoir comment j'ai découvert ce conte du Saint-Graal ? Et bien j'ai découvert ce conte dans la bibliothèque du château de Windsor, et j'ai lu ce conte et il relate et explique très bien les aventures de mon chevalier du sixième siècle. Mais ce conte précise aussi que votre lointain ancêtre indirect n'a pas pu retrouver la Coupe sacrée. Je crois que s'il vivait encore, il aurait été très heureux qu'un jeune chevalier issu d'une famille noble de Bretagne ait retrouvé la Coupe sacrée et ait mis un terme à ces sinistres croisades.

« Le révérend Christian a aussi écrit un roman qui parle de l'un de mes autres chevaliers, Sire Lancelot. Et il a aussi écrit un roman qui s'appelait Erec et Enide.

« Le révérend Christian de Troyes a vraiment marqué son époque, car il nous a fait découvrir les arts littéraires et nous en avions besoin car nous étions encore dans cette sinistre époque de notre histoire qui s'appelait le Moyen-âge.

« Pour en revenir à mon chevalier du sixième siècle, je souhaite vivement que l'on fasse des recherches pour savoir ce qu'il est devenu. »

Alors le Roi Perceval dit au Roi Arthur :

« Je suis certain que l'on fera des recherches, maintenant et dans le futur et, moi-même, je vais faire des recherches dans les bibliothèques, car je suis sûr et même certain que l'on a conservé des écrits à son sujet, et je vais relire le conte du Saint-Graal du révérend Christian de Troyes. »

Le Roi Arthur voulut savoir comment allait la famille du Roi Perceval, et le Roi Perceval lui répondit :

« Mes parents vont très bien, et comme vous le savez, mon frère Gérald est devenu moine-prêtre quelques jours avant que je découvre la Coupe sacrée à la Pentecôte, le 27 mai de l'an de grâce 1190.

« Mon frère Romain continue son métier de chevalier, et je pense qu'il reprendra le Duché de Bretagne lorsque Sire Daniel et Dame Hélène ne seront plus là, et je fais confiance à Dieu pour qu'il se marie et ait des enfants qui deviendront chevaliers et qui continueront de régner sur le Duché de Bretagne.

« Il faut que je vous le dise, Majesté émérite, les duchés ne disparaîtront pas avec la création du Royaume du Saint-Graal. Il y aura très certainement des duchés qui fusionneront et qui deviendront des archiduchés, et de même, des archiduchés seront morcelés pour devenir des duchés plus petits, mais il ne faut pas imaginer que les duchés disparaîtront au profit d'un immense royaume comme celui du Saint-Graal.

« Quant à notre navigateur, Christian, il est toujours sur son bateau et navigue entre l'ancienne et la nouvelle partie du Royaume du Saint-Graal qui s'appelle, comme chacun peut le savoir, la Nouvelle-France. Et quelquefois

Christian navigue vers Israël et la Pharaonie d'Egypte. Il aime beaucoup son univers des bateaux et de la marine et je crois qu'il deviendra amiral et dirigera toutes les marines du Royaume du Saint-Graal.

« Gabriel, qui est prêtre, espère devenir Evêque de Rennes.

« Et ma mère, Dame Hélène, va très bien, même si elle dit qu'elle a beaucoup de travail avec le ménage du château.

« Vous serez toujours le bienvenu dans notre château.

« Quant à moi, je vais rester ici jusqu'au huit janvier. Et je reviendrai régulièrement vous voir.

« Cette année, j'aurai beaucoup de travail car le commencement de mon règne va me demander beaucoup d'énergie, mais Dieu sera là pour me et nous soutenir.

« Et bien, Majesté émérite, j'ai eu beaucoup de plaisir à vous rencontrer et je vous souhaite une bonne nouvelle vie de tertiaire bénédictin. D'ailleurs, je songe à entrer dans le tiers-ordre bénédictin de l'abbaye de Mouthier-Royal.

« Que Dieu vous bénisse et bénisse votre abbaye de Glastonbury et votre nouvelle vie de tertiaire et à bientôt. »

Le Roi Arthur dit alors au Roi Perceval :

« Moi aussi, j'ai eu beaucoup de plaisir à vous revoir, Sire royal Perceval. Vous avez été pour moi plus qu'un écuyer et un chevalier. Vous avez été pour moi un grand ami, vous l'êtes encore et vous serez toujours mon ami.

« Je vous souhaite bonne chance et bonne vie dans votre nouveau métier de Roi du Saint-Graal et dans votre future vie de tertiaire bénédictin à l'abbaye bénédictine de Mouthier-Royal.

« Que Dieu vous bénisse et bénisse votre nouvelle vie de roi et de tertiaire bénédictin, et bénisse le Royaume du Saint-Graal. »

Ainsi se termina le long entretien du Roi émérite Arthur avec le Roi Perceval. Puis le Roi Perceval quitta le grand parloir de l'hôtellerie de l'abbaye bénédictine de Glastonbury et retourna dans sa chambre jusqu'au service de l'office de midi.

Après l'office de midi, le Roi Perceval fut convié à venir dans le réfectoire des moines qui se trouvait dans la clôture du monastère. Puis il retourna dans sa chambre pour se reposer et se rendit à nouveau dans l'église pour l'office de none.

Le Roi Perceval reprit ensuite sa lecture de la Bible. Dans l'Evangile de Saint Marc, il retrouva le verset du Seigneur qui dit : *je suis venu non pas pour être servi, mais pour servir.*

Ce verset-là, le Roi Perceval l'aimait beaucoup et il l'invoquait souvent lorsqu'il se rendait dans les monastères dans lesquels il avait séjourné lorsqu'il faisait le voyage qui l'avait amené jusqu'en Israël pour mettre fin aux croisades. Le Roi Perceval était un jeune chevalier qui croyait aux vertus du service à rendre, même dans le château de sa propre famille, ce qui fut le cas pendant ses dernières vacances.

Le Roi Perceval quitta l'abbaye bénédictine de Glastonbury, reprit une diligence qui le conduisit jusqu'au port de la petite ville d'Eglise-Chrétienne pour reprendre le bateau qui l'emmena dans la petite ville de Saint-Malo.

Et le Roi Perceval décida de passer voir sa famille pour transmettre à ses parents les salutations du Roi Arthur.

Il arriva au château de Sire Daniel et de Dame Hélène qui étaient près de la grande porte du château, et leur dit :

« Bonjour Père, et bonjour Mère. Vous avez les salutations du Roi Arthur. J'ai passé quelques jours à l'abbaye bénédictine de Glastonbury pour le Noël et le Nouvel An israélite avec les moines de cette abbaye et avec le Roi Arthur qui m'a raconté comment il était en train de devenir tertiaire bénédictin pour la deuxième fois.

« Il tient vraiment à garder des relations amicales avec notre famille. Je crois que le Roi Arthur a été un très bon roi et un très bon maître de formation de chevaliers. Il a beaucoup fait pour nous, et je suis très reconnaissant à ce grand roi qui est devenu Roi émérite. Même s'il a fait une sieste de six cents années, il a été un très grand roi.

« Maintenant je vais passer juste une nuit pour me reposer et me préparer pour un long voyage jusqu'à Clairvaux où se trouve mon immense château du Saint-Graal. »

Sire Daniel dit à son fils, le Roi Perceval :

« Nous sommes vraiment touchés que tu aies décidé de t'arrêter pour nous dire bonjour et nous transmettre les salutations du Roi Arthur. Maintenant nous espérons que tu vas commencer cette fois pour de bon ta nouvelle vie de Roi de notre Royaume du Saint-Graal.

« Comme je te l'ai déjà dit, tu seras toujours le bienvenu dans notre château. Je continuerai à être le Duc de Bretagne et à diriger ce château avec Dame Hélène, et je veillerai sur toi aussi longtemps que je serai en vie et, crois-moi, te savoir roi de cet immense royaume continuera de nous procurer beaucoup de joie à tous. »

Dame Hélène dit aussi à son fils, le Roi Perceval :

« Mon fils, sois toujours très prudent et fais bien attention à toi.

« Moi aussi je suis très heureuse que tu sois passé nous dire bonjour, car c'est un très long voyage pour aller de Glastonbury, en Angleterre, jusqu'à à ton immense château du Saint-Graal à Clairvaux. »

Après le repas du soir le Roi Perceval se rendit dans sa grande chambre et s'endormit, après avoir fait une très longue prière. Il était très heureux d'avoir pu parler, à l'abbaye de Glastonbury, avec son ancien maitre de formation chevaleresque, le Roi Arthur. Et il gardait un souvenir inoubliable de ses années de formation et de ses études de théologie.

Après une bonne nuit dans sa chambre au château de ses parents, le Roi Perceval prit le petit déjeuner dans la grande salle à manger et trouva le Sire Daniel, qui était lui aussi en train de prendre son petit déjeuner et qui lui demanda :

« Fils, Notre Sire royal Perceval, as-tu bien dormi ? »

Le Roi Perceval lui répondit :

« Oh oui, j'ai très bien dormi, Père, et je suis très content car je vais commencer cette nouvelle décennie en même temps que mon règne, et je me réjouis de pouvoir porter mon grand manteau de couleur vert émeraude et ma couronne qui m'attendent au château du Saint-Graal.

« La semaine prochaine je vais entamer ma première session royale. Je vais mettre en place une assemblée parlementaire et j'organiserai les premières élections dans le courant de l'année.

«Je vais aussi continuer les grands travaux de rénovation du château du Saint-Graal.

«Puis je ferai mes premières visites royales en commençant par la visite que je veux faire à Rome au Pape Joachim. Cette rencontre avec le Pape Joachim sera ma première visite diplomatique en tant que Roi du Royaume du Saint-Graal.

« Et toi, ou plutôt vous, qu'allez-vous devenir ? »

Sire Daniel lui dit :

« Comme je te l'ai déjà dit, je vais continuer à diriger le Duché de Bretagne et Dame Hélène continuera à diriger le château de Bretagne. Ton frère, le révérend Gabriel va très certainement devenir Evêque de Rennes et nous te tiendrons au courant et peut-être pourras-tu revenir pour les Fêtes de Pâques. Ces trois mois vont très vite passer, surtout pour toi qui as une très grande fonction. Plus on travaille, plus le temps passe vite. Et j'espère que tu commenceras bientôt ton noviciat de tertiaire bénédictin à Mouthier-Royal avec le Père Gérard. »

Le Roi Perceval répondit à son père, Sire Daniel :

« Tu as raison, Père. Je commencerai certainement mon noviciat de tertiaire bénédictin dans le courant de la deuxième année de mon règne. J'ai énormément de travail mais je pense que je pourrai concilier règne et noviciat de tertiaire bénédictin. »

Puis après avoir terminé son petit déjeuner avec son père, Sire Daniel, le Roi Perceval fit ses bagages, prit son carrosse et son cheval Roland et salua ses parents en leur disant merci.

Il reprit le même chemin qui l'avait mené jusqu'à Rome et Naples, mais seulement jusqu'à Clairvaux. Il s'arrêta à Chartres pour prendre son repas de midi, car il avait très faim et il mangea, dans une petite auberge, un délicieux repas avec une bonne soupe à l'orge et aux épinards, du riz avec du poulet et une tarte aux framboises.

Puis il se dirigea vers Paris, où il prit la décision de rencontrer Monseigneur Hervé. Il ne dormit pas à l'évêché mais dans l'hôtellerie du monastère bénédictin de l'abbaye de Saint-Germain-des-Prés. Il arriva dans la soirée à l'hôtellerie, juste avant l'heure du souper. Il mangea une tartine au beurre et un peu de jambon et participa aux complies. Une fois les complies terminées le Roi Perceval regagna sa chambre et dormit jusqu'au lendemain.

Le lendemain, il quitta le monastère pour aller rendre visite à Monseigneur Hervé qui l'accueillit très chaleureusement :

« Bonjour. Quelle chance j'ai aujourd'hui d'accueillir notre nouveau Roi du Royaume du Saint-Graal qui vient jusqu'à Paris ! »

Le Roi Perceval dit à Monseigneur Hervé :

« Je suis seulement de passage à Paris, car je suis allé revoir ma famille, Sire Daniel et Dame Hélène, et notre Roi émérite, le Roi Arthur qui est en train de redevenir tertiaire bénédictin à l'abbaye de Glastonbury, dans laquelle il était déjà tertiaire il y a six cents ans.

« Et vous-même, comment allez-vous ? »

Monseigneur Hervé lui répondit :

« Je vais très bien, notre diocèse se porte bien et nous avons des vocations.

« Quant au jeune Duc de Paris, Sire Christian-Côme, avec lequel vous n'aviez pas eu des relations très chaleureuses, je m'en souviens, il va bien. Mais comme je vous l'ai dit, Sire Christian-Côme est un chevalier qui n'est pas très facile à approcher. Il est certes encore un tout jeune Sire, mais je le trouve froid. Peut-être qu'il deviendra plus chaleureux.

« Il a beaucoup de travail, et je vous déconseillerai de le voir, car il n'a pas très bien supporté qu'un jeune chevalier comme vous ait retrouvé le Vase sacré qui s'appelle le Saint-Graal. Et je crois que c'est une sorte de jalousie qui s'est emparée de ce jeune chevalier.

« Je prie Dieu pour que cette jalousie disparaisse. D'autant plus que la jalousie est un vrai péché, Sire Perceval, mais je crois que Sire Christian-Côme saura, en mûrissant, s'en débarrasser, car un duc doit montrer l'exemple de l'humilité. Même s'il est duc ou simplement comte, un chevalier chrétien doit accepter son rang et ne pas vouloir avoir un rang plus élevé que le sien.

« Dans votre cas, vous êtes devenu roi parce que vous avez mis un terme définitif à ces horreurs de croisades et aussi parce que vous avez enfin retrouvé ce Vase sacré, qui porte le nom de Saint-Graal et que l'on a recherché pendant plusieurs siècles. Vous avez donc mérité d'être roi car le Roi Arthur qui était votre maître de formation de chevalier a reconnu l'exemplarité de votre courage et de votre bravoure et a trouvé qu'il fallait vous récompenser en vous couronnant Roi du Saint-Graal.

« Pour combien de jours êtes-vous à Paris ? »

Le Roi Perceval répondit à Monseigneur Hervé :

« Pas pour longtemps. Je dois rentrer au château du Saint-Graal aujourd'hui même car, dès demain, je commence mon métier de roi pour de bon cette fois-ci. Mais je pense revenir vous voir dans quelques temps, peut-être quand je retournerai en vacances chez mes parents. »

Puis Monseigneur Hervé convia le Roi Perceval à manger avec lui dans la salle à manger de la résidence épiscopale. L'Evêque de Paris et le Roi Perceval mangèrent une bonne viande avec une sauce au vin rouge, des pommes de terre et un bon dessert aux fruits.

Aussitôt après le repas, le Roi Perceval retourna à l'écurie pour retrouver son cheval Roland et son carrosse et il quitta Paris pour le château du Saint-Graal.

Le voyage dura plusieurs heures et il arriva peu avant minuit dans son immense château du Saint-Graal, qui était illuminé par des milliers de pierres photoluminescentes, ce qui donnait un spectacle féerique, car il avait neigé, et la neige prenait la belle couleur jaune orange et rosâtre des citrines et des grenats photoluminescents que le Roi Perceval avait fait installer.

Après avoir confié son cheval Roland et son carrosse à l'écurie du grand château royal du Saint-Graal, le Roi Perceval regagna ses appartements, prit un bon bain dans la salle d'eau, puis après avoir fait une longue prière, il alla se coucher.

Après une très bonne nuit dans son lit à baldaquin orné de draps en lin de couleur bleu marine avec des fleurs de lys argentées, il ouvrit les rideaux de la fenêtre de sa grande chambre et vit un paysage enneigé qui offrait un spectacle féerique.

Il faisait très froid dehors, et le Roi Perceval resta à l'intérieur du grand château où il avait beaucoup à faire.

Il se rendit dans la grande salle à manger qui pouvait accueillir mille personnes et prit un solide petit déjeuner qui était composé d'une tartine au beurre sur du bon pain de Bourgogne encore chaud, avec de la confiture aux cerises noires et un bon café.

Puis, le Roi Perceval se rendit dans son bureau qui n'était pas très loin de ses appartements privés. Contrairement à la plupart des autres châteaux médiévaux, le bureau était situé à l'extérieur des appartements privés.

Le Roi Perceval commença à préparer sa première session qui devait être une session parlementaire pré-électorale, car le Roi Perceval avait dit dans son discours du trône qu'il allait organiser les premières élections parlementaires du Royaume du Saint-Graal.

Il s'attela à l'organisation des premières élections parlementaires avec une campagne à travers tout le Royaume du Saint-Graal. Puis il esquissa son premier projet de loi qui visait à interdire l'usage des animaux dans les cirques.

Le temps passa au Royaume du Saint-Graal.

Les élections parlementaires eurent lieu lors du printemps de l'an de grâce onze cent quatre-vingt-onze, en la solennité de Saint George, le vingt-trois avril de la première année de la dernière décennie du siècle.

* * *

C'est ici que se termine le récit de la naissance du Royaume du Saint-Graal, mais ce n'est pas la fin des aventures du Roi Perceval qui se poursuivront dans un prochain livre.

TABLE DES MATIERES